Voir page 267

Sganarelle. Je veux savoir vos pensées à fond. Est-il possible que vous ne croyez point du tout au ciel?

Don Juan. Laissons cela.

Sganarelle. C'est-à-dire que non. Et à l'enfer?

Don Juan. Eh!

Sganarelle. Tout de même. Et au diable, s'il vous plaît?

Don Juan. Oui, oui.

Sganarelle. Aussi peu. Ne croyez-vous pas l'autre vie?

Don Juan. Ah! ah! ah!

Sganarelle. Voilà un homme que j'aurai bien de la peine à convertir. Et dites-moi un peu, le moine bourru, qu'en croyez-vous, eh!

Don Juan. La peste soit du fat!

Sganarelle. Et voilà ce que je ne puis souffrir, car il n'y a rien de plus vrai que le moine bourru, et je me ferais pendre pour celui-là. Mais encore faut-il croire quelque chose dans le monde. Qu'est-ce que vous croyez?

Don Juan. Ce que je crois?

Sganarelle. Oui.

Don Juan. Je crois que deux et deux sont quatre, Sganarelle, et que quatre et quatre sont huit.

Sganarelle. La belle croyance et les beaux articles de foi que voilà! Votre religion à ce que je vois, est donc l'arithmétique! Il faut avouer qu'il se met d'étranges folies dans la tête des hommes, et que, pour avoir bien étudié on est moins sage le plus souvent. Pour moi, Monsieur, je n'ai point étudié comme vous, Dieu merci, et personne ne saurait se vanter de m'avoir rien appris; mais avec mon petit sens, mon petit jugement, je vois les choses mieux que tous les livres, et je comprends fort bien que ce monde que nous voyons n'est pas un champignon qui soit venu tout seul en une nuit. Je voudrais bien vous demander qui a fait ces arbres-là, ces rochers, cette terre et ce ciel que voilà là-haut, et si tout cela s'est bâti de lui-même. Vous voilà vous, par exemple, vous êtes là, êtes-vous que vous vous êtes fait tout seul, et n'a-t-il pas fallu que votre père ait engrossé votre mère pour vous faire? Pouvez-vous voir toutes les inventions dont la machine de l'homme est composée sans admirer de quelle façon cela est agencé l'un dans l'autre? Ces nerfs, ces os, ces veines, ces artères, ces... cette poumon, ce cœur, ce foie et tous ces autres qui sont là et qui... Oh! Dame, interrompez-moi donc, si vous voulez. Je ne saurais disputer, si l'on ne m'interrompt; vous vous taisez exprès, et me laissez parler par belle malice.

Don Juan. J'attends que ton raisonnement soit fini.

Sganarelle. Mon raisonnement est qu'il y a quelque chose d'admirable dans l'homme, quoi que vous puissiez dire, que tous les savants ne sauraient expliquer. Cela n'est-il pas merveilleux que me voilà ici et que j'aie quelque chose dans la tête qui pense cent choses différentes en un moment, et fait de mon corps tout ce qu'elle veut? Je veux frapper des mains, hausser le bras, lever les yeux au ciel, baisser la tête, remuer les pieds, aller à droite, à gauche, en avant, en arrière, tourner... (Il se laisse tomber en tournant.)

Don Juan. Bon! voilà ton raisonnement qui a le nez cassé!

Sganarelle. Morbleu! je suis bien sot de m'amuser à raisonner avec vous, croyez ce que vous voudrez, il m'importe bien que vous soyez damné!

Don Juan. Mais tout en raisonnant, je crois que nous sommes égarés. Appelle un peu cet homme que voilà là-bas, pour lui demander le chemin.

Scène II. Don Juan, Sganarelle, Francisque (pauvre)

Sganarelle. Hola ho, l'homme! Ho, mon compère! Ho, l'ami! Un petit mot, s'il vous plaît. Enseignez-nous un peu le chemin qui mène à la ville.

Francisque. Vous n'avez qu'à suivre cette route, Messieurs, et détourner à main droite quand vous serez au bout de la forêt. Mais je vous donne avis que vous devez vous tenir sur vos gardes, et que, depuis quelque temps, il y a des voleurs par ici.

Don Juan. Je te suis bien obligé, mon ami, et je te rends grâces de tout mon cœur.

Francisque. Si vous vouliez me secourir, Monsieur, de quelque aumône.

Don Juan. Ah! ah! ton avis est intéressé, à ce que je vois.

Francisque. Je suis un pauvre homme, Monsieur, retiré tout seul dans ce bois depuis dix ans, et je ne manquerai pas de prier le Ciel qu'il vous donne toute sorte de biens.

Don Juan. Eh! prie-le qu'il te donne un habit, sans te mettre en peine des affaires des autres.

Sganarelle. Vous ne connaissez pas Monsieur, bon homme, il ne croit qu'en deux et deux font quatre et quatre et quatre font huit.

Don Juan. Quelle est ton occupation parmi ces arbres?

Francisque. De prier le Ciel tout le jour pour la prospérité des gens de bien qui me donnent quelque chose.

Don Juan. Il ne se peut donc pas que tu ne sois pas à ton aise.

Francisque. Hélas! Monsieur, je suis dans la plus grande nécessité du monde.

Don Juan. Tu te moques; un homme qui prie le Ciel tout le jour ne peut manquer d'être bien dans ses affaires.

Francisque. Je vous assure, Monsieur, que le plus souvent je n'ai pas un morceau de pain à mettre sous les dents.

Don Juan. Voilà qui est étrange, et tu es bien mal reconnu de tes soins. Ah! ah! je vais te donner un louis d'or tout à l'heure pourvu que tu veuilles jurer.

Francisque. Ah! Monsieur, voudriez-vous que je commisse un tel péché?

Don Juan. Tu n'as qu'à voir si tu veux gagner un louis d'or, ou non; en voici un que je te donne si tu jures. Tiens, il faut jurer.

Francisque. Monsieur......

Don Juan. A moins de cela tu ne l'auras pas.

Sganarelle. Va, va, jure un peu, il n'y a pas de mal.

Don Juan. Prends, le voilà, prends, te dis-je, mais jure donc.

Francisque. Non, Monsieur, j'aime mieux mourir de faim.

Don Juan. Va, va, je te le donne pour l'amour de l'humanité. (Regardant dans la forêt) Mais que vois-je là? Un homme attaqué par trois autres! La partie est trop inégale, et je ne dois pas souffrir cette lâcheté. (Il met l'épée à la main et court au lieu du combat.)

ŒUVRES

DE

MOLIERE.

TOME TROISIÉME.

ŒUVRES
DE
MOLIERE.
NOUVELLE ÉDITION.

TOME TROISIÉME.

A PARIS.

M. DCC. XXXIV.
AVEC PRIVILEGE DU ROY.

PIECES CONTENUËS
dans ce troisiéme tome.

Inv. et dessiné par F.Boucher.   Gravé par Lau. Cars.

LA PRINCESSE D'ÉLIDE   Page 29.

LA
PRINCESSE
D'ÉLIDE,
COMÉDIE-BALLET.

Tome III.   A

AVERTISSEMENT.

ON n'a pas crû devoir fuivre l'ordre des anciennes éditions, pour l'impreffion de *la princeffe d'Elide*. Cette piéce étoit confonduë parmi tous les détails des fêtes qui furent faites à Verfailles en 1664, depuis le 7. mai, jufques & compris le 13. du même mois. Sans priver le public de ces détails qui peuvent être amufans & curieux, on s'eft contenté de mettre le tout dans un meilleur ordre. On a auffi changé le titre général de, *Plaifirs de l'ifle enchantée*, avec d'autant plus de raifon, que ce titre ne convient qu'aux trois premiéres journées, qui feules font comprifes dans ce fujet ; les quatre autres n'y ont aucun rapport, & on y a fubftitué celui de, *Fêtes de Verfailles en* 1664.

ACTEURS.

ACTEURS DU PROLOGUE.

L'AURORE.

LYCISCAS, valet de chiens.

TROIS VALETS DE CHIENS, chantans.

VALETS DE CHIENS, danfans.

ACTEURS DE LA COMÉDIE.

IPHITAS, prince d'Elide, pere de la princeffe.

LA PRINCESSE D'ÉLIDE.

EURIALE, prince d'Ithaque.

ARISTOMÉNE, prince de Mefféne.

THÉOCLE, prince de Pyle.

AGLANTE, coufine de la princeffe.

CINTHIE, coufine de la princeffe.

ARBATE, gouverneur du prince d'Ithaque.

PHILIS, fuivante de la princeffe.

MORON, plaifant de la princeffe.

LYCAS, fuivant d'Iphitas.

4

ACTEURS DES INTERMEDES.

Premier Intermede.

MORON.

CHASSEURS, danſans.

Second Intermede.

PHILIS.

MORON.

UN SATYRE, chantant.

SATYRES, danſans.

Troisieme Intermede.

PHILIS.

TIRCIS, berger, chantant.

MORON.

Quatrieme Intermede.

LA PRINCESSE.

PHILIS.

CLIMÉNE.

Cinquieme Intermede.

BERGERS & BERGERES, chantans.

BERGERS & BERGERES, danſans.

La ſcene eſt en Elide.

LA PRINCESSE

D'ÉLIDE,

COMÉDIE-BALLET.

PROLOGUE.
SCENE PREMIERE.

L'AURORE, LYCISCAS, *& plusieurs autres* VALETS DE CHIENS *endormis & couchés sur l'herbe.*

L'AURORE *chante.*

Quand l'amour à vos yeux offre un choix agréable,
 Jeunes beautés, laissez-vous enflammer;
Moquez-vous d'affecter cet orgueil indomtable,
 Dont on vous dit qu'il est beau de s'armer.
  Dans l'âge où l'on est aimable,
  Rien n'est si beau que d'aimer.

Soupirez librement pour un amant fidéle,
 Et bravez ceux qui voudront vous blâmer;
Un cœur tendre est aimable, & le nom de cruelle
 N'est pas un nom à se faire estimer:
  Dans le tems où l'on est belle,
  Rien n'est si beau que d'aimer.

SCENE II.

LYCISCAS, *& plusieurs* VALETS DE CHIENS *endormis*, TROIS VALETS DE CHIENS *chantans, réveillés par le récit de l'Aurore.*

TOUS TROIS ENSEMBLE *chantent.*

HOlà, holà. Debout, debout, debout.
Pour la chasse ordonnée, il faut préparer tout,
Holà ho, debout, vîte debout.

PREMIER.

Jusqu'aux plus sombres lieux le jour se communique.

DEUXIEME.

L'air sur les fleurs en perles se résout.

TROISIEME.

Les rossignols commencent leur musique,
Et leurs petits concerts retentissent par tout.

TOUS TROIS ENSEMBLE.

Sus, sus, debout, vîte debout.

[*à Lyciscas endormi.*]

Qu'est-ceci, Lyciscas? Quoi? Tu ronfles encore,
Toi, qui promettois tant de dévancer l'aurore?

Allons debout, vîte debout,
Pour la chasse ordonnée il faut préparer tout,
Debout, vîte debout, dépêchons, ho, debout.

LYCISCAS *en s'éveillant.*

Par la morbleu, vous êtes de grands braillards, vous autres,

& vous avez la gueule ouverte de grand matin.

TOUS TROIS ENSEMBLE.

Ne vois-tu pas le jour qui se répand par tout?
Allons debout, Lycifcas, debout.

LYCISCAS.

Hé! Laiffez-moi dormir encore un peu, je vous conjure.

TOUS TROIS ENSEMBLE.

Non, non, debout, Lycifcas, debout.

LYCISCAS.

Je ne vous demande plus qu'un petit quart d'heure.

TOUS TROIS ENSEMBLE.

Point, point, debout, vîte debout.

LYCISCAS.

Hé! Je vous prie.

TOUS TROIS ENSEMBLE.

Debout.

LYCISCAS.

Un moment.

TOUS TROIS ENSEMBLE.

Debout.

LYCISCAS.

De grace.

TOUS TROIS ENSEMBLE.

Debout.

LYCISCAS.

Hé!

TOUS TROIS ENSEMBLE.

Debout.

LYCISCAS.

Je...

TOUS TROIS ENSEMBLE.
Debout.

LYCISCAS.

J'aurai fait incontinent.

TOUS TROIS ENSEMBLE.
Non, non. Debout, Lycifcas, debout.
Pour la chaffe ordonnée il faut préparer tout,
Vîte debout, dépêchons, debout.

LYCISCAS.

Hé bien, laiffez-moi, je vais me lever. Vous étes d'étranges gens de me tourmenter comme cela, vous ferez caufe
que je ne me porterai pas bien de la journée; car, voyez-
vous, le fommeil eft néceffaire à l'homme, & lorfqu'on ne
dort pas fa réfection, il arrive.... que.... on n'eft....

[*Il fe rendort.*]

PREMIER.
Lycifcas.

DEUXIEME.
Lycifcas.

TROISIEME.
Lycifcas.

TOUS TROIS ENSEMBLE.
Lycifcas.

LYCISCAS.

Diable foit les brailleurs! Je voudrois que vous euffiez la
gueule pleine de bouillie bien chaude.

TOUS

COMEDIE-BALLET.

Tous trois ensemble.
Debout, debout.

Vîte debout, dépêchons, debout.

LYCISCAS.
Ah! Quelle fatigue de ne pas dormir son saoul!

Premier.
Holà, ho.

Deuxieme.
Holà, ho.

Troisieme.
Holà, ho.

Tous trois ensemble.
Ho! Ho!

LYCISCAS.
Ho! Ho! La peste soit des gens avec leurs chiens de hurle-mens! Je me donne au diable, si je ne vous assomme. Mais voyez un peu quel diable d'enthousiasme il leur prend, de me venir chanter aux oreilles comme cela. Je...

Tous trois ensemble.
Debout.

LYCISCAS.
Encore?

Tous trois ensemble.
Debout.

LYCISCAS.
Que le diable vous emporte.

Tous trois ensemble.
Debout.

Tome III. B

LYCISCAS *en ſe levant.*

Quoi toujours ? A-t-on jamais vû une pareille furie de chanter? Par la ſang-bleu, j'enrage. Puiſque me voilà éveillé, il
faut que j'éveille les autres, & que je les tourmente comme on m'a fait. Allons ho, meſſieurs, debout, debout, vîte, c'eſt trop dormir. Je vais faire un bruit du diable par tout.

[*Il crie de toute ſa force.*]

Debout, debout, debout. Allons vîte, ho, ho, ho, debout,
debout. Pour la chaſſe ordonnée, il faut préparer tout, debout, debout, Lyciſcas debout. Ho, ho, ho, ho, ho.

[*Pluſieurs cors & trompes de chaſſe ſe font entendre, les valets
de chiens que Lyciſcas a réveillés danſent une entrée.*]

Fin du Prologue.

LA PRINCESSE
D'ÉLIDE,
COMÉDIE-BALLET.

ACTE PREMIER.
SCENE PREMIERE.
EURIALE, ARBATE.

ARBATE.

E silence rêveur, dont la sombre habitude
Vous fait à tous momens chercher la solitude,
Ces longs soupirs que laisse échaper votre
 cœur,
Et ces fixes regards si chargés de langueur,
Disent beaucoup, sans doute, à des gens de mon âge ;
Et je pense, Seigneur, entendre ce langage :

B ij

Mais, fans votre congé, de peur de trop rifquer,
Je n'ofe m'enhardir jufques à l'expliquer.

EURIALE.

Explique, explique, Arbate, avec toute licence
Ces foupirs, ces regards, & ce morne filence.
Je te permets ici de dire que l'amour
M'a rangé fous fes loix, & me brave à fon tour,
Et je confens encor que tu me faffes honte
Des foibleffes d'un cœur qui fouffre qu'on le domte.

ARBATE.

Moi, vous blâmer, Seigneur, des tendres mouvemens
Où je vois qu'aujourd'hui panchent vos fentimens?
Le chagrin des vieux jours ne peut aigrir mon ame
Contre les doux tranfports de l'amoureufe flâme;
Et bien que mon fort touche à fes derniers foleils,
Je dirai que l'amour fiéd bien à vos pareils;
Que ce tribut qu'on rend aux traits d'un beau vifage,
De la beauté d'une ame eft un clair témoignage,
Et qu'il eft mal-aifé que, fans être amoureux,
Uu jeune prince foit & grand & généreux.
C'eft une qualité que j'aime en un monarque,
La tendreffe du cœur eft une grande marque
Que d'un prince à votre âge on peut tout préfumer,
Dès qu'on voit que fon ame eft capable d'aimer.
Oui, cette paffion, de toutes la plus belle,
Traîne dans un efprit cent vertus après elle;
Aux nobles actions elle pouffe les cœurs,
Et tous les grands héros ont fenti fes ardeurs,

Devant mes yeux., Seigneur, a paſſé votre enfance,
Et j'ai de vos vertus vû fleurir l'eſpérance;
Mes regards obſervoient en vous des qualités
Où je reconnoiſſois le ſang dont vous ſortez;
J'y découvrois un fonds d'eſprit & de lumiére,
Je vous trouvois bien fait, l'air grand, & l'ame fiére,
Votre cœur, votre adreſſe éclatoient chaque jour:
Mais je m'inquiétois de ne point voir d'amour,
Et puiſque les langueurs d'une playe invincible
Nous montrent que votre ame à ſes traits eſt ſenſible,
Je triomphe, & mon cœur d'allégreſſe rempli
Vous regarde à préſent comme un prince accompli.

EURIALE.

Si de l'amour un tems j'ai bravé la puiſſance,
Hélas! mon cher Arbate, il en prend bien vengeance;
Et ſçachant dans quels maux mon cœur s'eſt abymé,
Toi-même tu voudrois qu'il n'eût jamais aimé.
Car enfin, voi le ſort où mon aſtre me guide;
J'aime, j'aime ardemment la princeſſe d'Elide,
Et tu ſçais que l'orgueil ſous des traits ſi charmans
Arme contre l'amour ſes jeunes ſentimens,
Et comment elle fuit en cette illuſtre fête
Cette foule d'amans qui briguent ſa conquête.
Ah! Qu'il eſt bien peu vray que ce qu'on doit aimer,
Auſſi-tôt qu'on le voit, prend droit de nous charmer,
Et qu'un premier coup d'œil allume en nous les flâmes
Où le Ciel en naiſſant a deſtiné nos ames!

A mon retour d'Argos je paffai dans ces lieux,
Et cé paffage offrit la princeffe à mes yeux ;
Je vis tous les appas dont elle eft revêtuë,
Mais de l'œil dont on voit une belle ftatuë.
Leur brillante jeuneffe obfervée à loifir
Ne porta dans mon ame aucun fecret défir,
Et d'Ithaque en repos je revis le rivage,
Sans m'en être en deux ans rappellé nulle image.
Un bruit vient cependant à répandre à ma cour
Le célébre mépris qu'elle fait de l'amour ;
On publie en tous lieux que fon ame hautaine
Garde pour l'hyménée une invincible haine,
Et qu'un arc à la main, fur l'épaule un carquois,
Comme une autre Diane elle hante les bois,
N'aime rien que la chaffe, & de toute la Gréce
Fait foupirer en vain l'héroïque jeuneffe.
Admire nos efprits, & la fatalité.
Ce que n'avoit point fait fa vûë & fa beauté,
Le bruit de fes fiértés en mon ame fit naître
Un tranfport inconnu, dont je ne fus point maître :
Ce dédain fi fameux eut des charmes fecrets
A me faire avec foin rappeller tous fes traits,
Et mon efprit jettant de nouveaux yeux fur elle
M'en refit une image & fi noble, & fi belle,
Me peignit tant de gloire, & de telles douceurs
A pouvoir triompher de toutes fes froideurs,
Que mon cœur, aux brillans d'une telle victoire,
Vit de fa liberté s'évanouir la gloire ;

Contre une telle amorce il eut beau s'indigner,
Sa douceur fur mes fens prit tel droit de régner
Qu'entraîné par l'effort d'une occulte puiffance,
J'ai d'Ithaque en ces lieux fait voile en diligence,
Et je couvre un effet de mes vœux enflammés
Du défir de paroître à ces jeux renommés,
Où l'illuftre Iphitas, pere de la princeffe,
Affemble la plûpart des princes de la Gréce.

ARBATE.

Mais à quoi bon, Seigneur, les foins que vous prenez,
Et pourquoi ce fecret où vous vous obftinez?
Vous aimez, dites-vous, cette illuftre princeffe,
Et venez à fes yeux fignaler votre adreffe,
Et nuls empreffemens, paroles, ni foupirs
Ne l'ont inftruite encor de vos brûlans défirs?
Pour moi, je n'entends rien à cette politique
Qui ne veut point fouffrir que votre cœur s'explique,
Et je ne fçais quel fruit peut prétendre un amour
Qui fuit tous les moyens de fe produire au jour.

EURIALE.

Et que ferai-je, Arbate, en déclarant ma peine,
Qu'attirer les dédains de cette ame hautaine,
Et me jetter au rang de ces princes foumis
Que le titre d'amans lui peint en ennemis?
Tu vois les fouverains de Mefféne & de Pyle
Lui faire de leurs cœurs un hommage inutile,
Et, de l'éclat pompeux des plus hautes vertus,
En appuyer en vain les refpects affidus:

Ce rebut de leurs foins, fous un trifte filence,
Retient de mon amour toute la violence,
Je me tiens condamné dans ces rivaux fameux,
Et je lis mon arrêt au mépris qu'on fait d'eux.

ARBATE.

Et c'eft dans ce mépris, & dans cette humeur fiére
Que votre ame à fes vœux doit voir plus de lumiére,
Puifque le fort vous donne à conquérir un cœur
Que défend feulement une fimple froideur,
Et qui n'impofe point à l'ardeur qui vous preffe
De quelque attachement l'invincible tendreffe.
Un cœur préoccupé réfifte puiffamment;
Mais quand une ame eft libre, on la force aifément,
Et toute la fiérté de fon indifférence
N'a rien dont ne triomphe un peu de patience.
Ne lui cachez donc plus le pouvoir de fes yeux,
Faites de votre flâme un éclat glorieux,
Et, bien loin de trembler de l'exemple des autres,
Du rebut de leurs vœux enflez l'efpoir des vôtres.
Peut-être pour toucher fes févéres appas,
Aurez-vous des fecrets que ces princes n'ont pas;
Et, fi de fes fiértés l'impérieux caprice
Ne vous fait éprouver un deftin plus propice,
Au moins eft-ce un bonheur en ces extrémités,
Que de voir avec foi fes rivaux rebutés.

EURIALE.

J'aime à te voir preffer cet aveu de ma flâme;
Combattant mes raifons, tu chatouilles mon ame,

Et

Et, par ce que j'ai dit, je voulois préssentir
Si de ce que j'ai fait tu pourrois m'applaudir.
Car enfin, puisqu'il faut t'en faire confidence,
On doit à la princeffe expliquer mon filence,
Et peut-être, au moment que je t'en parle ici,
Le fecret de mon cœur, Arbate, eft éclairci.
Cette chaffe, où pour fuir la foule qui l'adore,
Tu fçais qu'elle eft allée au lever de l'aurore,
Eft le tems que Moron pour déclarer mon feu
A pris.

ARBATE.

Moron, Seigneur?

EURIALE.

          Ce choix t'étonne un peu ;
Par fon titre de fou tu crois le bien connoître ;
Mais fçache qu'il l'eft moins qu'il ne le veut paroître,
Et que, malgré l'emploi qu'il exerce aujourd'hui,
Il a plus de bon fens que tel qui rit de lui.
La princeffe fe plaît à fes bouffonneries,
Il s'en eft fait aimer par cent plaifanteries,
Et peut dans cet accès dire & perfuader
Ce que d'autres que lui n'oferoient hazarder ;
Je le vois propre enfin, à ce que j'en fouhaite,
Il a pour moi, dit-il, une amitié parfaite,
Et veut, dans mes Etats ayant reçu le jour,
Contre tous mes rivaux appuyer mon amour.
Quelque argent mis en main pour foutenir ce zéle....

SCENE II.

EURIALE, ARBATE, MORON.

MORON *derriére le théatre.*

AU fecours. Sauvez-moi de la bête cruelle.

EURIALE.

Je penfe oüir fa voix.

MORON *derriére le théatre.*

A moi, de grace, à moi.

EURIALE.

C'eft lui-même. Où court-il avec un tel effroi ?

MORON *entrant fans voir perfonne.*

Où pourrai-je éviter ce fanglier redoutable ?
Grands Dieux ! Préfervez-moi de fa dent effroyable.
Je vous promets, pourvû qu'il ne m'attrape pas,
Quatre livres d'encens, & deux veaux des plus gras.

[*rencontrant Euriale que dans fa frayeur il prend pour le
fanglier qu'il évite.*]

Ah! Je fuis mort.

EURIALE.

Qu'as-tu?

MORON.

Je vous croyois la bête
Dont à me diffamer j'ai vû la gueule prête,

Seigneur , & je ne puis revenir de ma peur.

EURIALE.

Qu'eſt-ce ?

MORON.

Oh ! Que la princeſſe eſt d'une étrange humeur,
Et qu'à ſuivre la chaſſe & ſes extravagances,
Il nous faut eſſuyer de ſottes complaiſances !
Quel diable de plaiſir trouvent tous les chaſſeurs
De ſe voir expoſés à mille & mille peurs ?
Encore ſi c'étoit qu'on ne fût qu'à la chaſſe
Des liévres, des lapins, & des jeunes dains ; paſſe :
Ce ſont des animaux d'un naturel fort doux ,
Et qui prennent toujours la fuite devant nous.
Mais aller attaquer de ces bêtes vilaines
Qui n'ont aucun reſpect pour les faces humaines,
Et qui courent les gens qui les veulent courir,
C'eſt un ſot paſſe-tems , que je ne puis ſouffrir.

EURIALE.

Di-nous donc ce que c'eſt ?

MORON.

Le pénible exercice
Où de notre princeſſe a volé le caprice !
J'en aurois bien juré qu'elle auroit fait le tour ;
Et la courſe des chars ſe faiſant en ce jour ,
Il falloit affecter ce contre-tems de chaſſe
Pour mépriſer ces jeux avec meilleure grace,
Et, faire voir... Mais chut. Achevons mon récit,
Et reprenons le fil de ce que j'avois dit.

C ij

Qu'ai-je dit ?

EURIALE.

Tu parlois d'éxercice pénible.

MORON.

Ah ! Oui. Succombant donc à ce travail horrible,
Car en chaffeur fameux j'étois enharnaché,
Et dès le point du jour je m'étois découché ;
Je me fuis écarté de tous en galant homme,
Et trouvant un lieu propre à dormir d'un bon fomme
J'effayois ma pofture, &, m'ajuftant bientôt,
Prenois déjà mon ton pour ronfler comme il faut ;
Lorfqu'un murmure affreux m'a fait lever la vûë,
Et j'ai, d'un vieux buiffon de la forêt touffuë,
Vû fortir un fanglier d'une énorme grandeur
Pour....

EURIALE.

Qu'eft-ce ?

MORON.

Ce n'eft rien. N'ayez point de frayeur ;
Mais laiffez-moi paffer entre vous deux, pour caufe,
Je ferai mieux en main pour vous conter la chofe.
J'ai donc vû ce fanglier qui, par nos gens chaffé,
Avoit d'un air affreux tout fon poil hériffé ;
Ses deux yeux flamboyans ne lançoient que menace,
Et fa gueule faifoit une laide grimace,
Qui, parmi de l'écume, à qui l'ofoit preffer,
Montroit de certains crocs.... Je vous laiffe à penfer.

A ce terrible afpect j'ai ramaſſé mes armes,
Mais le faux animal, ſans en prendre d'alarmes,
Eſt venu droit à moi, qui ne lui diſois mot.

ARBATE.

Et tu l'as de piéd ferme attendu?

MORON.

Quelque ſot.

J'ai jetté tout par terre, & couru comme quatre.

ARBATE.

Fuir devant un ſanglier ayant de quoi l'abbattre!
Ce trait, Moron, n'eſt pas généreux....

MORON.

J'y conſens,

Il n'eſt pas généreux, mais il eſt de bon ſens.

ARBATE.

Mais, par quelques exploits ſi l'on ne s'éterniſe....

MORON.

Je ſuis votre valet. J'aime mieux que l'on diſe,
C'eſt ici qu'en fuyant, ſans ſe faire prier,
Moron ſauva ſes jours des fureurs d'un ſanglier,
Que ſi l'on y diſoit, voilà l'illuſtre place
Où le brave Moron, d'une héroïque audace,
Affrontant d'un ſanglier l'impétueux effort,
Par un coup de ſes dents vit terminer ſon ſort.

EURIALE

Fort bien.

MORON.

Oui. J'aime mieux, n'en déplaiſe à la gloire,
Vivre au monde deux jours, que mille ans dans l'hiſtoire.

EURIALE.

En effet ton trépas fâcheroit tes amis ;
Mais, ſi de ta frayeur ton eſprit eſt remis,
Puis-je te demander ſi, du feu qui me brûle...

MORON.

Il ne faut pas, Seigneur, que je vous diſſimule.
Je n'ai rien fait encore, & n'ai point rencontré
De tems pour lui parler qui fût ſelon mon gré.
L'office de bouffon a des prérogatives ;
Mais ſouvent on rabbat nos libres tentatives.
Le diſcours de vos feux eſt un peu délicat,
Et c'eſt, chez la princeſſe, une affaire d'Etat.
Vous ſçavez de quel titre elle ſe glorifie,
Et qu'elle a dans la tête une philoſophie
Qui déclare la guerre au conjugal lien,
Et vous traite l'Amour de Déïté de rien.
Pour n'effaroucher point ſon humeur de tigreſſe
Il me faut manier la choſe avec adreſſe ;
Car on doit regarder comme l'on parle aux grands,
Et vous étes par fois d'aſſez fâcheuſes gens.
Laiſſez-moi doucement conduire cette trame.
Je me ſens-là pour vous un zéle tout de flâme,
Vous étes né mon prince, & quelques autres nœuds
Pourroient contribuer au bien que je vous veux.

Ma mere , dans son tems , passoit pour assez belle ,
Et naturellement n'étoit pas fort cruelle ;
Feu votre pere alors , ce prince généreux ,
Sur la galanterie étoit fort dangereux ,
Et je sçais qu'Elpénor , qu'on appelloit mon pere
A cause qu'il étoit le mari de ma mere ,
Comptoit pour grand honneur aux pasteurs d'aujourd'hui
Que le prince autrefois étoit venu chez lui ,
Et que , durant ce tems , il avoit l'avantage
De se voir salué de tous ceux du village.
Baste. Quoiqu'il en soit , je veux par mes travaux . . .
Mais voici la princesse & deux de nos rivaux.

SCENE III.

LA PRINCESSE, AGLANTE, CINTHIE, ARISTOMENE, THEOCLE, EURIALE, PHILIS, ARBATE, MORON.

ARISTOMENE.

Reprochez-vous , Madame , à nos justes alarmes
Ce péril dont tous deux avons sauvé vos charmes ?
J'aurois pensé , pour moi , qu'abbattre sous nos coups
Ce sanglier qui portoit sa fureur jusqu'a vous ,
Etoit une avanture , ignorant votre chasse ,
Dont à nos bons destins nous dûssions rendre grace ;
Mais , à cette froideur , je connois clairement
Que je dois concevoir un autre sentiment ,

Et quereller du fort la fatale puiſſance
Qui me fait avoir part à ce qui vous offenſe.

THEOCLE.

Pour moi, je tiens, Madame, à ſenſible bonheur
L'action où pour vous a volé tout mon cœur,
Et ne puis conſentir, malgré votre murmure,
A quereller le fort d'une telle avanture.
D'un objet odieux je ſçais que tout déplaît ;
Mais, dût votre courroux être plus grand qu'il n'eſt,
C'eſt extrême plaiſir, quand l'amour eſt extrême,
De pouvoir d'un péril affranchir ce qu'on aime.

LA PRINCESSE.

Et penſez-vous, Seigneur, puiſqu'il me faut parler,
Qu'il eût eu, ce péril, de quoi tant m'ébranler ?
Que l'arc & que le dard, pour moi ſi pleins de charmes,
Ne ſoient entre mes mains que d'inutiles armes ?
Et que je faſſe enfin mes plus fréquens emplois
De parcourir nos monts, nos plaines & nos bois,
Pour n'oſer, en chaſſant, concevoir l'eſpérance
De ſuffire moi ſeule à ma propre défenſe ?
Certes, avec le tems j'aurois bien profité
De ces ſoins aſſidus dont je fais vanité,
S'il falloit que mon bras, dans une telle quête,
Ne pût pas triompher d'une chétive bête.
Du moins, ſi pour prétendre à de ſenſibles coups
Le commun de mon ſexe eſt trop mal avec vous,
D'un étage plus haut accordez-moi la gloire,
Et me faites tous deux cette grace de croire,

Seigneurs

Seigneurs, que, quelque fût le fanglier d'aujourd'hui,
J'en ai mis bas, fans vous, de plus méchans que lui.

THEOCLE.

Mais, Madame....

LA PRINCESSE.

Hé bien, foit. Je vois que votre envie
Eft de perfuader que je vous dois la vie;
J'y confens. Oui. Sans vous, c'étoit fait de mes jours,
Je rends de tout mon cœur grace à ce grand fecours,
Et je vais de ce pas au prince, pour lui dire
Les bontés que pour moi votre amour vous infpire.

SCENE IV.

EURIALE, ARBATE, MORON.

MORON.

HE'! A-t-on jamais vû de plus farouche efprit?
De ce vilain fanglier, l'heureux trépas l'aigrit.
Oh! Comme volontiers j'aurois d'un beau falaire
Récompenfé tantôt qui m'en eût fçû défaire!

ARBATE *à Euriale.*

Je vous vois tout penfif, Seigneur, de fes dédains;
Mais ils n'ont rien qui doive empêcher vos deffeins,
Son heure doit venir, & c'eft à vous, poffible,
Qu'eft réfervé l'honneur de la rendre fenfible.

Tome III.   D

MORON.

Il faut qu'avant la courſe elle apprenne vos feux,
Et je....

EURIALE.

Non. Ce n'eſt plus, Moron, ce que je veux.
Garde-toi de rien dire, & me laiſſe un peu faire ;
J'ai réſolu de prendre un chemin tout contraire.
Je vois trop que ſon cœur s'obſtine à dédaigner
Tous ces profonds reſpects qui penſent la gagner,
Et le Dieu qui m'engage à ſoupirer pour elle
M'inſpire pour la vaincre une adreſſe nouvelle.
Oui. C'eſt lui d'où me vient ce ſoudain mouvement,
Et j'en attends de lui l'heureux événement.

ARBATE.

Peut-on ſçavoir, Seigneur, par où votre eſpérance....

EURIALE.

Tu le vas voir. Allons, & garde le ſilence.

MORON.

Juſqu'au revoir.

Fin du premier Acte.

PREMIER INTERMEDE.

SCENE PREMIERE.

MORON.

POur moi, je reſte ici, & j'ai une petite converſation à faire avec ces arbres & ces rochers.

Bois, prés, fontaines, fleurs qui voyez mon teint blême,
Si vous ne le ſçavez, je vous apprends que j'aime.
  Philis eſt l'objet charmant
  Qui tient mon cœur à l'attache,
  Et je devins ſon amant
  La voyant traire une vache.
Ses doigts tout pleins de lait, & plus blancs mille fois,
Preſſoient les bouts du pis, d'une grace admirable.
  Ouf! Cette idée eſt capable
  De me réduire aux abois.
  Ah! Philis, Philis, Philis.

SCENE II.

MORON, UN ECHO.

L'ECHO.

PHilis.

MORON.

Ah!

L'ECHO.

Ah!

MORON.

Hem.

L'ECHO.

Hem.

MORON.

Ah! ah!

L'ECHO.

Ah!

MORON.

Hi, hi.

L'ECHO.

Hi.

MORON.

Oh.

L'ECHO.

Oh.

MORON.

Oh.

L'ECHO.

Oh.

MORON.

Voilà un écho qui est bouffon.

L'ECHO.

On.

MORON.

Hon.

L'ECHO.

Hon.

MORON.

Ah!

L'ECHO.

Ah!

MORON.

Hu.

L'ECHO.

Hu.

MORON.

Voilà un écho qui eſt bouffon.

SCENE III.

MORON *appercevant un ours qui vient à lui.*

AH! Monſieur l'ours, je ſuis votre ſerviteur de tout mon
cœur. De grace, épargnez-moi. Je vous aſſûre que je
ne vaux rien du tout à manger, je n'ai que la peau & les os,
& je vois de certaines gens là-bas qui ſeroient bien mieux
votre affaire. Hé! Hé! Hé! Monſeigneur, tout doux, s'il
[*Il careſſe l'ours, & tremble de frayeur.*]
vous plaît. La, la, la, la. Ah! Monſeigneur, que votre alteſſe
eſt jolie & bien faite! Elle a tout-à-fait l'air galant & la taille
la plus mignonne du monde. Ah! Beau poil! Belle tête!
Beaux yeux brillans & bien fendus! Ah! Beau petit néz!

Belle petite bouche ! Petites quenottes jolies ! Ah ! Belle
gorge ! Belles petites menottes ! Petits ongles bien faits !

[*l'ours se léve sur ses pattes de derriére.*]

A l'aide, au secours, je suis mort. Miséricorde ! Pauvre Moron !
Ah ! Mon Dieu ! Hé, vîte, à moi, je suis perdu.

[*Moron monte sur un arbre.*]

SCENE IV.

MORON, CHASSEURS.

MORON *monté sur un arbre, aux chasseurs.*

HE, Messieurs, ayez pitié de moi.

[*les chasseurs combattent l'ours.*]

Bon, Messieurs, tuez-moi ce vilain animal-là. O Ciel ! Daigne
les assister. Bon. Le voilà qui fuit. Le voilà qui s'arrête, &
qui se jette sur eux. Bon, en voilà un qui vient de lui donner
un coup dans la gueule. Les voilà tous à l'entour de lui.
Courage, ferme, allons, mes amis. Bon, poussez fort, encore.
Ah ! Le voilà qui est à terre, c'en est fait, il est mort. Descen-
dons maintenant pour lui donner cent coups.

[*Moron descend de l'arbre.*]

Serviteur, Messieurs, je vous rends grace de m'avoir délivré
de cette bête. Maintenant que vous l'avez tuée, je m'en vais
l'achever, & en triompher avec vous.

[*Moron donne mille coups à l'ours qui est mort.*]

ENTRÉE DE BALLET.

L*Es chaſſeurs danſent pour témoigner leur joye d'avoir rem-
porté la victoire.*

Fin du premier Interméde.

ACTE SECOND.

SCENE PREMIERE.

LA PRINCESSE, AGLANTE, CINTHIE, PHILIS.

LA PRINCESSE.

 Uı. J'aime à demeurer dans ces paisibles lieux;
On n'y découvre rien qui n'enchante les yeux,
Et de tous nos palais la sçavante structure
Céde aux simples beautés qu'y forme la na-
ture.

Ces arbres, ces rochers, cette eau, ces gazons frais
Ont pour moi des appas à ne laisser jamais.

AGLANTE.

Je chéris comme vous ces retraites tranquilles,
Où l'on se vient sauver de l'embarras des villes.
De mille objets charmans ces lieux sont embellis;
Et ce qui doit surprendre, est qu'aux portes d'Elis
La douce passion de fuir la multitude
Rencontre une si belle, & vaste solitude.
Mais, à vous dire vray, dans ces jours éclatans
Vos retraites ici me semblent hors de tems,

Et

Et c'eſt fort maltraiter l'appareil magnifique
Que chaque prince a fait pour la fête publique.
Ce ſpectacle pompeux de la courſe des chars
Devoit bien mériter l'honneur de vos regards.

LA PRINCESSE.

Quel droit ont-ils chacun d'y vouloir ma préſence,
Et que dois-je après tout à leur magnificence ?
Ce font foins que produit l'ardeur de m'acquérir,
Et mon cœur eſt le prix qu'ils veulent tous courir.
Mais, quelque eſpoir qui flate un projet de la ſorte,
Je me tromperai fort ſi pas un d'eux l'emporte.

CINTHIE.

Juſques à quand ce cœur veut-il s'éffaroucher
Des innocens deſſeins qu'on a de le toucher,
Et regarder les foins que pour vous on ſe donne,
Comme autant d'attentats contre votre perſonne ?
Je ſçais qu'en défendant le parti de l'amour
On s'expoſe chez vous à faire mal ſa cour,
Mais ce que par le ſang j'ai l'honneur de vous être
S'oppoſe aux duretés que vous faites paroître,
Et je ne puis nourrir d'un flateur entretien
Vos réſolutions de n'aimer jamais rien.
Eſt-il rien de plus beau que l'innocente flâme
Qu'un mérite éclatant allume dans une ame,
Et feroit-ce un bonheur de reſpirer le jour,
Si d'entre les mortels on banniſſoit l'amour ?
Non, non, tous les plaiſirs ſe goûtent à le ſuivre,
Et, vivre ſans aimer, n'eſt pas proprement vivre.

Tome III. E

AVIS.

LE deſſein de l'auteur étoit de traiter toute la comédie en vers. Mais un commandement du Roi qui preſſa cette affaire, l'obligea d'achever le reſte en proſe, & de paſſer légérement ſur pluſieurs ſcenes, qu'il auroit étenduës davantage, s'il avoit eu plus de loiſir.

AGLANTE.

Pour moi, je tiens que cette paſſion eſt la plus agréable affaire de la vie, qu'il eſt néceſſaire d'aimer pour vivre heureuſement, & que tous les plaiſirs ſont fades, s'il ne s'y mêle un peu d'amour.

LA PRINCESSE.

Pouvez-vous bien toutes deux, étant ce que vous êtes, prononcer ces paroles, & ne devez-vous pas rougir d'appuyer une paſſion qui n'eſt qu'erreur, que foibleſſe & qu'emportement, & dont tous les déſordres ont tant de répugnance avec la gloire de notre ſexe? J'en prétends ſoutenir l'honneur juſqu'au dernier moment de ma vie, & ne veux point du tout me commettre à ces gens qui font les eſclaves auprès de nous, pour devenir un jour nos tyrans. Toutes ces larmes, tous ces ſoupirs, tous ces hommages, tous ces reſpects, ſont des embûches qu'on tend à notre cœur, & qui ſouvent l'engagent à commettre des lâchetés. Pour moi, quand je regarde certains exemples, & les baſſeſſes épouvantables où cette paſſion ravale les perſonnes ſur qui elle étend ſa puiſſance, je ſens tout mon cœur qui s'émeut, &

je ne puis fouffrir qu'une ame, qui fait profeffion d'un peu de fierté, ne trouve pas une honte horrible à de telles foibleffes.

CINTHIE.

Hé! Madame, il eft de certaines foibleffes qui ne font point honteufes, & qu'il eft beau même d'avoir dans les plus hauts dégrés de gloire. J'efpére que vous changerez un jour de penfée, &, s'il plaît au Ciel, nous verrons votre cœur avant qu'il foit peu...

LA PRINCESSE.

Arrêtez. N'achevez pas ce fouhait étrange. J'ai une horreur trop invincible pour ces fortes d'abaiffemens, &, fi jamais j'étois capable d'y defcendre, je ferois perfonne, fans doute, à ne me le point pardonner.

AGLANTE.

Prenez garde, Madame. L'amour fçait fe venger des mépris que l'on fait de lui, & peut-être...

LA PRINCESSE.

Non, non. Je brave tous fes traits ; & le grand pouvoir qu'on lui donne n'eft rien qu'une chimére, & qu'une excufe des foibles cœurs, qui le font invincible pour autorifer leur foibleffe.

CINTHIE.

Mais enfin, toute la terre reconnoît fa puiffance, & vous voyez que les Dieux même font affujettis à fon empire. On nous fait voir que Jupiter n'a pas aimé pour une fois, & que Diane même, dont vous affectez tant l'exemple, n'a pas rougi de pouffer des foupirs d'amour.

LA PRINCESSE.

Les croyances publiques font toujours mêlées d'erreur. Les
Dieux ne font point faits comme les fait le vulgaire, & c'eft
leur manquer de refpect, que de leur attribuer les foibleffes
des hommes.

SCENE II.

LA PRINCESSE, AGLANTE, CINTHIE, PHILIS, MORON.

AGLANTE.

Vien, approche, Moron, vien nous aider à défendre l'a-
mour contre les fentimens de la princeffe.

LA PRINCESSE.

Voilà votre parti fortifié d'un grand défenfeur.

MORON.

Ma foi, Madame, je crois, qu'après mon exemple, il n'y a
plus rien à dire, & qu'il ne faut plus mettre en doute le pouvoir de l'amour. J'ai bravé fes armes affez long-tems, & fait
de mon drôle comme un autre ; mais enfin ma fierté a baif-

[*Il montre Philis.*]

fé l'oreille, & vous avez une traîtreffe qui m'a rendu plus
doux qu'un agneau. Après cela, on ne doit plus faire aucun'
fcrupule d'aimer ; &, puifque j'ai bien paffé par là, il peut
bien y en paffer d'autres.

CINTHIE

Quoi? Moron fe mêle d'aimer ?

MORON.

Fort bien.

CINTHIE.

Et de vouloir être aimé?

MORON.

Et pourquoi non? Eft-ce qu'on n'eft pas affez bien fait pour cela? Je penfe que ce vifage eft affez paffable, & que, pour le bel air, Dieu merci, nous ne le cédons à perfonne.

CINTHIE.

Sans doute, on auroit tort....

SCENE III.

LA PRINCESSE, AGLANTE, CINTHIE, PHILIS, MORON, LYCAS.

LYCAS.

MAdame, le prince votre pere vient vous trouver ici, & conduit avec lui les princes de Pyle, & d'Ithaque, & celui de Mefféne.

LA PRINCESSE.

O Ciel! Que prétend-il faire en me les amenant? Auroit-il réfolu ma perte, & voudroit-il bien me forcer au choix de quelqu'un d'eux?

SCENE IV.

IPHITAS, EURIALE, ARISTOMENE, THEOCLE, LA PRINCESSE, AGLANTE, CINTHIE, PHILIS, MORON.

LA PRINCESSE à *Iphitas*.

Seigneur, je vous demande la licence de prévenir par deux paroles, la déclaration des penſées que vous pouvez avoir. Il y a deux vérités, Seigneur, auſſi conſtantes l'une, que l'autre, & dont je puis vous aſſûrer également; l'une, que vous avez un abſolu pouvoir ſur moi, & que vous ne ſçauriez m'ordonner rien où je ne réponde auſſi-tôt par une obéïſſance aveugle; l'autre, que je regarde l'hyménée ainſi que le trépas, & qu'il m'eſt impoſſible de forcer cette averſion naturelle. Me donner un mari, & me donner la mort, c'eſt une même choſe; mais votre volonté va la première, & mon obéïſſance m'eſt bien plus chéré que ma vie. Après cela, parlez, Seigneur, prononcez librement ce que vous voulez.

IPHITAS.

Ma fille, tu as tort de prendre de telles alarmes, & je me plains de toi, qui peux mettre dans ta penſée que je ſois aſſez mauvais pere pour vouloir faire violence à tes ſentimens, & me ſervir tyranniquement de la puiſſance que le Ciel me donne ſur toi. Je ſouhaite, à la vérité, que ton cœur puiſſe aimer quelqu'un. Tous mes vœux feroient fatisfaits, fi cela pouvoit arriver, & je n'ai propofé les fêtes & les jeux que je fais célébrer ici, qu'afin d'y pouvoir attirer tout ce que la Gréce a d'illuftre ; & que, parmi cette noble jeuneffe, tu puiffes enfin rencontrer où arrêter tes yeux & déterminer tes penfées. Je ne demande, dis-je, au Ciel autre bonheur que celui de te voir un époux. J'ai, pour obtenir cette grace, fait encore ce matin un facrifice à Vénus ; &, fi je fçais bien expliquer le langage des Dieux, elle m'a promis un miracle. Mais, quoiqu'il en foit, je veux en ufer avec toi en pere qui chérit fa fille. Si tu trouves où attacher tes vœux, ton choix fera le mien, & je ne confidérerai ni intérêts d'Etat, ni avantage d'alliance; fi ton cœur demeure infenfible, je n'entreprendrai point de le forcer : mais au moins fois complaifante aux civilités qu'on te rend, & ne m'oblige point à faire les excufes de ta froideur. Traite ces princes avec l'eftime que tu leur dois, reçoi avec reconnoiffance les témoignages de leur zéle, & vien voir cette courfe où leur adreffe va paroître.

THEOCLE *à la princeffe.*

Tout le monde va faire des efforts pour remporter le prix de cette courfe. Mais, à vous dire vray, j'ai peu d'ardeur pour la victoire, puifque ce n'eft pas votre cœur qu'on y doit difputer.

ARISTOMENE.

Pour moi, Madame, vous étes le feul prix que je me propofe par tout. C'eft vous que je crois difputer dans ces combats d'adreffe, & je n'afpire maintenant à remporter l'honneur de cette courfe, que pour obtenir un dégré de gloire qui m'approche de votre cœur.

EURIALE.

Pour moi, Madame, je n'y vais point du tout avec cette penfée. Comme j'ai fait toute ma vie profeſſion de ne rien aimer, tous les ſoins que je prends ne vont point où tendent
les autres. Je n'ai aucune prétention ſur votre cœur, & le
ſeul honneur de la courſe eſt tout l'avantage où j'aſpire.

SCENE V.

LA PRINCESSE, AGLANTE, CINTHIE, PHILIS, MORON.

LA PRINCESSE.

D'Où ſort cette fierté où l'on ne s'attendoit point ? Princeſſes, que dites-vous de ce jeune prince ? Avez-vous
remarqué de quel ton il l'a pris ?

AGLANTE.

Il eſt vray que cela eſt un peu fier.

MORON *à part.*

Ah! Quelle brave botte il vient là de lui porter!

LA PRINCESSE.

Ne trouvez-vous pas qu'il y auroit plaiſir d'abbaiſſer ſon orgueil & de ſoumettre un peu ce cœur qui tranche tant du
brave ?

CINTHIE.

Comme vous êtes accoutumée à ne jamais recevoir que des
hommages & des adorations de tout le monde, un compliment

ment pareil au fien doit vous furprendre, à la vérité.

LA PRINCESSE.

Je vous avouë que cela m'a donné de l'émotion, & que je fouhaiterois fort de trouver les moyens de châtier cette hauteur. Je n'avois pas beaucoup d'envie de me trouver à cette courfe, mais j'y veux aller exprès, & employer toute chofe pour lui donner de l'amour.

CINTHIE.

Prenez garde, Madame. L'entreprife eft périlleufe, &, lorfqu'on veut donner de l'amour, on court rifque d'en recevoir.

LA PRINCESSE.

Ah! N'appréhendez rien, je vous prie. Allons, je vous réponds de moi.

Fin du fecond Aĉte.

Tome II.

Blondel. *Invent.*

J. E. *Sculpfit.*

SECOND INTERMEDE.
SCENE PREMIERE.
PHILIS, MORON.

MORON.

PHilis, demeure ici.

PHILIS.

Non. Laiſſe-moi ſuivre les autres.

MORON.

Ah! Cruelle, ſi c'étoit Tircis qui t'en priât, tu demeurerois
bien vîte.

PHILIS.

Cela ſe pourroit faire, & je demeure d'accord que je trouve bien mieux mon compte avec l'un qu'avec l'autre ; car
il me divertit avec ſa voix, & toi, tu m'étourdis de ton ca-
quet. Lorſque tu chanteras auſſi bien que lui, je te promets
de t'écouter.

MORON.

Hé! Demeure un peu.

PHILIS.

Je ne ſçaurois.

MORON.

De grace.

PHILIS.

Point, te dis-je.

MORON *retenant Philis.*

Je ne te laisserai point aller.

PHILIS.

Ah! Que de façons!

MORON.

Je ne te demande qu'un moment à être avec toi.

PHILIS.

Hé bien, oui, j'y demeurerai, pourvû que tu me promettes une chose.

MORON.

Et quelle?

PHILIS.

De ne me parler point du tout.

MORON.

Hé! Philis.

PHILIS.

A moins que de cela, je ne demeurerai point avec toi.

MORON.

Veux-tu me...

PHILIS.

Laisse-moi aller.

MORON.

Hé bien, oui, demeure. Je ne te dirai mot.

PHILIS.

Prends-y bien garde au moins; car, à la moindre parole, je prends la fuite.

MORON.

Soit.

[*après avoir fait une scene de geftes.*]

Ah! Philis..... Hé....

SCENE II.

MORON *feul.*

ELle s'enfuit, & je ne fçaurois l'attraper. Voilà ce que
c'eft. Si je fçavois chanter, j'en ferois bien mieux mes
affaires. La plûpart des femmes aujourd'hui fe laiffent prendre par les oreilles ; elles font caufe que tout le monde fe
mêle de mufique , & l'on ne réuffit auprès d'elles que par
les petites chanfons , & les petits vers qu'on leur fait entendre. Il faut que j'apprenne à chanter pour faire comme les
autres. Bon. Voici juftement mon homme.

SCENE III.

UN SATYRE, MORON.

LE SATYRE *chante.*

LA, la, la.

MORON.

Ah! Satyre mon ami, tu fçais bien ce que tu m'as promis ,
il y a long-tems. Appren-moi à chanter , je te prie.

LE SATYRE *en chantant.*

Je le veux. Mais , auparavant, écoute une chanfon que je
viens de faire,

MORON *bas à part.*

Il eſt ſi àccoutumé à chanter, qu'il ne ſçauroit parler d'au-
[*haut.*]
tre façon. Allons, chante, j'écoute.

LE SATYRE *chante.*

Je portois...

MORON.

Une chanſon, dis-tu?

LE SATYRE.

Je port....

MORON.

Une chanſon à chanter?

LE SATYRE.

Je port....

MORON.

Chanſon amoureuſe? Peſte!

LE SATYRE.

J E portois dans une cage
Deux moineaux que j'avois pris,
Lorſque la jeune Cloris
Fit dans un ſombre boccage
Briller, à mes yeux ſurpris,
Les fleurs de ſon beau viſage.

Hélas! Dis-je aux moineaux, en recevant les coups
De ſes yeux ſi ſçavans à faire des conquêtes,
Conſolez-vous, pauvres petites bêtes,
Celui qui vous a pris eſt bien plus pris que vous.

Moron demande au Satyre une chanson plus passionnée, & le prie de
lui dire telle qu'il lui avoit oüi chanter quelques jours auparavant.

LE SATYRE chante.

Dans vos chants si doux,
　Chantez à ma belle,
Oiseaux, chantez tous
Ma peine mortelle.
Mais, si la cruelle
Se met en courroux
Au récit fidéle
Des maux que je sens pour elle,
　Oiseaux, taisez-vous.

MORON.

Ah! Quelle est belle! Appren - la moi.

LE SATYRE.

La, la, la, la.

MORON.

La, la, la, la.

LE SATYRE.

Fa, fa, fa, fa.

MORON.

Fat, toi-même.

ENTRÉE DE BALLET.

Le Satyre en colére menace Moron, & plusieurs Satyres dan-
sent une entrée plaisante.

Fin du second Interméde.

ACTE TROISIÈME.

SCENE PREMIERE.

LA PRINCESSE, AGLANTE, CINTHIE, PHILIS.

CINTHIE.

L eft vray, Madame, que ce jeune prince a fait voir une adreffe non commune, & que l'air dont il a paru, a été quelque chofe de furprenant. Il fort vainqueur de cette courfe. Mais je doute fort qu'il en forte avec le même cœur qu'il y a porté ; car enfin, vous lui avez tiré des traits dont il eft difficile de fe défendre, &, fans parler de tout le refte, la grace de votre danfe, & la douceur de votre voix ont eu des charmes aujourd'hui à toucher les plus infenfibles.

LA PRINCESSE.

Le voici qui s'entretient avec Moron ; nous fçaurons un peu de quoi il lui parle. Ne rompons point encore leur entretien, & prenons cette route pour revenir à leur rencontre.

SCENE II.

EURIALE, ARBATE, MORON.

EURIALE.

AH! Moron, je te l'avouë. J'ai été enchanté, & jamais tant de charmes n'ont frappé tout ensemble mes yeux & mes oreilles. Elle est adorable en tout tems, il est vray; mais ce moment l'a emporté sur tous les autres, & des graces nouvelles ont redoublé l'éclat de ses beautés. Jamais son visage ne s'est paré de plus vives couleurs, ni ses yeux ne se sont armés de traits plus vifs & plus perçans. La douceur de sa voix a voulu se faire paroître dans un air tout charmant qu'elle a daigné chanter, & les sons merveilleux qu'elle formoit passoient jusqu'au fond de mon ame, & tenoient tous mes sens dans un ravissement à ne pouvoir en revenir. Elle a fait éclater ensuite une disposition toute divine, & ses piéds amoureux sur l'émail d'un tendre gazon traçoient d'aimables caractéres qui m'enlevoient hors de moi-même, & m'attachoient par des nœuds invincibles aux doux & justes mouvemens dont tout son corps suivoit les mouvemens de l'harmonie. Enfin, jamais ame n'a eu de plus puissantes émotions que la mienne, & j'ai pensé plus de vingt fois oublier ma résolution pour me jetter à ses piéds, & lui faire un aveu sincére de l'ardeur que je sens pour elle.

MORON.

Donnez-vous en bien de garde, Seigneur, si vous m'en voulez

lez croire. Vous avez trouvé la meilleure invention du monde, & je me trompe fort fi elle ne vous réuffit. Les femmes font des animaux d'un naturel bizarre, nous les gâtons par nos douceurs; & je crois tout de bon que nous les verrions nous courir, fans tous ces refpects, & ces foumiffions où les hommes les acoquinent.

ARBATE.

Seigneur, voici la princeffe qui s'eft un peu éloignée de fa fuite.

MORON.

Demeurez ferme, au moins, dans le chemin que vous avez pris. Je m'en vais voir ce qu'elle me dira. Cependant promenez-vous ici dans ces petites routes, fans faire aucun femblant d'avoir envie de la joindre, &, fi vous l'abordez, demeurez avec elle le moins qu'il vous fera poffible.

SCENE III.

LA PRINCESSE, MORON.

LA PRINCESSE.

TU as donc familiarité, Moron, avec le prince d'Ithaque?

MORON.

Ah! Madame, il y a long-tems que nous nous connoiffons.

LA PRINCESSE.

D'où vient qu'il n'eft pas venu jufqu'ici, & qu'il a pris cette autre route quand il m'a vûë?

Tome III. G

MORON

C'eſt un homme bizarre, qui ne ſe plaît qu'à entretenir ſes penſées.

LA PRINCESSE.

Etois-tu tantôt au compliment qu'il ma fait?

MORON.

Oui, Madame, j'y étois; & je l'ai trouvé un peu imperti-nent, n'en déplaiſe à ſa principauté.

LA PRINCESSE.

Pour moi, je le conſeſſe, Moron. Cette fuite m'a choquée, & j'ai toutes les envies du monde de l'engager pour rabattre un peu ſon orgueil.

MORON.

Ma foi, Madame, vous ne feriez pas mal, il le mériteroit bien; mais, à vous dire vray, je doute fort que vous y puiſ-ſiéz réuſſir.

LA PRINCESSE.

Comment?

MORON.

Comment? C'eſt le plus orgueilleux petit vilain que vous ayez jamais vû. Il lui ſemble qu'il n'y a perſonne au mon-de qui le mérite, & que la terre n'eſt pas digne de le porter.

LA PRINCESSE.

Mais encore, ne t'a-t-il point parlé de moi?

MORON.

Lui? Non.

LA PRINCESSE.

Il ne t'a rien dit de ma voix, & de ma danſe?

MORON.

Pas le moindre mot.

LA PRINCESSE.

Certes, ce mépris eſt choquant, & je ne puis ſouffrir cette hauteur étrange de ne rien eſtimer.

MORON.

Il n'eſtime & n'aime que lui.

LA PRINCESSE.

Il n'y a rien que je ne faſſe pour le ſoumettre comme il faut.

MORON.

Nous n'avons point de marbre dans nos montagnes qui ſoit plus dur & plus inſenſible que lui.

LA PRINCESSE.

Le voilà.

MORON.

Voyez-vous comme il paſſe, ſans prendre garde à vous?

LA PRINCESSE.

De grace, Moron, va le faire aviſer que je ſuis ici, & l'oblige à me venir aborder.

SCENE IV.

LA PRINCESSE, EURIALE, ARBATE, MORON.

MORON *allant au devant d'Euriale, & lui parlant bas.*

Seigneur, je vous donne avis que tout va bien. La princeſſe ſouhaite que vous l'abordiez; mais ſongez bien à continuer votre rôle, &, de peur de l'oublier, ne soyez pas long-tems avec elle.

LA PRINCESSE.

Vous étes bien solitaire, Seigneur, & c'est une humeur bien extraordinaire que la vôtre, de renoncer ainsi à notre sexe, & de fuir à votre âge cette galanterie, dont se piquent tous vos pareils.

EURIALE.

Cette humeur, Madame, n'est pas si extraordinaire qu'on n'en trouvât des exemples sans aller loin d'ici, & vous ne sçauriez condamner la résolution que j'ai prise de n'aimer jamais rien, sans condamner aussi vos sentimens.

LA PRINCESSE.

Il y a grande différence; & ce qui siéd bien à un sexe, ne siéd pas bien à l'autre. Il est beau qu'une femme soit insensible, & conserve son cœur éxemt des flâmes de l'amour; mais ce qui est vertu en elle, devient un crime dans un homme, &, comme la beauté est le partage de notre sexe, vous ne sçauriez ne nous point aimer, sans nous dérober les hommages qui nous sont dûs, & commettre une offense dont nous devons toutes nous ressentir.

EURIALE.

Je ne vois pas, Madame, que celles qui ne veulent point aimer, doivent prendre aucun intérêt à ces sortes d'offenses.

LA PRINCESSE.

Ce n'est pas une raison, Seigneur; &, sans vouloir aimer, on est toujours bien aise d'être aimée.

EURIALE.

Pour moi, je ne fuis pas de même, & dans le deffein où je fuis de ne rien aimer, je ferois fâché d'être aimé.

LA PRINCESSE.

Et la raifon?

EURIALE.

C'eft qu'on a obligation à ceux qui nous aiment, & que je ferois fâché d'être ingrat.

LA PRINCESSE.

Si bien donc que, pour fuir l'ingratitude, vous aimeriez qui vous aimeroit?

EURIALE.

Moi, Madame? Point du tout. Je dis bien que je ferois fâ-ché d'être ingrat; mais je me réfoudrois plûtôt de l'être, que d'aimer.

LA PRINCESSE.

Telle perfonne vous aimeroit peut-être, que votre cœur....

EURIALE.

Non, Madame. Rien n'eft capable de toucher mon cœur. Ma liberté eft la feule maîtreffe à qui je confacre mes vœux, &, quand le Ciel employeroit fes foins à compofer une beauté parfaite, quand il affembleroit en elle tous les dons les plus merveilleux & du corps & de l'ame, enfin, quand il expofe-roit à mes yeux un miracle d'efprit, d'adreffe & de beauté, & que cette perfonne m'aimeroit avec toutes les tendreffes ima-ginables, je vous l'avoüe franchement, je ne l'aimerois pas.

LA PRINCESSE *à part.*

A-t-on jamais rien vû de tel?

MORON *à la Princesse.*

Pefte foit du petit brutal! J'aurois bien envie de lui bailler un coup de poing.

LA PRINCESSE *à part.*

Cet orgueil me confond; & j'ai un tel dépit, que je ne me fens pas.

MORON *bas au prince.*

Bon. Courage, Seigneur. Voilà qui va le mieux du monde.

EURIALE *bas à Moron.*

Ah! Moron, je n'en puis plus; & je me fuis fait des efforts étranges.

LA PRINCESSE *à Euriale.*

C'eft avoir une infenfibilité bien grande, que de parler comme vous faites.

EURIALE.

Le Ciel ne m'a pas fait d'une autre humeur. Mais, Madame, j'interromps votre promenade, & mon refpect doit m'avertir que vous aimez la folitude.

SCENE V.

LA PRINCESSE, MORON.

MORON.

IL ne vous en doit rien, Madame, en dureté de cœur.

LA PRINCESSE.

Je donnerois volontiers tout ce que j'ai au monde, pour avoir l'avantage d'en triompher.

MORON.

Je le crois.

LA PRINCESSE.

Ne pourrois-tu pas, Moron, me servir dans un tel dessein?

MORON.

Vous sçavez bien, Madame, que je suis tout à votre service.

LA PRINCESSE.

Parle-lui de moi dans tes entretiens, vante-lui adroitement ma personne, & les avantages de ma naissance; & tâche d'ébranler ses sentimens par la douceur de quelque espoir. Je te permets de dire tout ce que tu voudras, pour tâcher à me l'engager.

MORON.

Laissez-moi faire.

LA PRINCESSE.

C'est une chose qui me tient au cœur. Je souhaite ardemment qu'il m'aime.

MORON.

Il est bien fait, oui, ce petit pendard-là; il a bon air, bonne physionomie, & je crois qu'il feroit assez le fait d'une jeune princesse.

LA PRINCESSE.

Enfin, tu peux tout espérer de moi, si tu trouves moyen d'enflammer pour moi son cœur.

MORON.

Il n'y a rien qui ne se puisse faire. Mais, Madame, s'il vénoit à vous aimer, que feriez-vous, s'il vous plait?

LA PRINCESSE.

Ah! Ce feroit lors que je prendrois plaifir à triompher pleinement de fa vanité, à punir fon mépris par mes froideurs,
& à exercer fur lui toutes les cruautés que je pourrois imaginer.

MORON.

Il ne fe rendra jamais.

LA PRINCESSE.

Ah! Moron, il faut faire en forte qu'il fe rende.

MORON.

Non. Il n'en fera rien. Je le connois, ma peine feroit inutile.

LA PRINCESSE.

Si faut-il pourtant tenter toute chofe, & éprouver fi fon ame
eft entiérement infenfible. Allons. Je veux lui parler, &
fuivre une penfée qui vient de me venir.

Fin du troifiéme Acte.

TROISIEME

III. INTERMÉDE.
SCENE PREMIERE.
PHILIS, TIRCIS.

PHILIS.

Vien, Tircis. Laiffons-les aller, & me dis un peu ton martyre de la façon que tu fçais faire. Il y a long-tems que tes yeux me parlent; mais je fuis plus aife d'oüir ta voix.

TIRCIS *chante.*

Tu m'écoutes, hélas! dans ma trifte langueur,
 Mais je n'en fuis pas mieux, ô beauté fans pareille;
  Et je touche ton oreille,
  Sans que je touche ton cœur.

PHILIS.

Va, va, c'eft déjà quelque chofe que de toucher l'oreille, & le tems améne tout. Chante-moi cependant quelque plainte nouvelle que tu ayes compofée pour moi.

SCENE II.
MORON, PHILIS, TIRCIS.

MORON.

Ah! Ah! Je vous y prends, cruelle. Vous vous écartez des autres pour oüir mon rival?

PHILIS.

Oui, je m'écarte pour cela. Je te le dis encore, je me plais

Tome III.   H

avec lui, & l'on écoute volontiers les amans , lorſqu'ils ſe plaignent auſſi agréablement qu'il fait. Que ne chantes-tu comme lui? Je prendrois plaiſir à t'écouter.

MORON.

Si je ne ſçais chanter , je ſçais faire autre choſe , & quand...

PHILIS.

Tai-toi. Je veux l'entendre. Di, Tircis, ce que tu voudras.

MORON.

Ah! Cruelle....

PHILIS.

Silence, dis-je, ou je me mettrai en colére.

TIRCIS *chante.*

ARbres épais, & vous , prés émaillés ,
La beauté dont l'hiver vous avoit dépouillés,
    Par le printems vous eſt renduë.
    Vous reprenez tous vos appas ;
    Mais mon ame ne reprend pas
    La joye, hélas! que j'ai perduë.

MORON.

Morbleu, que n'ai-je de la voix! Ah! Nature marâtre! Pourquoi ne m'as-tu pas donné de quoi chanter comme à un autre?

PHILIS.

En vérité , Tircis , il ne ſe peut rien de plus agréable , & tu l'emportes ſur tous les rivaux que tu as.

MORON.

Mais pourquoi eſt-ce que je ne puis pas chanter ? N'ai-je pas un eſtomach, un goſier, & une langue comme un au-

tre ? Oui, oui. Allons. Je veux chanter auffi, & te montrer
que l'amour fait faire toutes chofes. Voici une chanfon que
j'ai faite pour toi.

PHILIS.

Oui, di. Je veux bien t'écouter pour la rareté du fait.

MORON.

Courage, Moron. Il n'y a qu'à avoir de la hardieffe.

[*Il chante.*]

Ton extrême rigueur
   S'acharne fur mon cœur,
Ah! Philis, je trépaffe,
Daigne me fecourir.
   En feras-tu plus graffe
   De m'avoir fait mourir ?

Vivat Moron.

PHILIS.

Voilà qui eft le mieux du monde. Mais, Moron, je fouhaiterois bien d'avoir la gloire que quelque amant fût mort
pour moi. C'eft un avantage dont je n'ai pas encore joui,
& je trouve que j'aimerois de tout mon cœur une perfonne qui m'aimeroit affez pour fe donner la mort.

MORON.

Tu aimerois une perfonne qui fe tueroit pour toi ?

PHILIS.

Oui.

MORON.

Il ne faut que cela pour te plaire ?

PHILIS.

Non.

MORON.

Voilà qui eſt fait. Je veux te montrer que je me ſçais tuer quand je veux.

TIRCIS *chante.*

Ah! Quelle douceur extrême,
De mourir pour ce qu'on aime!

MORON *à Tircis.*

C'eſt un plaiſir que vous aurez quand vous voudrez.

TIRCIS *chante.*

Courage, Moron. Meurs promtement,
En généreux amant.

MORON *à Tircis.*

Je vous prie de vous mêler de vos affaires, & de me laiſſer tuer à ma fantaiſie. Allons. Je vais faire honte à tous les
[*à Philis.*]
amans. Tien, je ne ſuis pas homme à faire tant de façons. Voi ce poignard. Prend bien garde comme je vais me percer le cœur. Je ſuis votre ſerviteur. Quelque niais!

PHILIS.

Allons, Tircis. Vien-t-en me redire à l'écho, ce que tu m'as chanté.

Fin du troiſiéme Interméde.

ACTE QUATRIÉME.

SCENE PREMIERE.

LA PRINCESSE, EURIALE, MORON.

LA PRINCESSE.

RINCE, comme jufques ici nous ayons fait paroître une conformité de fentimens, & que le Ciel a femblé mettre en nous, mêmes attachemens pour notre liberté, & même averfion pour l'amour, je fuis bien aife de vous ouvrir mon cœur, & de vous faire confidence d'un changement dont vous ferez furpris. J'ai toujours regardé l'hymen comme une chofe affreufe, & j'avois fait ferment d'abandonner plûtôt la vie, que de me réfoudre jamais à perdre cette liberté, pour qui j'avois des tendréffes fi grandes ; mais enfin, un moment a diffipé toutes ces réfolutions. Le mérite d'un prince m'a frappé aujourd'hui les yeux, & mon ame tout d'un coup, comme par un miracle, eft devenuë fenfible aux traits de cette paffion que j'avois toujours méprifée. J'ai trouvé d'abord des raifons pour autorifer ce changement, & je puis l'appuyer de ma volonté de répondre aux ardentes

follicitations d'un pere, & aux vœux de tout un Etat ; mais, à vous dire vray, je fuis en peine du jugement que vous ferez de moi, & je voudrois fçavoir fi vous condamnerez, ou non, le deffein que j'ai de me donner un époux.

EURIALE.

Vous pourriez faire un tel choix, Madame, que je l'approuverois fans doute.

LA PRINCESSE.

Qui croyez-vous, à votre avis, que je veuille choifir ?

EURIALE.

Si j'étois dans votre cœur, je pourrois vous le dire ; mais, comme je n'y fuis pas, je n'ai garde de vous répondre.

LA PRINCESSE.

Devinez pour voir, & nommez quelqu'un.

EURIALE.

J'aurois trop peur de me tromper.

LA PRINCESSE.

Mais encore, pour qui fouhaiteriez-vous que je me déclaraffe ?

EURIALE.

Je fçai bien, à vous dire vray, pour qui je le fouhaiterois ; mais, avant que de m'expliquer, je dois fçavoir votre penfée.

LA PRINCESSE.

Hé bien, Prince, je veux bien vous la découvrir. Je fuis fûre que vous allez approuver mon choix, &, pour ne vous point tenir en fufpens davantage, le prince de Mefféne eft celui de qui le mérite s'eft attiré mes vœux.

EURIALE *à part.*

O Ciel!

LA PRINCESSE *bas à Moron.*

Mon invention a réuffi, Moron. Le voilà qui fe trouble.

MORON *à la princeffe.*

Bon, Madame. [*au prince.*] Courage, Seigneur. [*à la princeffe.*]
Il en tient. [*au prince.*] Ne vous défaites pas.

LA PRINCESSE *à Euriale.*

Ne trouvez-vous pas que j'ai raifon, & que ce prince a tout
le mérite qu'on peut avoir?

MORON *bas au prince.*

Remettez-vous, & fongez à répondre.

LA PRINCESSE.

Doù vient, Prince, que vous ne dites mot, & femblez interdit?

EURIALE.

Je le fuis à la vérité; & j'admire, Madame, comme le Ciel
a pû former deux ames auffi femblables en tout que les
nôtres; deux ames en qui l'on ait vû une plus grande conformité de fentimens, qui ayent fait éclater dans le même
tems une réfolution à braver les traits de l'amour, & qui,
dans le même moment, ayent fait paroître une égale facili-
té à perdre le nom d'infenfibles. Car enfin, Madame, puifque votre exemple m'autorife, je ne feindrai point de vous
dire que l'amour aujourd'hui s'eft rendu maître de mon
cœur, & qu'une des princeffes vos coufines, l'aimable & belle
Aglante, a renverfé d'un coup d'œil tous les projets de ma
fierté. Je fuis ravi, Madame, que par cette égalité de defai-

te, nous n'ayons rien à nous reprocher l'un à l'autre, & je ne doute point que, comme je vous louë infiniment de votre choix, vous n'approuviez auffi le mien. Il faut que ce miracle éclate aux yeux de tout le monde, & nous ne devons point différer à nous rendre tous deux contens. Pour moi, Madame, je vous follicite de vos fuffrages pour obtenir celle que je fouhaite, & vous trouverez bon que j'aille de ce pas en faire la demande au prince votre pere.

MORON bas à Euriale.

Ah digne, ah brave cœur!

SCENE II.

LA PRINCESSE, MORON.

LA PRINCESSE.

AH! Moron, je n'en puis plus; & ce coup, que je n'attendois pas, triomphe abfolument de toute ma fermeté.

MORON.

Il eft vray que le coup eft furprenant, & j'avois crû d'abord que votre ftratagême avoit fait fon effet.

LA PRINCESSE.

Ah! Ce m'eft un dépit à me défefpérer, qu'une autre ait l'avantage de foumettre ce cœur que je voulois foumettre.

SCENE

SCENE III.

LA PRINCESSE, AGLANTE, MORON.

LA PRINCESSE.

PRincesse, j'ai à vous prier d'une chose qu'il faut abso-
lument que vous m'accordiez. Le prince d'Ithaque vous
aime, & veut vous demander au prince mon pere.

AGLANTE.

Le prince d'Ithaque, Madame ?

LA PRINCESSE.

Oui. Il vient de m'en assûrer lui-même, & m'a demandé
mon suffrage pour vous obtenir ; mais je vous conjure de
rejetter cette proposition, & de ne point prêter l'oreille à
tout ce qu'il pourra vous dire.

AGLANTE.

Mais, Madame, s'il étoit vray que ce Prince m'aimât effec-
tivement, pourquoi, n'ayant aucun dessein de vous engager,
ne voudriez-vous pas souffrir...

LA PRINCESSE.

Non, Aglante. Je vous le demande. Faites-moi ce plaisir, je
vous prie, & trouvez-bon que n'ayant pû avoir l'avantage
de le soumettre, je lui dérobe la joye de vous obtenir.

AGLANTE.

Madame, il faut vous obéïr ; mais je croirois que la conquête d'un tel cœur ne seroit pas une victoire à dédaigner.

Tome III. I

LA PRINCESSE.

Non, non, il n'aura pas la joye de me braver entiérement.

SCENE IV.

LA PRINCESSE, ARISTOMENE, AGLANTE, MORON.

ARISTOMENE.

Madame, je viens, à vos piéds, rendre grace à l'amour de mes heureux deſtins, & vous témoigner, avec mes tranſports, le reſſentiment où je ſuis des bontés ſurprenantes dont vous daignez favoriſer le plus ſoumis de vos captifs.

LA PRINCESSE.

Comment ?

ARISTOMENE.

Le Prince d'Ithaque, Madame, vient de m'aſſûrer, tout-à-l'heure, que votre cœur avoit eu la bonté de s'expliquer en ma faveur, ſur ce célébre choix qu'attend toute la Gréce.

LA PRINCESSE.

Il vous a dit qu'il tenoit cela de ma bouche ?

ARISTOMENE.

Oui, Madame.

LA PRINCESSE.

C'eſt un étourdi, & vous étes un peu trop crédule, Prince, d'ajouter foi ſi promtement à ce qu'il vous a dit. Une pareille nouvelle mériteroit bien, ce me ſemble, qu'on en dou-

tât un peu de tems, & c'eſt tout ce que vous pourriez faire de la croire, ſi je vous l'avois dite moi-même.

ARISTOMENE.

Madame, ſi j'ai été trop promt à me perſuader...

LA PRINCESSE.

De grace, Prince, briſons-là ce diſcours ; &, ſi vous voulez m'obliger, ſouffrez que je puiſſe jouir de deux momens
de ſolitude.

SCENE V.

LA PRINCESSE, AGLANTE, MORON.

LA PRINCESSE.

AH! Qu'en cette avanture, le Ciel me traite avec une
rigueur étrange! Au moins, Princeſſe, ſouvenez-vous
de la priére que je vous ai faite.

AGLANTE.

Je vous l'ai dit déjà, Madame, il faut vous obéïr.

SCENE VI.

LA PRINCESSE, MORON.

MORON.

MAis, Madame, s'il vous aimoit, vous n'en voudriez
point, & cependant vous ne voulez pas qu'il ſoit à
une autre. C'eſt faire juſtement comme le chien du jardinier.

I ij

LA PRINCESSE.

Non, je ne puis ſouffrir qu'il ſoit heureux avec une autre,
&, ſi la choſe étoit, je crois que j'en mourrois de déplaiſir.

MORON.

Ma foi, Madame, avouons la dette. Vous voudriez qu'il fût
à vous, &, dans toutes vos actions, il eſt aiſé de voir que
vous aimez un peu ce jeune prince.

LA PRINCESSE.

Moi, je l'aime? O Ciel! Je l'aime? Avez-vous l'inſolencé
de prononcer ces paroles? Sortez de ma vûë, impudent, &
ne vous préſentez jamais devant moi.

MORON.

Madame ....

LA PRINCESSE.

Retirez-vous d'ici, vous dis-je, ou je vous en ferai retirer
d'une autre maniére.

MORON *bas à part.*

Ma foi, ſon cœur en a ſa proviſion, &....

> [*Il rencontre un regard de la princeſſe qui l'oblige à ſe*
> *retirer.*]

SCENE VII.

LA PRINCESSE *ſeule.*

DE quelle émotion inconnuë ſens-je mon cœur atteint,
& quelle inquiétude ſecrette eſt venuë troubler tout
d'un coup la tranquillité de mon ame? Ne ſeroit-ce point auſ-

fi ce qu'on vient de me dire , & , fans en rien fçavoir, n'aimerois-je point ce jeune prince ? Ah ! Si cela étoit , je ferois perfonne à me défefpérer; mais il eft impoffible que cela foit, & je vois bien que je ne puis pas l'aimer. Quoi ? Je ferois capable de cette lâcheté ? J'ai vû toute la terre à mes piéds avec la plus grande infenfibilité du monde ; les refpects, les hommages & les foumiffions n'ont jamais pû toucher mon ame, & la fiérté & le dédain en auroient triomphé ? J'ai méprifé tous ceux qui m'ont aimée, & j'aimerois le feul qui me méprife ? Non, non, je fçais bien que je ne l'aime pas. Il n'y a pas de raifon à cela. Mais fi ce n'eft pas de l'amour que ce que je fens maintenant, qu'eft-ce donc que ce peut être ? Et d'où vient ce poifon qui me court par toutes les veines, & ne me laiffe point en repos avec moi-même ? Sors de mon cœur , qui que tu fois, ennemi qui te caches. Attaque-moi vifiblement, & devien à mes yeux la plus affreufe bête de tous nos bois, afin que mon dard & mes fléches me puiffent défaire de toi.

Fin du quatriéme Acte.

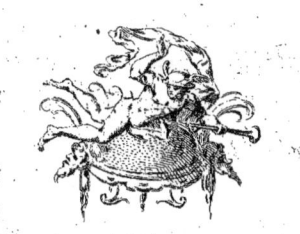

IV. INTERMEDE.
SCENE PREMIERE.

LA PRINCESSE.

O Vous, admirables perſonnes, qui, par la douceur de vos chants, avez l'art d'adoucir les plus fâcheuſes inquiétudes, approchez-vous d'ici, de grace; & tâchez de charmer avec votre muſique le chagrin où je ſuis.

SCENE II.
LA PRINCESSE, CLIMENE, PHILIS.

CLIMENE *chante.*

Hére Philis, di-moi, que crois-tu de l'amour?

PHILIS *chante.*

Toi-même, qu'en crois-tu, ma compagne fidéle?

CLIMENE.

On m'a dit que ſa flâme eſt pire qu'un vautour,
Et qu'on ſouffre, en aimant, une peine cruelle.

PHILIS.

On m'a dit qu'il n'eſt point de paſſion plus belle,
Et que ne pas aimer, c'eſt renoncer au jour.

CLIMENE.

A qui des deux donnerons-nous victoire?

PHILIS.

Qu'en croirons-nous, ou le mal, ou le bien?

TOUTES DEUX ENSEMBLE.

Aimons, c'eft le vray moyen
De fçavoir ce qu'on en doit croire.

PHILIS.

Cloris vante par tout l'amour & fes ardeurs.

CLIMENE.

Amarante pour lui verfe en tous lieux des larmes.

PHILIS.

Si de tant de tourmens il accable les cœurs,
D'où vient qu'on aime à lui rendre les armes?

CLIMENE.

Si fa flâme, Philis, eft fi pleine de charmes,
Pourquoi nous défend-on d'en goûter les douceurs?

PHILIS.

A qui des deux donnerons-nous victoire?

CLIMENE.

Qu'en croirons-nous, ou le mal, ou le bien?

TOUTES DEUX ENSEMBLE.

Aimons, c'eft le vray moyen
De fçavoir ce qu'on en doit croire.

LA PRINCESSE.

Achevez feules, fi vous voulez. Je ne fçaurois demeurer en repos, &, quelque douceur qu'ayent vos chants, ils ne font que redoubler mon inquiétude.

Fin du quatriéme Interméde.

ACTE CINQUIÉME.

SCENE PREMIERE.

IPHITAS, EURIALE, AGLANTE, CINTHIE, MORON.

MORON à *Iphitas*.

UI, Seigneur, ce n'eft point raillerie, j'en fuis ce qu'on appelle difgracié. Il m'a fallu tirer mes chauffes au plus vîte, & jamais vous n'avez vû un emportement plus brufque que le fien.

IPHITAS à *Euriale*.

Ah! Prince, que je devrai de graces à ce ftratagême amoureux, s'il faut qu'il ait trouvé le fecret de toucher fon cœur!

EURIALE.

Quelque chofe, Seigneur, que l'on vienne de vous en dire, je n'ofe encore, pour moi, me flater de ce doux efpoir; mais enfin, fi ce n'eft pas à moi trop de témérité que d'ofer afpirer à l'honneur de votre alliance, fi ma perfonne & mes Etats . . . .

IPHITAS.

Prince, n'entrons point dans ces complimens. Je trouve en

vous

vous de quoi remplir tous les fouhaits d'un pere, &, fi vous avez le cœur de ma fille, il ne vous manque rien.

SCENE II.

LA PRINCESSE, IPHITAS, EURIALE, AGLANTE, CINTHIE, MORON.

LA PRINCESSE.

O Ciel! Que vois-je ici?

IPHITAS *à Euriale.*

Oui, l'honneur de votre alliance m'eft d'un prix très-confidérable, & je foufcris aifément de tous mes fuffrages à la demande que vous me faites.

LA PRINCESSE *à Iphitas.*

Seigneur, je me jette à vos piéds pour vous demander une grace. Vous m'avez toujours témoigné une tendreffe extrême, & je crois vous devoir bien plus par les bontés que vous m'avez fait voir, que par le jour que vous m'avez donné. Mais, fi jamais vous avez eu de l'amitié pour moi, je vous en demande aujourd'hui la plus fenfible preuve que vous me puiffiez accorder; c'eft de n'écouter point, Seigneur, la demande de ce prince, & de ne pas fouffrir que la princeffe Aglante foit unie avec lui.

IPHITAS.

Et par quelle raifon, ma fille, voudrois-tu t'oppofer à cette union?

Tome III.   K

LA PRINCESSE.

Par la raison que je hais ce prince, & que je veux, si je puis, traverser ses desseins.

IPHITAS.

Tu le hais, ma fille?

LA PRINCESSE.

Oui, & de tout mon cœur, je vous l'avouë.

IPHITAS.

Et que t'a-t'il fait?

LA PRINCESSE.

Il m'a méprisée.

IPHITAS.

Et comment?

LA PRINCESSE.

Il ne m'a pas trouvée assez bien faite pour m'adresser ses vœux.

IPHITAS.

Et quelle offense te fait cela? Tu ne veux accepter personne.

LA PRINCESSE.

N'importe. Il me devoit aimer comme les autres, & me laisser au moins la gloire de le refuser. Sa déclaration me fait un affront, & ce m'est une honte sensible, qu'à mes yeux, & au milieu de votre cour, il ait recherché une autre que moi.

IPHITAS.

Mais quel intérêt dois-tu prendre à lui?

LA PRINCESSE.

J'en prends, Seigneur, à me venger de son mépris, &, comme je fçais bien qu'il aime Aglante avec beaucoup d'ardeur, je veux empêcher, s'il vous plaît, qu'il ne foit heureux avec elle.

IPHITAS.

Cela te tient donc bien au cœur?

LA PRINCESSE.

Oui, Seigneur, fans doute, &, s'il obtient ce qu'il demande, vous me verrez expirer à vos yeux.

IPHITAS.

Va, va, ma fille, avouë franchement la chofe. Le mérite de ce prince t'a fait ouvrir les yeux, & tu l'aimes enfin, quoique tu puiffes dire.

LA PRINCESSE.

Moi, Seigneur?

IPHITAS.

Oui, tu l'aimes.

LA PRINCESSE.

Je l'aime, dites-vous, & vous m'imputez cette lâcheté? O Ciel! Quelle eft mon infortune! Puis-je bien, fans mourir, entendre ces paroles, & faut-il que je fois fi malheureufe, qu'on me foupçonne de l'aimer? Ah! Si c'étoit un autre que vous, Seigneur, qui me tint ce difcours, je ne fçais pas ce que je ne ferois point.

IPHITAS.

Hé bien, oui, tu ne l'aimes pas. Tu le hais, j'y confens, & je veux bien pour te contenter qu'il n'époufe pas la princeffe Aglante.

LA PRINCESSE.

Ah ! Seigneur, vous me donnez la vie.

IPHITAS.

Mais, afin d'empêcher qu'il ne puiſſe être jamais à elle, il faut que tu le prennes pour toi.

LA PRINCESSE.

Vous vous moquez, Seigneur, & ce n'eſt pas ce qu'il demande.

EURIALE.

Pardonnez-moi, Madame, je ſuis aſſez téméraire pour cela, & je prends à témoin le prince votre pere, ſi ce n'eſt pas vous que j'ai demandée. C'eſt trop vous tenir dans l'erreur, il faut lever le maſque, & dûſſiez-vous vous en prévaloir contre moi, découvrir à vos yeux les véritables ſentimens de mon cœur. Je n'ai jamais aimé que vous, & jamais je n'aimerai que vous. C'eſt vous, Madame, qui m'avez enlevé cette qualité d'inſenſible que j'avois toujours affectée, & tout ce que j'ai pû vous dire, n'a été qu'une feinte qu'un mouvement ſecret m'a inſpirée, & que je n'ai ſuivie qu'avec toutes les violences imaginables. Il falloit qu'elle ceſſât bientôt, ſans doute, & je m'étonne ſeulement qu'elle ait pû durer la moitié d'un jour ; car enfin je mourois, je brûlois dans l'ame quand je vous déguiſois mes ſentimens, & jamais cœur n'a ſouffert une contrainte égale à la mienne. Que ſi cette feinte, Madame, a quelque choſe qui vous offenſe, je ſuis tout prêt de mourir pour vous en venger, vous n'avez qu'à parler, & ma main, ſur le champ, fera gloire d'exécuter l'arrêt que vous prononcerez.

LA PRINCESSE.

Non, non, Prince, je ne vous fçais pas mauvais gré de m'avoir abufée, &, tout ce que vous m'avez dit, je l'aime bien mieux une feinte, que non pas une vérité.

IPHITAS.

Si bien donc, ma fille, que tu veux bien accepter ce prince pour époux?

LA PRINCESSE.

Seigneur, je ne fçais pas encore ce que je veux. Donnez-moi le tems d'y fonger, je vous prie, & m'épargnez un peu la confufion où je fuis.

IPHITAS.

Vous jugez, Prince, ce que cela veut dire, & vous vous pouvez fonder là-deffus.

EURIALE.

Je l'attendrai tant qu'il vous plaira, Madame, cet arrêt de ma deftinée; &, s'il me condamne à la mort, je le fuivrai fans murmure.

IPHITAS.

Vien, Moron. C'eft ici un jour de paix, & je te remets en grace avec la princeffe.

MORON.

Seigneur, je ferai meilleur courtifan une autre fois, & je me garderai bien de dire ce que je penfe.

SCENE III.

ARISTOMENE, THEOCLE, IPHITAS, LA PRINCESSE, AGLANTE, CINTHIE, MORON.

IPHITAS *aux princes de Meſſéne & de Pyle.*

JE crains bien, Princes, que le choix de ma fille ne ſoit pas en votre faveur ; mais voilà deux princeſſes qui peuvent bien vous conſoler de ce petit malheur.

ARISTOMENE.

Seigneur, nous ſçavons prendre nôtre parti, & ſi ces aimables princeſſes n'ont point trop de mépris pour des cœurs qu'on a rebutés, nous pouvons revenir par elles à l'honneur de votre alliance.

SCENE DERNIERE.

IPHITAS, LA PRINCESSE, AGLANTE, CINTHIE, PHILIS, EURIALE, ARISTOMENE, THEOCLE, MORON.

PHILIS *à Iphitas.*

SEigneur, la Déeſſe Vénus vient d'annoncer par tout, le changement du cœur de la princeſſe. Tous les paſteurs & toutes les bergéres en témoignent leur joye par des dan-

fés & des chanſons; &, ſi ce n'eſt point un ſpectacle que
vous mépriſiez , vous allez voir l'allégreſſe publique ſe répandre juſques ici.

Fin du cinquiéme Acte.

V. INTERMEDE.

BERGERS & BERGERES.

QUATRE BERGERS & DEUX BERGERES,

alternativement avec le chœur.

USez mieux, ô beautés fiéres,
Du pouvoir de tout charmer;
Aimez, aimables bergéres,
Nos cœurs font faits pour aimer.
Quelque fort qu'on s'en défende,
Il y faut venir un jour;
Il n'eft rien qui ne fe rende
Aux doux charmes de l'amour.

Songez de bonne heure à fuivre
Le plaifir de s'enflammer,
Un cœur ne commence à vivre,
Que du jour qu'il fçait aimer.
Quelque fort qu'on s'en défende,
Il y faut venir un jour;
Il n'eft rien qui ne fe rende
Aux doux charmes de l'amour.

ENTRÉE DE BALLET.

QUatre Bergers, & quatre Bergéres danfent fur le chant du chœur.

FIN.

LES

LES FESTES

DE VERSAILLES,

en 1664.

LE Roi, voulant donner, aux Reines & à toute fa cour, le plaifir de quelques fêtes peu communes, dans un lieu orné de tous les agrémens qui peuvent faire admirer une maifon de campagne, choifit Verfailles à quatre lieuës de Paris. C'eft un château qu'on peut nommer un palais enchanté, tant les ajuftemens de l'art ont bien fecondé les foins que la nature a pris pour le rendre parfait. Il charme de toutes maniéres, tout y rit dehors & dedans, l'or & le marbre y difputent de beauté & d'éclat; &, quoiqu'il n'y ait pas cette grande étenduë qui fe remarque en quelques autres palais de fa Majefté, toutes chofes y font fi polies, fi bien entenduës & fi achevées, que rien ne les peut égaler. Sa fymétrie, la richeffe de fes meubles, la beauté de fes promenades, & le nombre infini de fes fleurs, comme de fes orangers, rendent les environs de ce lieu dignes de fa rareté finguliére. La diverfité des bêtes contenuës dans les deux parcs, & dans la ménagerie, où plufieurs cours en étoiles font accompagnées de viviers pour les animaux aquatiques, avec de grands bâtimens, joignent le plaifir avec la magnificence, & en font une maifon accomplie.

Tome III.   L

PREMIERE JOURNÉE.
LES PLAISIRS
DE L'ISLE ENCHANTÉE.

CE fut en ce beau lieu, où toute la cour se rendit le cinquiéme mai, que le Roi traita plus de six cent personnes jusqu'au quatorziéme, outre une infinité de gens nécessaires à la danse & à la comédie, & d'artisans de toutes sortes, venus de Paris ; si bien que cela paroissoit une petite armée.

Le Ciel même sembla favoriser les desseins de sa Majesté, puisqu'en une saison presque toujours pluvieuse, on en fut quitte pour un peu de vent, qui sembla n'avoir augmenté, qu'afin de faire voir que la prévoyance & la puissance du Roi étoient à l'épreuve des plus grandes incommodités. De hautes toiles, des bâtimens de bois faits presque en un instant, & un nombre prodigieux de flambeaux de cire blanche, pour suppléer à plus de quatre mille bougies chaque journée, résistérent à ce vent, qui, par tout ailleurs, eût rendu ces divertissemens comme impossibles à achever.

Monsieur de Vigarani, gentilhomme modénois, fort sçavant en toutes ces choses, inventa & proposa celles-ci ; & le Roi commanda au duc de saint-Aignan, qui se trouva lors en fonction de premier gentilhomme de sa chambre, & qui avoit déjà donné plusieurs sujets de ballets fort agréables, de faire un deſſein où elles fuſſent toutes compriſes avec liaiſon & avec ordre; de ſorte qu'elles ne pouvoient manquer de bien réuſſir.

Il prit pour ſujet le palais d'Alcine, qui donna lieu au titre des plaiſirs de l'iſle enchantée; puiſque, ſelon l'Arioſte, le brave Roger & pluſieurs autres bons chevaliers y furent retenus par les doubles charmes de la beauté, quoiqu'empruntée, & du ſçavoir de cette magicienne, & en furent délivrés, après beaucoup de tems conſommé dans les délices, par la bague qui détruiſoit les enchantemens. C'étoit celle d'Angélique, que Méliſſe, ſous la forme du vieux Atlas, mit enfin au doigt de Roger.

On fit donc en peu de jours orner un rond, où quatre grandes allées aboutiſſent entre de hautes paliſſades, de quatre portiques de trente-cinq piéds d'élévation & de vingt-deux en quarré d'ouverture, & de pluſieurs feſtons enrichis d'or & de diverſes peintures avec les armes de ſa Majeſté.

Toute la cour s'y étant placée le ſeptiéme, il entra dans la place ſur les ſix heures du ſoir un héraut d'armes, repréſenté par m. des Bardins, vêtu d'un habit à l'antique, couleur de feu en broderie d'argent, & fort bien monté.

Il étoit ſuivi de trois pages. Celui du Roi, (m. d'Artagnan) marchoit à la tête de deux autres, fort richement habillé de couleur de feu, livrée de ſa Majeſté, portant ſa lance & ſon écu, dans lequel brilloit un ſoleil de pierreries, avec ces mots,

Nec ceſſo, nec erro.

faiſant alluſion à l'attachement de ſa Majeſté aux affaires de

L ij

fon Etat , & à la maniére avec laquelle il agit. Ce qui étoit encore repréfenté par ces quatre vers du préfident de Périgni, auteur de la même devife.

C E n'eſt pas ſans raiſon que la terre & les Cieux ,
  Ont tant d'étonnement pour un objet ſi rare ,
Qui , dans ſon cours pénible , autant que glorieux ,
Jamais ne ſe repoſe , & jamais ne s'égare.

Les deux autres pages étoient aux ducs de faint-Aignan & de Noailles ; le premier maréchal de camp , & l'autre juge des courfes.

Celui du duc de faint-Aignan portoit l'écu de fa devife , & étoit habillé de fa livrée de toile d'argent enrichie d'or, avec des plumes incarnates & noires , & les rubans de même. Sa devife étoit un timbre d'horloge , avec ces mots ,

De mis golpes mi ruido,

Le page du duc de Noailles étoit vêtu de couleur de feu , argent & noir , & le refte de la livrée femblable. La devife qu'il portoit dans fon écu , étoit un aigle avec ces mots ,

Fidelis & audax.

Quatre trompettes & deux timballiers marchoient après ces pages, habillés de fatin couleur de feu , & argent ; leurs plumes de la même livrée , & les caparaçons de leurs chevaux couverts d'une pareille broderie , avec des foleils d'or fort éclatans aux banderolles des trompettes, & aux couvertures des timballes.

Le duc de faint-Aignan , maréchal de camp , marchoit après eux armé, à la grecque , d'une cuiraffe de toile d'argent, couverte de petites écailles d'or, auffi-bien que fon bas de foye ;

& fon cafque étoit orné d'un dragon, & d'un grand nombre de plumes blanches, mêlées d'incarnat & de noir. Il montoit un cheval blanc, bardé de même, & repréfentoit Guidon le fauvage.

Pour le duc de SAINT-AIGNAN, *repréfentant Guidon le fauvage.*

LEs combats que j'ai faits en l'ifle dangereufe,
Quand de tant de guerriers je demeurai vainqueur,
   Suivis d'une épreuve amoureufe,
Ont fignalé ma force auffi bien que mon cœur.
   La vigueur qui fait mon eftime,
  Soit qu'elle embraffe un parti légitime,
   Ou qu'elle vienne à s'échaper,
Fait dire pour ma gloire, aux deux bouts de la terre,
  Qu'on n'en voit point, en toute guerre,
  Ni plus fouvent, ni mieux frapper.

POUR LE MESME.

SEul contre dix guerriers, feul contre dix pucelles,
C'eft avoir fur les bras deux étranges querelles.
Qui fort à fon honneur de ce double combat,
Doit être, ce me femble, un terrible foldat.

Huit trompettes & deux timballiers, vêtus comme les premiers, marchoient après le maréchal de camp.

Le Roi, repréfentant Roger, les fuivoit, montant un des plus beaux chevaux du monde, dont le harnois couleur de feu éclatoit d'or, d'argent & de pierreries. Sa Majefté étoit armée à la façon des grecs comme tous ceux de fa quadrille, & portoit une cuiraffe de lames d'argent, couverte d'une riche broderie d'or & de diamans. Son port & toute fon action étoient dignes de fon rang ; fon cafque, tout couvert de plumes couleur de feu, avoit une grace incomparable, & jamais un air plus libre, ni plus guerrier, n'a mis un mortel au-deffus des autres hommes.

Pour le R O I, *repréfentant* R O G E R.

QUelle taille, quel port a ce fier conquerant !
   Sa perfonne éblouit quiconque l'examine ;
Et, quoique par fon pofte il foit déjà fi grand,
Quelque chofe de plus éclate dans fa mine.

Son front de fes deftins eft l'augufte garant,
Par delà fes ayeux fa vertu l'achemine,
Il fait qu'on les oublie ; & , de l'air qu'il s'y prend,
Bien loin derriére lui, laiffe fon origine.

De ce cœur généreux c'eft l'ordinaire emploi
D'agir plus volontiers pour autrui que pour foi ;
Là principalement fa force eft occupée :

Il efface l'éclat des héros anciens,
N'a que l'honneur en vûë, & ne tire l'épée
Que pour des intérêts qui ne font pas les fiens.

Le duc de Noailles, juge du camp, fous le nom d'Oger le Danois, marchoit après le Roi, portant la couleur de feu & le noir fous une riche broderie d'argent ; & fes plumes, auffi-bien que tout le refte de fon équipage, étoient de cette même livrée.

Pour le duc de NOAILLES, *juge du camp, repréſentant*
Oger le danois.

CE *paladin s'applique à cette ſeule affaire,*
De ſervir dignement le plus puiſſant des rois.
Comme, pour bien juger, il faut ſçavoir bien faire,
Je doute que perſonne appelle de ſa voix.

Le duc de Guiſe & le comte d'Armagnac marchoient enſemble après lui. Le premier, portant le nom d'Aquilant le noir,
avoit un habit de cette couleur en broderie d'or & de geais,
ſes plumes, ſon cheval & ſa lance aſſortiſſoient à ſa livrée;
& l'autre, repréſentant Griffon le blanc, portoit, ſur un habit
de toile d'argent, pluſieurs rubis, & montoit un cheval blanc
bardé de la même couleur.

Pour le duc de GUISE, *repréſentant Aquilant le noir.*

LA *nuit a ſes beautés, de même que le jour.*
Le noir eſt ma couleur, je l'ai toujours aimée;
Et, ſi l'obſcurité convient à mon amour,
Elle ne s'étend pas juſqu'à ma renommée.

Pour le comte d'ARMAGNAC, *repréſentant Griffon le blanc.*

VOyez *quelle candeur en moi le Ciel a mis,*
Auſſi nulle beauté ne s'en verra trompée;
Et, quand il ſera tems d'aller aux ennemis,
C'eſt où je me ferai tout blanc de mon épée.

Les ducs de Foix & de Coaſlin, qui paroiſſoient enſuite,
étoient vêtus, l'un d'incarnat avec or & argent, & l'autre
de vert, blanc & argent. Toute leur livrée & leurs chevaux
étant dignes du reſte de leur équipage.

Pour le duc de FOIX, *repréſentant Renaud.*

IL porte un nom célébre, il eſt jeune, il eſt ſage,
   A vous dire le vray, c'eſt pour aller bien haut ;
Et c'eſt un grand bonheur que d'avoir, à ſon âge,
La chaleur néceſſaire, & le flegme qu'il faut.

Pour le duc de COASLIN, *repréſentant Dudon.*

TRop avant dans la gloire on ne peut s'engager.
   J'aurai vaincu ſept rois, &, par mon grand courage,
Les verrai tous ſoumis au pouvoir de Roger,
Que je ne ſerai pas content de mon ouvrage.

Après eux, marchoient le comte du Lude & le prince de
Marſillac. Le premier vétu d'incarnat & blanc ; & l'autre de
jaune, blanc & noir ; enrichis de broderie d'argent, leur
livrée de même, & fort bien montés.

Pour le comte du LUDE, *repréſentant Aſtolphe.*

DE tous les paladins qui ſont dans l'univers,
   Aucun n'a pour l'amour l'ame plus échauffée ;
Entreprenant toujours mille projets divers,
Et toujours enchanté par quelque jeune fée.

Pour le prince de MARSILLAC, *repréſentant Brandimart.*

MEs vœux ſeront contens, mes ſouhaits accomplis,
   Et ma bonne fortune à ſon comble arrivée,
Quand vous ſçaurez mon zéle, aimable Fleur de lys
Au milieu de mon cœur profondément gravée.

Les marquis de Villequier & de Soyecourt marchoient enſuite. L'un portoit le bleu & argent, & l'autre le bleu, blanc &
noir, avec or & argent ; leurs plumes, & les harnois de leurs
chevaux étoient de la même couleur, & d'une pareille richeſſe.

Pour

Pour le marquis de VILLEQUIER, *repréfentant Richardet.*

Perfonne, *comme moi, n'eft forti galamment*
D'une intrigue où fans doute il falloit quelque adreffe ;
Perfonne, à mon avis, plus agréablement
N'eft demeuré fidéle en trompant fa maîtreffe.

Pour le marquis de SOYECOURT, *repréfentant Olivier.*

Oici l'honneur du fiécle, auprès de qui nous fommes,
Et même les géans, de médiocres hommes ;
Et ce franc chevalier, à tout venant tout prêt,
Toujours pour quelque joûte a la lance en arrêt.

Les marquis d'Humiéres & de la Valliére les fuivoient. Ce premier portant la couleur de chair & argent, l'autre le gris de lin, blanc & argent ; toute leur livrée étant la plus riche, & la mieux affortie du monde.

Pour le marquis D'HUMIERES, *repréfentant Ariodant.*

E tremble dans l'accès de l'amoureufe fiévre,
Ailleurs, fans vanité, je ne tremblai jamais ;
Et ce charmant objet, l'adorable Genévre,
Eft l'unique vainqueur à qui je me foumets.

Pour le marquis de LA VALLIERE, *repréfentant Zerbin.*

Uelques beaux fentimens que la gloire nous donne,
Quand on eft amoureux au fouverain degré,
Mourir entre les bras d'une belle perfonne,
Eft de toutes les morts la plus douce à mon gré.

Monfieur le Duc marchoit feul, portant pour fa livrée la couleur de feu, blanc & argent. Un grand nombre de diamans étoient attachés fur la magnifique broderie dont fa cuiraffe & fon bas de foye étoient couverts, fon cafque & le

Tome III. M

harnois de fon cheval en étant auffi enrichis.

Pour monfieur le D u c , *repréfentant Roland.*

R Oland fera bien loin fon grand nom retentir ,
La gloire deviendra fa fidéle compagne.
Il eft forti d'un fang qui brûle de fortir,
Quand il eft queftion de fe mettre en campagne ;
Et , pour ne vous en point mentir ,
C'eft le pur fang de Charlemagne.

U N char de dix-huit piéds de haut, de vingt-quatre de long, & de quinze de large, paroiffoit enfuite, éclatant d'or & de diverfes couleurs. Il repréfentoit celui d'Apollon, en l'honneur duquel fe célébroient autrefois les jeux pythiens, que ces chevaliers s'étoient propofés d'imiter en leurs courfes & en leur équipage. Cette Divinité brillante de lumiére, étoit affife au plus haut du char, ayant à fes piéds les quatre Ages ou Siécles, diftingués par de riches habits, & par ce qu'ils portoient à la main.

Le Siécle d'or, orné de ce précieux métal, étoit encore paré de diverfes fleurs, qui faifoient un des principaux ornemens de cet heureux âge. Ceux d'argent & d'airain avoient auffi leurs marques particuliéres. Et celui de fer étoit repréfenté par un guerrier d'un regard terrible , portant d'une main l'épée, & de l'autre le bouclier.

Plufieurs autres grandes figures de relief, paroient les côtés du char magnifique. Les monftres céleftes, le ferpent Python, Daphné, Hyacinte, & les autres figures qui conviennent à Apollon, avec un Atlas portant le globe du monde, y étoient auffi relevés d'une agréable fculpture. Le Tems, re-préfenté par le fieur Millet, avec fa faux, fes aîles, & cette vieilleffe décrépite dont on le peint toujours accablé, en étoit le conducteur. Quatre chevaux d'une taille & d'une beauté peu commune, couverts de grandes houffes femées de foleils d'or, & attelés de front, tiroient cette machine.

Les douze Heures du jour, & les douze Signes du zodiaque, habillés fort fuperbement, comme les poëtes les dépeignent, marchoient en deux files aux deux côtés de ce char.

Tous les pages des chevaliers le fuivoient deux à deux, après celui de monfieur le Duc, fort proprement vêtus de leurs livrées, avec quantité de plumes, portant les lances de leurs maîtres, & les écus de leurs devifes.

Le duc de Guife, repréfentant Aquilant le noir, ayant pour devife un lion qui dort, avec ces mots,

Et quiefcente pavefcunt.

Le comte d'Armagnac, repréfentant Griffon le blanc, ayant pour devife une hermine, avec ces mots,

Ex candore decus.

Le duc de Foix, repréfentant Renaud, ayant pour devife un vaiffeau dans la mer, avec ces mots,

Longe levis aura feret.

Le duc de Coaflin, repréfentant Dudon, ayant pour devife un foleil, & l'héliotrope ou tournefol, avec ces mots,

Splendor ab obfequio.

Le comte du Lude, repréfentant Aftolphe, ayant pour de-vife un chiffre en forme de nœud, avec ces mots,

Non fia mai fciolto.

M ij

Le prince de Marsillac , représentant Brandimart , ayant pour devise une montre en relief , dont on voit tous les ressorts , avec ces mots ,

Quieto fuor , commoto dentro.

Le marquis de Villequier , représentant Richardet , ayant pour devise un aigle qui plane devant le soleil , avec ces mots ,

Uni militat astro.

Le marquis de Soyecourt , représentant Olivier , ayant pour devise la massuë d'Hercule , avec ces mots ,

Vix æquat fama labores.

Le marquis d'Humiéres , représentant Ariodant , ayant pour devise toutes sortes de couronnes , avec ces mots ,

No quiero menos.

Le marquis de la Valliére , représentant Zerbin , ayant pour devise un phœnix sur un bûcher allumé par le soleil , avec ces mots ,

Hoc juvat uri.

Monsieur le duc , représentant Roland , ayant pour devise un dard entortillé de lauriers , avec ces mots ,

Certe ferit.

Vingt pasteurs chargés des diverses piéces de la barriére qui devoit être dressée pour la course de bague , formoient la derniére troupe qui entra dans la lice. Ils portoient des vestes couleur de feu , enrichies d'argent , & des coëffures de même.

Aussi-tôt que ces troupes furent entrées dans le camp , elles

en firent le tour, & après avoir falué les Reines, elles fe fé-
parérent, & prirent chacune leur pofte. Les pages à la tête,
les trompettes & les timballiers fe croifant, s'allérent pofter
fur les aîles. Le Roi, s'avançant au milieu, prit fa place vis-
à-vis du haut dais, monfieur le Duc proche de fa Majefté,
les ducs de Saint-Aignan & de Noailles à droit & à gauche,
les dix chevaliers en haye aux deux côtés du char, leurs pages au même ordre derriére eux, les Signes & les Heures comme ils étoient entrés.

Lorfqu'on eut fait alte en cet état, un profond filence, caufé
tout enfemble par l'attention & par le refpect, donna le
moyen à mademoifelle de Brie, qui repréfentoit le fiécle
d'airain, de commencer ces vers à la louange de la Reine,
adreffés à Apollon, repréfenté par le fieur la Grange.

LE SIECLE D'AIRAIN à *Apollon*.

BRillant pere du jour, toi, de qui la puiffance,
Par fes divers afpects, nous donna la naiffance,
Toi, l'efpoir de la terre, & l'ornement des Cieux,
Toi, le plus néceffaire & le plus beau des Dieux,
Toi, dont l'activité, dont la bonté fuprême
Se fait voir & fentir en tous lieux par foi-même,
Di-nous par quel deftin, ou par quel nouveau choix,
Tu célébres tes jeux aux rivages françois?

APOLLON.

Si ces lieux fortunés ont tout ce qu'eut la Gréce
De gloire, de valeur, de mérite & d'adreffe,
Ce n'eft pas fans raifon qu'on y voit transférés
Ces jeux qu'à mon honneur la terre a confacrés.

J'ai toujours pris plaifir à verfer fur la France,
De mes plus doux rayons la bénigne influence ;
Mais le charmant objet qu'hymen y fait régner,
Pour elle maintenant me fait tout dédaigner.

Depuis un fi long-tems que pour le bien du monde
Je fais l'immenfe tour de la terre & de l'onde,
Jamais je n'ai rien vû fi digne de mes feux,
Jamais un fang fi noble, un cœur fi généreux,
Jamais tant de lumiére avec tant d'innocence,
Jamais tant de jeuneffe avec tant de prudence,
Jamais tant de grandeur avec tant de bonté,
Jamais tant de fageffe avec tant de beauté.

Mille climats divers qu'on vit fous la puiffance
De tous les demi-Dieux dont elle prit naiffance,
Cédant à fon mérite autant qu'à leur devoir,
Se trouveront un jour unis fous fon pouvoir.

Ce qu'eurent de grandeur & la France & l'Efpagne,
Les droits de Charles-Quint, les droits de Charlemagne,
En elle avec leur fang heureufement tranfmis,
Rendront tout l'univers à fon trône foumis.
Mais un titre plus grand, un plus noble partage
Qui l'éléve plus haut, qui lui plaît davantage,
Un nom qui tient en foi les plus grands noms unis,
C'eft le nom glorieux d'époufe de Louis.

LE SIECLE D'ARGENT.

Quel deftin fait briller, avec tant d'injuftice,
Dans le fiécle de fer, un aftre fi propice ?

LE SIECLE D'OR.

Ah! Ne murmure point contre l'ordre des Dieux.
Loin de s'enorgueillir d'un don si précieux,
Ce siécle, qui du Ciel a mérité la haine,
En devroit augurer sa ruine prochaine,
Et voir qu'une vertu qu'il ne peut suborner,
Vient moins pour l'anoblir que pour l'exterminer.
  Si-tôt qu'elle paroît dans cette heureuse terre,
Voi comme elle en bannit les fureurs de la guerre ;
Comme, depuis ce jour, d'infatigables mains
Travaillent sans relâche au bonheur des humains,
Par quels secrets ressorts, un héros se prépare
A chasser les horreurs d'un siécle si barbare,
Et me faire revivre avec tous les plaisirs
Qui peuvent contenter les innocens désirs.

LE SIECLE DE FER.

Je sçais quels ennemis ont entrepris ma perte,
Leurs desseins font connus, leur trame est découverte ;
Mais mon cœur n'en est pas à tel point abbattu...

APOLLON.

Contre tant de grandeur, contre tant de vertu,
Tous les monstres d'enfer, unis pour ta défense,
Ne feroient qu'une foible & vaine résistance.
L'univers opprimé de ton joug rigoureux,
Va goûter, par ta fuite, un destin plus heureux.
Il est tems de céder à la loi souveraine,
Que t'imposent les vœux de cette auguste Reine ;
Il est tems de céder aux travaux glorieux

D'un Roi favorifé de la terre & des Cieux.

Mais ici trop long-tems ce différend m'arrête;

A de plus doux combats cette lice s'apprête,

Allons la faire ouvrir, & ployons des lauriers

Pour couronner le front de nos fameux guerriers.

Tous ces récits achevés, la courfe de bague commença, en laquelle, après que le Roi eut fait admirer l'adreffe & la grace qu'il a en cet exercice, comme en tous les autres, & après plufieurs belles courfes de tous les chevaliers, le duc de Guife, les marquis de Soyecourt & de la Valliére demeurérent à la difpute, dont ce dernier emporta le prix, qui fut une épée d'or enrichie de diamans, avec des boucles de baudrier de grande valeur, que donna la Reine mere, & dont elle l'honora de fa main.

La nuit vint cependant à la fin des courfes, par la juftette qu'on avoit euë à les commencer; & un nombre infini de lumiéres ayant éclairé tout ce beau lieu, l'on vit entrer dans la même place trente-quatre concertans fort bien vêtus, qui devoient précéder les Saifons, & faifoient le plus agréable concert du monde.

Pendant que les Saifons fe chargeoient des mets délicieux qu'elles devoient porter, pour fervir devant leurs Majeftés la magnifique collation qui étoit préparée, les douze Signes du zodiaque, & les quatre Saifons danférent dans le rond une des plus belles entrées de ballet qu'on eût encore vûë. Le Printems parut enfuite fur un cheval d'Efpagne, repréfenté par mademoifelle du Parc, qui, avec le fexe & les

avantages

avantages d'une femme, faifoit voir l'adreffe d'un homme.
Son habit étoit vert, en broderie d'argent & de fleurs au naturel.

L'Eté le fuivoit, repréfenté par le fieur du Parc, fur un
éléphant couvert d'une riche houffe. .

L'Automne, auffi avantageufement vêtu, repréfenté par le
fieur la Thorilliére, venoit après, monté fur un chameau.

L'Hiver, repréfenté par le fieur Béjart, fuivoit fur un ours.
Leur fuite étoit compofée de quarante-huit perfonnes, qui
portoient toutes fur leurs têtes de grands baffins pour la collation.

Les douze premiers couverts de fleurs, portoient, comme
des jardiniers, des corbeilles peintes de vert & d'argent,
garnies d'un grand nombre de porcelaines, fi remplies de
confitures & d'autres chofes délicieufes de la faifon, qu'ils
étoient courbés fous cet agréable faix.

Douze autres, comme moiffonneurs, vêtus d'habits confor-
mes à cette profeffion, mais fort riches, portoient des baffins
de cette couleur incarnate, qu'on remarque au foleil levant,
& fuivoient l'Eté.

Douze vêtus en vandangeurs, étoient couverts de feuilles
de vignes, & de grappes de raifins; & portoient dans des
paniers feuille-morte, remplis de petits baffins de cette même couleur, divers autres fruits & confitures, à la fuite de
l'Automne.

Les douze derniers, étoient des vieillards gelés, dont les
fourrures & la démarche marquoient la froidure & la foibleffe, portant dans des baffins couverts d'une glace & d'une

Tome III.   N

neige, fi bien contrefaites qu'on les eût prifes pour la chofe même, ce qu'ils devoient contribuer à la collation, & fuivoient l'Hiver.

Quatorze concertans de Pan & de Diane, précédoient ces
deux Divinités, avec une agréable harmonie de flûtes & de
mufettes.

Elles venoient enfuite fur une machine fort ingenieufe, en
forme d'une petite montagne ou roche ombragée de plufieurs
arbres; mais ce qui étoit plus furprenant, c'eft qu'on la
voyoit portée en l'air, fans que l'artifice qui la faifoit mou-
voir, fe pût découvrir à la vûë.

Vingt autres perfonnes les fuivoient, portant des viandes de
la ménagerie de Pan, & de la chaffe de Diane.

Dix-huit pages du Roi fort richement vêtus, qui devoient
fervir les dames à table, faifoient les derniers de cette troupe; laquelle étant rangée, Pan, Diane & les Saifons fe pré-
fentant devant la Reine, le Printemps lui adreffa le premier
ces vers.

LE PRINTEMS, A LA REINE.

Entre toutes les fleurs nouvellement éclofes
     Dont mes jardins font embellis,
Méprifant les jafmins, les œillets, & les rofes,
Pour payer mon tribut, j'ai fait choix de ces lys
Que dès vos premiers ans vous avez tant chéris.
Louis les fait briller du couchant à l'aurore,
Tout l'univers charmé les refpecte & les craint;
Mais leur régne eft plus doux & plus puiffant encore,
     Quand ils brillent fur votre teint.

L'ETE'.

Surpris, un peu trop promtement,
J'apporte à cette fête un leger ornement;
 Mais, avant que ma faison paffe,
 Je ferai faire à vos guerriers,
 Dans les campagnes de la Thrace,
 Une ample moiffon de lauriers.

L'AUTOMNE.

Le Printems orgueilleux de la beauté des fleurs
 Qui lui tombérent en partage,
Prétend de cette fête avoir tout l'avantage,
Et nous croit obfcurcir par fes vives couleurs;
Mais vous vous fouviendrez, Princeffe fans feconde,
De ce fruit précieux qu'a produit ma faifon,
 Et qui croît dans votre maifon,
Pour faire quelque jour les délices du monde.

L'HIVER

La neige, les glaçons que j'apporte en ces lieux,
 Sont des mets les moins précieux;
 Mais ils font des plus néceffaires
Dans une fête où mille objets charmans,
 De leurs œillades meurtriéres,
 Font naître tant d'embrazemens.

DIANE.

 Nos bois, nos rochers, nos montagnes,
 Tous nos chaffeurs, & mes compagnes
Qui m'ont toujours rendu des honneurs fouverains,
Depuis que parmi nous ils vous ont vû paroître,

Ne veulent plus me reconnoître ;

Et, chargés de préfens, viennent avecque moi,

Vous porter ce tribut pour marque de leur foi.

Les habitans legers de cet heureux boccage ,

De tomber dans vos rets font leur fort le plus doux ,

Et n'eftiment rien davantage,

Que l'heur de périr de vos coups.

Amour , dont vous avez la grace & le vifage ,

A le même fecret que vous.

P A N.

Jeune Divinité , ne vous étonnez pas ,

Lorfque nous vous offrons, en ce fameux repas,

L'élite de nos bergeries.

Si nos troupeaux goûtent en paix

Les herbages de nos prairies ,

Nous devons ce bonheur à vos divins attraits.

CEs récits achevés, une grande table, en forme de croif-fant , ronde du côté où l'on devoit couvrir , & garnie de fleurs de celui où elle étoit creufe, vint à fe découvrir.

Trente-fix violons, trés-bien vêtus, parurent derriére fur un petit théatre , pendant que meffieurs de la Marche & Parfait pere , frere & fils , contrôleurs généraux , fous les noms de l'Abondance , de la Joye , de la Propreté , & de la Bonne Chére , la firent couvrir par les Plaifirs, par les Jeux, par les Ris , & par les Délices.

Leurs Majeftés s'y mirent en cet ordre , qui prévint tous les embarras qui euſſent pû naître pour les rangs.

La Reine mere étoit aſſiſe au milieu de la table, & avoit à ſa main droite.

LE ROI.

Mademoiſelle d'Alençon.

Madame la Princeſſe.

Mademoiſelle d'Elbœuf.

Madame de Bethune.

Madame la ducheſſe de Créqui.

MONSIEUR.

Madame la ducheſſe de Saint-Aignan.

Madame la maréchale du Pleſſis.

Madame la maréchale d'Etampes.

Madame de Gourdon.

Madame de Monteſpan.

Madame d'Humiéres.

Mademoiſelle de Brancas.

Madame d'Armagnac.

Madame la comteſſe de Soiſſons.

Madame la princeſſe de Bade.

Mademoiſelle de Grançai.

De l'autre côté étoient aſſiſes,

LA REINE.

Madame de Carignan.

Madame de Flaix.

Madame la ducheſſe de Foix.

Madame de Brancas.

Madame de Froulay.

Madame la ducheſſe de Navailles.

Mademoiſelle d'Ardennes.

Mademoiſelle de Coetlogon.

Madame de Cruſſol.

Madame de Montauzier.

MADAME.

Madame la Princeſſe Bénédicte.

Madame la Ducheſſe.

Madame de Rouvroy.

Mademoiſelle de la Mothe.

Madame de Marſé.

Mademoiſelle de la Valliére.

Mademoiſelle d'Artigny.

Mademoiſelle du Bellay.

Mademoiſelle de Dampierre.

Mademoiſelle de Fiennes.

La ſomptuoſité de cette collation paſſoit tout ce qu'on en pourroit écrire, tant par l'abondance, que par la délicateſſe des choſes qui y furent ſervies. Elle faiſoit auſſi le plus bel objet qui puiſſe tomber ſous les ſens; puiſque, dans la nuit, auprès de la verdure de ces hautes paliſſades, un nombre infini de chandeliers peints de vert & d'argent, portant chacun vingt-quatre bougies, & deux cens flambeaux de cire blanche, tenus par autant de perſonnes vêtuës en maſques, rendoient une clarté preſque auſſi grande & plus agréable que celle du jour. Tous les chevaliers, avec leurs caſques couverts de plumes de différentes couleurs, & leurs habits de la courſe, étoient appuyés ſur la barriére; & ce grand nombre

d'officiers richement vêtus qui fervoient, en augmentoient
encore la beauté, & rendoient ce rond une chofe enchantée, duquel, après la collation, leurs Majeſtés & toute la
cour fortirent par le portique oppofé à la barriére, & dans
un grand nombre de caléches fort ajuſtées, reprirent le chemin
du château.

Blondel · Invenit   Joullain · Sculpſit

II. JOURNÉE.

S U I T E

D E S   P L A I S I R S

DE L'ISLE ENCHANTÉE.

L Orſque la nuit du ſecond jour fut venuë, leurs Majeſtés ſe rendirent dans un autre rond, environné de paliſſa-des comme le premier & ſur la même ligne, s'avançant tou-jours vers le lac où l'on feignoit que le palais d'Alcine étoit bâti. Le deſſein de cette ſeconde fête étoit que Roger & les chevaliers de ſa quadrille, après avoir fait des merveilles aux courſes, que par l'ordre de la belle magicienne ils avoient faites en faveur de la Reine, continuoient en ce même deſ-ſein pour le divertiſſement ſuivant ; & que, l'iſle flottante n'ayant point éloigné le rivage de la France, ils donnoient à ſa Majeſté le plaiſir d'une comédie dont la ſcene étoit en Elide.

Le Roi fit donc couvrir de toiles, en ſi peu de tems qu'on avoit lieu de s'en étonner, tout ce rond d'une eſpéce de dô-me, pour défendre contre le vent le grand nombre de flam-beaux & de bougies qui devoient éclairer le théatre, dont la décoration étoit fort agréable.

Auſſi-tôt qu'on eût levé la toile, un grand concert de plu-ſieurs inſtrumens ſe fit entendre, & l'Aurore ouvrit la ſcene. On y repréſenta la princeſſe d'Elide, comédie-ballet, avec un prologue & des intermédes.

N O M S

NOMS DES PERSONNES QUI ONT RECITÉ,
danſé & chanté dans la comédie de la princeſſe d'Elide.

DANS LE PROLOGUE.

L'Aurore, *mademoiſelle Hilaire*. Lyciſcas, *le ſieur Moliere*. Valets de chiens chantans, *les ſieurs Eſtival, Don, Blondel.* Valets de chiens danſans, *les ſieurs Payſan, Chicanneau, Noblet, Peſan, Bonard, la Pierre.*

DANS LA COMÉDIE.

Iphitas, *le ſieur Hubert*. La princeſſe d'Elide, *mademoiſelle Moliere*. Euriale, *le ſieur la Grange*. Ariſtoméne, *le ſieur du Croiſy*. Théocle, *le ſieur Béjart*. Aglante, *mademoiſelle du Parc*. Cinthie, *mademoiſelle de Brie*. Arbate, *le ſieur la Thorilliere*. Philis, *mademoiſelle Béjart*. Moron, *le ſieur Moliere*. Lycas, *le ſieur Prevoſt*.

DANS LES INTERMÉDES.

Dans le I. Chaſſeurs danſans, *les ſieurs Manceau, Chicanneau, Balthazard, Noblet, Bonard, Magny, la Pierre.*

Satyre chantant, dans le II. *le ſieur Eſtival.*

Satyres danſans . . . .

Berger chantant, dans le III. *le ſieur Blondel.*

Dans le IV. Philis, *mademoiſelle Béjart*. Climene, *mademoiſelle* . . . .

Bergers chantans, dans le V. *les ſieurs le Gros, Eſtival, Don, Blondel.*

Bergéres chantantes, *meſdemoiſelles Hilaire & la Barre.*

Tous ſix ſe prenant par la main chantérent une chanſon à

danſer à laquelle les autres bergers répondirent en chœur.
Pendant les danſes, il ſortit de deſſous le théatre la machine d'un grand arbre chargé de ſeize Faunes, dont huit jouoient
de la flûte, & les autres du violon, avec un concert le plus
agréable du monde. Trente violons leur répondoient de l'or-
cheſtre, avec ſix autres concertans de claveſſins & de théor-
bes qui étoient *les ſieurs d'Anglebert*, *Richard*, *Itier*, *la Barre
le cadet*, *Tiſſu*, *& le Moine*; & quatre bergers, & quatre bergéres vinrent danſer une très-belle entrée, à laquelle les Faunes deſcendant de l'arbre ſe mêlérent de tems en tems. Les
bergers étoient *les ſieurs Chicanneau*, *du Pron*, *Noblet*, *la Pierre*;
les bergéres étoient *les ſieurs Balthazard*, *Magny*, *Arnald*,
Bonard.

Toute cette ſcene fut ſi grande, ſi remplie & ſi agréable,
qu'il ne s'étoit encore rien vû de plus beau en ballet; auſſi
fit-elle une ſi avantageuſe concluſion aux divertiſſemens de
ce jour, que toute la cour ne le loua pas moins que celui
qui l'avoit précédé, ſe retirant avec une ſatisfaction qui lui
fit bien eſpérer de la ſuite d'une fête ſi complette.

III. JOURNÉE.

SUITE ET CONCLUSION

DES PLAISIRS

DE L'ISLE ENCHANTÉE.

PLus on s'avançoit vers le grand rond d'eau, qui repré-
sentoit le lac sur lequel étoit autrefois bâti le palais d'Alcine, plus on s'approchoit de la fin des divertissemens de l'isle
enchantée, comme s'il n'eût pas été juste que tant de braves
chevaliers demeurassent plus long-tems dans une oisiveté qui
eût fait tort à leur gloire.

On feignoit donc, suivant toujours le premier dessein, que
le Ciel ayant résolu de donner la liberté à ces guerriers, Alcine en eut des pressentimens qui la remplirent de terreur &
d'inquiétudes. Elle voulut apporter tous les remédes possi-
bles pour prevenir ce malheur, & fortifier en toutes maniéres
un lieu qui pût renfermer tout son repos & sa joye.

On fit paroître sur ce rond d'eau, dont l'étenduë & la forme sont extraordinaires, un rocher situé au milieu d'une isle
couverte de divers animaux, comme s'ils eussent voulu en
défendre l'entrée.

Deux autres isles plus longues, mais d'une moindre largeur,
paroissoient aux deux côtés de la premiére, & toutes trois
aussi-bien que les bords du rond d'eau étoient si fort éclai-
rées, que ces lumiéres faisoient naître un nouveau jour dans

O ij

l'obfcurité de la nuit. Leurs Majeftés, étant arrivées, n'eurent
pas plutôt pris leurs places, que l'une des deux ifles qui pa-
roiffoient aux côtés de la premiére, fut toute couverte de violons fort bien vêtus. L'autre, qui étoit oppofée, le fut en même tems de trompettes & de timballiers, dont les habits n'é-
toient pas moins riches.

Mais ce qui furprit davantage, fut de voir fortir Alcine de
derriére le rocher, portée par un monftre marin d'une grandeur prodigieufe.

Deux des nymphes de fa fuite, fous les noms de Célie & de
Dircé, parûrent au même tems à fa fuite; &, fe mettant à fes
côtés fur de grandes baleines, elles s'approchérent du bord
du rond d'eau, & Alcine commença des vers, auxquels fes
compagnes répondirent, & qui furent à la louange de la Reine,
mere du Roi.

ALCINE, CELIE, DIRCÉ.

ALCINE.

Vous, à qui je fis part de ma félicité,
Pleurez avecque moi dans cette extrémité.

CELIE.

Quel eft donc le fujet des foudaines alarmes
Qui de vos yeux charmans font couler tant de larmes?

ALCINE.

Si je penfe en parler, ce n'eft qu'en frémiffant.
Dans les fombres horreurs d'un fonge menaçant,
Un fpectre m'avertit, d'une voix éperduë,
Que pour moi des enfers la force eft fufpenduë,

Qu'un célefte pouvoir arrête leur fecours,
Et que ce jour fera le dernier de mes jours.

   Ce que verfa de trifte au point de ma naiffance,
Des aftres ennemis la maligne influence,
Et tout ce que mon art m'a prédit de malheurs,
En ce fonge fut peint de fi vives couleurs,
Qu'à mes yeux éveillés fans ceffe il repréfente
Le pouvoir de Méliffe, & l'heur de Bradamante.
J'avois prévû ces maux; mais les charmans plaifirs
Qui fembloient en ces lieux prévenir nos défirs,
Nos fuperbes palais, nos jardins, nos campagnes,
L'agréable entretien de nos chéres compagnes,
Nos jeux & nos chanfons, les concerts des oifeaux,
Le parfum des zéphirs, le murmure des eaux,
De nos tendres amours les douces avantures,
M'avoient fait oublier ces funeftes augures,
Quand le fonge cruel dont je me fens troubler,
Avec tant de fureur les vint renouveller.
Chaque inftant, je crois voir mes forces terraffées,
Mes gardes égorgés, & mes prifons forcées,
Je crois voir mille amans, par mon art transformés,
D'une égale fureur à ma perte animés,
Quitter, en même, tems leurs troncs & leurs feuillages,
Dans le jufte deffein de venger leurs outrages;
Et je crois voir enfin mon aimable Roger,
De fes fers méprifés prêt à fe dégager.

CELIE.

La crainte en votre efprit s'eft acquis trop d'empire.
Vous régnez feule ici, pour vous feule on foupire;
Rien n'interrompt le cours de vos contentemens
Que les accents plaintifs de vos triftes amans;
Logiftille & fes gens, chaffés de nos campagnes,
Tremblent encor de peur, cachés dans leurs montagnes;
Et le nom de Méliffe, en ces lieux inconnu,
Par vos augures feuls jufqu'à nous eft venu.

DIRCE'.

Ah! Ne nous flatons point. Ce fantôme effroyable
M'a tenu, cette nuit, un difcours tout femblable.

ALCINE.

Hélas! De nos malheurs, qui peut encor douter?

CELIE.

J'y vois un grand reméde, & facile à tenter;
Une Reine paroît, dont le fecours propice
Nous fçaura garantir des efforts de Méliffe.
Par tout de cette Reine on vante la bonté;
Et l'on dit que fon cœur, de qui la fermeté
Des flots les plus mutins méprifa l'infolence,
Contre les vœux des fiens, eft toujours fans défenfe.

ALCINE.

Il eft vray, je la vois. En ce preffant danger,
A nous donner fecours tâchons de l'engager.
Difons-lui qu'en tous lieux la voix publique étale
Les charmantes beautés de fon ame royale;

Difons que fa vertu, plus haute que fon rang,
Sçait relever l'éclat de fon augufte fang,
Et que, de notre fexe, elle a porté la gloire
Si loin que l'avenir aura peine à le croire ;
Que du bonheur public fon grand cœur amoureux
Fit toujours, des périls, un mépris généreux ;
Que de fes propres maux fon ame à peine atteinte,
Pour les maux de l'Etat garda toute fa crainte.
Difons que fes bienfaits, verfés à pleines mains,
Lui gagnent le refpeſt & l'amour des humains,
Et qu'au moindre danger dont elle eft menacée,
Toute la terre en deuil fe montre intéreffée.
Difons qu'au plus haut point de l'abfolu pouvoir,
Sans fafte & fans orgueil, fa grandeur s'eft fait voir ;
Qu'aux tems les plus fâcheux, fa fageffe conftante,
Sans crainte, a foutenu l'autorité panchante,
Et, dans le calme heureux par fes travaux acquis,
Sans regret, la remit dans les mains de fon fils.
Difons par quels refpeſts, par quelle complaifance,
De ce fils glorieux l'amour la récompenfe ;
Vantons les longs travaux, vantons les juftes loix
De ce fils reconnu pour le plus grand des rois,
Et comment cette mere, heureufement féconde,
Ne donnant que deux fois, a donné tant au monde.
Enfin, faifons parler nos foupirs & nos pleurs
Pour la rendre fenfible à nos vives douleurs,
Et nous pourrons trouver, au fort de notre peine,
Un refuge paifible aux piéds de cette Reine.

DIRCE'.

Je fçais bien que fon cœur, noblement généreux,
Ecoute avec plaifir la voix des malheureux ;
Mais on ne voit jamais éclater fa puiſſance
Qu'à repouſſer le tort qu'on fait à l'innocence.
Je fçais qu'elle peut tout ; mais je n'oſe penſer
Que, juſqu'à nous défendre, on la vît s'abaiſſer.
De nos douces erreurs elle peut être inſtruite,
Et rien n'eſt plus contraire à fa rare conduite.
Son zéle, fi connu, pour le culte des Dieux
Doit rendre à fa vertu nos reſpects odieux ;
Et, loin qu'à fon abord mon effroi diminuë,
Malgré moi, je le ſens qui redouble à fa vûë.

ALCINE.

Ah ! Ma propre frayeur ſuffit pour m'affliger.
Loin d'aigrir mon ennui, cherche à le foulager ;
Et tâche de fournir à mon ame oppreſſée
De quoi parer aux maux dont elle eſt menacée.
Redoublons cependant les gardes du palais ;
Et, s'il n'eſt point pour nous d'azyle déformais,
Dans notre déſeſpoir, cherchons notre défenſe ;
Et ne nous rendons pas au moins ſans réſiſtance.

Alcine, mademoifelle du Parc.
Célie, mademoifelle de Brie.
Dircé, mademoifelle Moliere.

Lorſqu'elles

Lorsqu'elles eurent achevé, & qu'Alcine se fut retirée pour aller redoubler les gardes du palais, le concert des violons se fit entendre; pendant que, le frontispice du palais venant à s'ouvrir avec un merveilleux artifice, & des tours venant à s'élever à vûë d'œil , quatre géans d'une grandeur démesurée vinrent à paroître avec quatre nains qui, par l'opposition de leur petite taille , faisoient paroître celle des géans encore plus excessive. Ces colosses étoient commis à la garde du palais, & ce fut par eux que commença la premiére entrée du ballet.

Blondel . In. et sculp .

BALLET
DU PALAIS D'ALCINE.

PREMIERE ENTRÉE.

Geans. Les fieurs Manceau, Vagnard, Pefan, & Joubert.

Nains. Les deux petits des-Airs, le petit Vagnard, & le petit Tutin.

DEUXIÉME ENTRÉE.

Huit maures, chargés par Alcine de la garde du dedans, en font une exacte vifite avec, chacun, deux flambeaux.

Maures. Les fieurs d'Heureux, Beauchamp, Moliere, la Marre, le Chantre, de Gan, du Pron & Mercier.

TROISIÉME ENTRÉE.

Cependant un dépit amoureux oblige fix des chevaliers qu'Alcine retenoit auprès d'elle, à tenter la fortie de ce palais; mais; la fortune ne fecondant pas les efforts qu'ils font dans leur défefpoir, ils font vaincus après un grand combat par autant de monftres qui les attaquent.

Chevaliers. Monfieur de Souville, les fieurs Raynal, des-Airs
l'aïné, des-Airs le fecond, de Lorge, & Balthazard.

Monftres. Les fieurs Chicanneau, Noblet, Arnald, Desbrof-
fes, Defonets, & la Pierre.

QUATRIÉME ENTRÉE.

ALcine alarmée de cet accident, invoque de nouveau
tous fes efprits, & leur demande fecours : il s'en préfente deux à elle, qui font des fauts avec une force & une
agilité merveilleufe.

Démons agiles. Les fieurs faint André & Magny.

CINQUIÉME ENTREÉ.

D'Autres démons viennent encore, & femblent affûrer
la magicienne qu'ils n'oublieront rien pour fon repos.

Démons fauteurs. Les fieurs Tutin, la Brodiere, Pefan, &
Bureau.

SIXIÉME ET DERNIERE ENTRÉE.

MAis à peine commence-t-elle à fe raffûrer, qu'elle
voit paroître auprès de Roger & de quelques chevaliers de fa fuite, la fage Méliffe fous la forme d'Atlas. Elle

P ij

court auſſi-tôt pour empêcher l'effet de ſon intention ; mais
elle arrive trop tard. Méliſſe a déjà mis au doigt de ce brave
chevalier la fameuſe bague qui détruit les enchantemens.Lors
un coup de tonnere, ſuivi de pluſieurs éclairs, marque la deſtruction du palais, qui eſt auſſi-tôt réduit en cendres par un
feu d'artifice, qui met fin à cette avanture, & aux divertiſſemens de l'iſle enchantée.

Alcine. Mademoiſelle du Parc. *Méliſſe.* Le ſieur de Lorge.
Roger. Le ſieur Beauchamp.

Chevaliers. Les ſieurs d'Heureux, Raynal, du Pron, & Des-
broſſes.

Ecuyers. Les ſieurs la Marre, le Chantre, de Gan, & Mercier.

Fin du Ballet.

IL ſembloit que le Ciel, la terre & l'eau fuſſent tout en
feu, & que la deſtruction du ſuperbe palais d'Alcine,
comme la liberté des chevaliers qu'elle y retenoit en priſon,
ne ſe pût accomplir que par des prodiges & des miracles.
La hauteur & le nombre des fuſées volantes, celles qui rou-
loient ſur le rivage, & celles qui reſſortoient de l'eau après
s'y être enfoncées, faiſoient un ſpectacle ſi grand & ſi magnifique, que rien ne pouvoit mieux terminer les enchantemens
qu'un ſi beau feu d'artifice ; lequel ayant enfin ceſſé après un
bruit & une longueur extraordinaire, les coups de boëtes
qui l'avoient commencé redoublérent encore.
Alors toute la cour, ſe retirant, confeſſa qu'il ne ſe pouvoit

rien voir de plus achevé que ces trois fêtes ; & c'eſt aſſez
avouer qu'il ne s'y pouvoit rien ajouter, que de dire que, les
trois journées ayant eu chacune ſes partiſans, comme chacune ſes beautés particuliéres , on ne convint pas du prix
qu'elles devoient emporter entr'elles , bien qu'on demeurât
d'accord qu'elles pouvoient juſtement le diſputer à toutes
celles qu'on avoit yûës juſqu'alors , & les ſurpaſſer peut-être.

IV. JOURNÉE.

Ais , quoique les fêtes comprifes dans le fujet des plaifirs de l'ifle enchantée fuffent terminées, tous les divertiffemens de Verfailles ne l'étoient pas; & la magnifi-cence & la galanterie du Roi en avoit encore réfervé pour les autres jours, qui n'étoient pas moins agréables.

Le famedi, dixiéme, fa Majefté voulut courre les têtes. C'eft un exercice, que peu de gens ignorent, & dont l'ufage eft venu d'Allemagne, fort bien inventé pour faire voir l'adreffe d'un chevalier, tant à bien mener fon cheval dans les paffa-des de guerre, qu'à bien fe fervir d'une lance, d'un dard, & d'une épée. Si quelqu'un ne les a pas vû courre , il en trouvera ici la defcription, étant moins commune que la bague, & feulement ici depuis peu d'années; & ceux, qui en ont eû le plaifir, ne s'ennuyeront pas d'une narration fi peu étenduë.

Les chevaliers entrent, l'un après l'autre, dans la lice, la lance à la main, & un dard fous la cuiffe droite; & après que l'un d'eux a couru & emporté une tête de gros carton peinte, & de la forme de celle d'un turc, il donne fa lance à un page, &, faifant la demi-volte, il revient, à toute bride, à la fecon-de tête qui a la couleur & la forme d'un maure, l'emporte avec le dard qu'il lui jette en paffant; puis, reprenant une ja-veline peu différente de la forme du dard, dans une troifié-me paffade, il la darde dans un bouclier où eft peinte une

tête de Médufe, &, achevant fa demi-volte, il tire l'épée,
dont il emporte, en paffant toujours à toute bride, une tête
élevée à un demi piéd de terre ; puis, faifant place à un autre, celui qui, en fes courfes, en a emporté le plus, gagne le
prix.

Toute la cour s'étant placée fur une baluftrade de fer doré,
qui regnoit autour de l'agréable maifon de Verfailles, & qui
regarde fur le foffé, dans lequel on avoit dreffé la lice avec
des barriéres, le Roi s'y rendit, fuivi des mêmes chevaliers
qui avoient couru la bague ; les ducs de faint-Aignan & de
Noailles y continuant leurs premiéres fonctions, l'un de maréchal de camp, & l'autre de juge des courfes. Il s'en fit plufieurs fort belles & heureufes ; mais l'adreffe du Roi lui fit
emporter hautement, enfuite du prix de la courfe des dames,
encore celui que donnoit la Reine. C'étoit une rofe de diamans de grand prix, que le Roi, après l'avoir gagnée, re-
donna libéralement à courre aux autres chevaliers, & que le
marquis de Coaflin difputa contre le marquis de Soyecourt,
& gagna.

V. JOURNÉE.

LE dimanche, au lever du Roi, quasi toute la conversa-tion tourna sur les belles courses du jour précédent, & donna lieu à un grand défi, entre le duc de saint-Aignan qui n'avoit point encore couru & le marquis de Soyecourt, qui fut remis au lendemain, pour ce que le maréchal duc de Grammont, qui parioit pour ce marquis, étoit obligé de partir pour Paris, d'où il ne devoit revenir que le jour d'après.

Le Roi mena toute la cour, cette après-dinée, à sa ménage-rie, dont on admira les beautés particuliéres, & le nombre presque incroyable d'oiseaux de toutes sortes, parmi lesquels il y en a beaucoup de fort rares. Il seroit inutile de parler de la collation qui suivit ce divertissement, puisque, huit jours durant, chaque repas pouvoit passer pour un festin des plus grands qu'on puisse faire.

Le soir, Sa Majesté fit représenter, sur l'un de ces théatres doubles de son salon, que son esprit universel a lui-même inventés, la comédie des fâcheux, faite par le sieur Moliere, mêlée d'entrées de ballet, & fort ingénieuse.

VI.

VI. JOURNÉE.

LE bruit du défi, qui fe devoit courir le lundi, douziéme, fit faire une infinité de gageures d'affez grande valeur, quoique celle des deux chevaliers ne fût que de cent piftoles; &, comme le duc, par une heureufe audace, donnoit une tête à ce marquis fort adroit, beaucoup tenoient pour ce dernier, qui, s'étant rendu un peu plus tard chez le Roi, y trouva un cartel pour le preffer, lequel, pour n'être qu'en profe, on n'a point mis en ce difcours.

Le duc de faint-Aignan avoit auffi fait voir à quelques-uns de fes amis, comme un heureux préfage de fa victoire, ces quatre vers,

AUX DAMES.

BElles, vous direz en ce jour,
Si vos fentimens font les nôtres,
Qu'être vainqueur du grand Soyecourt,
C'eft être vainqueur de dix autres.

faifant toujours allufion à fon nom de Guidon le fauvage, que l'avanture de l'ifle perilleufe rendit victorieux de dix chevaliers. Auffi-tôt que le Roi eut dîné, il conduifit les Reines, Monfieur, Madame, & toutes les dames dans un lieu où l'on devoit tirer une lotterie, afin que rien ne manquât à la galanterie de ces fêtes. C'étoient des pierrcries, des ameublemens, de l'argenterie, & autres chofes femblables; &, quoique le fort ait accoutumé de décider de ces préfens, il s'accorda fans

Tome III.   Q doute avec le defir de fa Majefté, quand il fit tomber le gros lot entre les mains de la Reine ; chacun fortant de ce lieu-là fort content, pour aller voir les courfes qui s'alloient commencer.

Enfin Guidon & Olivier parurent fur les rangs, à cinq heures du foir, fort proprement vêtus & bien montés.

Le Roi avec toute la cour les honora de fa préfence ; & fa Majefté lut même les articles des courfes, afin qu'il n'y eût aucune conteftation entr'eux. Le fuccès en fut heureux au duc de faint-Aignan qui gagna le défi.

Le foir, fa Majefté fit jouer les trois premiers actes d'une comédie, nommée Tartuffe, que le fieur Moliere avoit faite contre les hypocrites ; mais, quoiqu'elle eût été trouvée fort divertiffante, le Roi connut tant de conformité entre ceux qu'une véritable dévotion met dans le chemin du Ciel, & ceux qu'une vaine oftentation des bonnes œuvres, n'empêche pas d'en commettre de mauvaifes, que fon extrême délicateffe pour les chofes de la religion, eut de la peine à fouffrir cette reffemblance du vice avec la vertu ; &, quoiqu'on ne doutât point des bonnes intentions de l'auteur, il défendit cette comédie pour le public, jufqu'à ce qu'elle fût entierement achevée, & examinée par des gens capables d'en juger, pour n'en pas laiffer abufer à d'autres moins capables d'en faire un jufte difcernement.

VII. JOURNÉE.

LE mardi treiziéme, le Roi voulut encore courre les têtes, comme à un jeu ordinaire que devoit gagner celui
qui en feroit le plus. Sa Majeſté eut encore le prix de la courſe
des dames, le duc de ſaint-Aignan celui du jeu ; &, ayant eu
l'honneur d'entrer pour le ſecond à la diſpute avec ſa Majeſté,
l'adreſſe incomparable du Roi lui fit encore avoir ce prix, &
ce ne fut pas ſans un étonnement, duquel on ne pouvoit ſe
défendre, qu'on en vit gagner quatre à ſa Majeſté en deux
fois qu'elle avoit couru les têtes.

On joua le même ſoir la comédie du mariage forcé, encore
de la façon du même ſieur Moliere, mêlée d'entrées de ballet
& de récits ; puis le Roi prit le chemin de Fontainebleau le
mercredi quatorziéme. Toute la cour ſe trouva ſi ſatisfaite de
ce qu'elle avoit vû, que chacun crût qu'on ne pouvoit ſe
paſſer de le mettre par écrit, pour en donner la connoiſſance
à ceux qui n'avoient pû voir des fêtes ſi diverſifiées & ſi agréables, où l'on a pû admirer tout à la fois le projet avec le ſuccès ; la liberalité avec la politeſſe, le grand nombre avec
l'ordre, & la ſatisfaction de tous ; où les ſoins infatigables de
monſieur Colbert s'employérent en tous ces divertiſſemens,
malgré ſes importantes affaires ; où le duc de ſaint-Aignan
joignit l'action à l'invention du deſſein ; où les beaux vers du
préſident de Périgny à la louange des Reines, furent ſi juſtement penſés, ſi agréablement tournés, & récités avec tant.

d'art ; où ceux que monfieur de Benfferade fit pour les chevaliers eurent une approbation générale ; où la vigilance exacte
de monfieur Bontemps , & l'application de monfieur de
Launay, ne laiſſérent manquer d'aucunes des choſes néceſſai-
res : enfin, où chacun a marqué ſi avantageuſement ſon deſſein
de plaire au Roi , dans le tems où ſa Majeſté ne penſoit elle-
même qu'à plaire , & où ce qu'on a vû ne ſçauroit jamais ſe
perdre dans la memoire des ſpectateurs , quand on n'auroit
pas pris le ſoin de conſerver par écrit le ſouvenir de toutes
ces merveilles.

F I N,

Jouilain. Sculp.

Inv. et dessiné par F. Boucher. *Gravé par Lau. Cars.*

LE MARIAGE FORCÉ *Page 168.*

LE

MARIAGE

FORCÉ,

COMÉDIE.

ACTEURS.

SGANARELLE, amant de Doriméne.

GÉRONIMO, ami de Sganarelle.

DORIMÉNE, fille d'Alcantor.

ALCANTOR, pere de Doriméne.

ALCIDAS, frere de Doriméne.

LYCASTE, amant de Doriméne.

PANCRACE, docteur ariftotélicien.

MARPHURIUS, docteur pyrrhonien.

DEUX BOHÉMIENNES.

La fcene eft dans une place publique.

LE
MARIAGE
FORCÉ,
COMÉDIE.

SCENE PREMIERE.

SGANARELLE *parlant à ceux qui font dans fa* maifon.

E fuis de retour dans un moment. Que l'on ait bien foin du logis, & que tout aille comme il faut. Si l'on m'apporte de l'argent, que l'on me vienne querir vîte chez le feigneur Géronimo, &, fi l'on vient m'en demander, qu'on dife que je fuis forti, & que je ne dois revenir de toute la journée.

SCENE II.

SGANARELLE, GERONIMO.

GÉRONIMO *ayant entendu les derniéres paroles de Sganarelle.*

Voilà un ordre fort prudent.

SGANARELLE.

Ah ! Seigneur Géronimo, je vous trouve à propos ; & j'allois chez vous, vous chercher.

GERONIMO.

Et pour quel sujet, s'il vous plaît ?

SGANARELLE.

Pour vous communiquer une affaire que j'ai en tête, & vous prier de m'en dire votre avis.

GERONIMO.

Très-volontiers. Je suis bien aise de cette rencontre, & nous pouvons parler ici en toute liberté.

SGANARELLE.

Mettez donc dessus, s'il vous plaît. Il s'agit d'une chose de conséquence, que l'on m'a proposée ; & il est bon de ne rien faire sans le conseil de ses amis.

GERONIMO.

Je vous suis obligé de m'avoir choisi pour cela. Vous n'avez qu'à me dire ce que c'est.

SGANARELLE.

Mais, auparavant, je vous conjure de ne me point flater du

tout

LE
MARIAGE
FORCÉ,
COMÉDIE.

SCENE PREMIERE.

SGANARELLE *parlant à ceux qui font dans fa maifon.*

E fuis de retour dans un moment. Que l'on ait bien foin du logis, & que tout aille comme il faut. Si l'on m'apporte de l'argent, que l'on me vienne querir vîte chez le feigneur Géronimo, &, fi l'on vient m'en demander, qu'on dife que je fuis forti, & que je ne dois revenir de toute la journée.

SCENE II.

SGANARELLE, GERONIMO.

GÉRONIMO *ayant entendu les derniéres paroles de Sganarelle.*

Voilà un ordre fort prudent.

SGANARELLE.

Ah ! Seigneur Géronimo, je vous trouve à propos; & j'allois chez vous, vous chercher.

GERONIMO.

Et pour quel sujet, s'il vous plaît ?

SGANARELLE.

Pour vous communiquer une affaire que j'ai en tête, & vous prier de m'en dire votre avis.

GERONIMO.

Très-volontiers. Je suis bien aise de cette rencontre, & nous pouvons parler ici en toute liberté.

SGANARELLE.

Mettez donc dessus, s'il vous plaît. Il s'agit d'une chose de conséquence, que l'on m'a proposée ; & il est bon de ne rien faire sans le conseil de ses amis.

GERONIMO.

Je vous suis obligé de m'avoir choisi pour cela. Vous n'avez qu'à me dire ce que c'est.

SGANARELLE.

Mais, auparavant, je vous conjure de ne me point flater du
tout

tout; & de me dire nettement votre penſée.

GERONIMO.

Je le ferai, puiſque vous le voulez.

SGANARELLE.

Je ne vois rien de plus condamnable, qu'un ami qui ne nous parle pas franchement.

GERONIMO.

Vous avez raiſon.

SGANARELLE.

Et, dans ce ſiécle, on trouve peu d'amis ſincéres.

GERONIMO.

Cela eſt vray.

SGANARELLE.

Promettez-moi donc, Seigneur Géronimo, de me parler avec toute ſorte de franchiſe.

GERONIMO.

Je vous le promets.

SGANARELLE.

Jurez-en votre foi.

GERONIMO.

Oui, foi d'ami. Dites-moi ſeulement votre affaire.

SGANARELLE.

C'eſt que je veux ſçavoir de vous, ſi je ferai bien de me marier.

GERONIMO.

Qui? Vous?

SGANARELLE.

Oui, moi-même, en propre perſonne. Quel eſt votre avis là-deſſus?

Tome III.   R

GERONIMO.

Je vous prie, auparavant, de me dire une chofe.

SGANARELLE.

Et quoi?

GERONIMO.

Quel âge pouvez-vous bien avoir maintenant?

SGANARELLE.

Moi?

GERONIMO.

Oui.

SGANARELLE.

Ma foi, je ne fçais; mais je me porte bien.

GERONIMO.

Quoi! Vous ne fçavez pas, à peu près, votre âge?

SGANARELLE.

Non. Eft-ce qu'on fonge à cela?

GERONIMO.

Hé, dites-moi un peu, s'il vous plaît; combien aviez-vous
d'années, lorfque nous fîmes connoiffance?

SGANARELLE.

Ma foi, je n'avois que vingt ans alors.

GERONIMO.

Combien fûmes nous enfemble à Rome?

SGANARELLE.

Huit ans.

GERONIMO.

Quel temps avez-vous demeuré en Angleterre?

SGANARELLE.

Sept ans.

GERONIMO.

Et en Hollande, où vous fûtes enfuite ?

SGANARELLE.

Cinq ans, & demi.

GERONIMO.

Combien y a-til que vous êtes revenu ici ?

SGANARELLE.

Je revins en cinquante-deux.

GERONIMO.

De cinquante-deux à foixante-quatre, il y a douze ans, ce me femble. Cinq ans en Hollande, font dix-fept ; fept ans en Angleterre, font vingt-quatre ; huit dans notre féjour à Rome, font trente-deux ; & vingt que vous aviez lorfque nous nous connûmes, cela fait juftement cinquante-deux. Si bien, feigneur Sganarelle, que, fur votre propre confeffion, vous êtes environ à votre cinquante-deuxiéme, ou cinquante-troifiéme année.

SGANARELLE.

Qui ? Moi ? Cela ne fe peut pas.

GERONIMO.

Mon Dieu ! Le calcul eft jufte ; & là-deffus, je vous dirai franchement & en ami, comme vous m'avez fait promettre de vous parler, que le mariage n'eft guéres votre fait. C'eft une chofe à laquelle il faut que les jeunes gens penfent bien mûrement avant que de la faire, mais les gens de votre âge n'y doivent point penfer du tout ; &, fi l'on dit que la plus grande

R ij

de toutes les folies eſt celle de ſe marier, je ne vois rien de plus mal-à-propos, que de la faire, cette folie, dans la ſaiſon où nous devons être plus ſages. Enfin je vous en dis nettement ma penſée. Je ne vous conſeille point de ſonger au mariage ; & je vous trouverois le plus ridicule du monde, ſi, ayant été libre juſqu'à cette heure, vous alliez vous charger maintenant de la plus peſante des chaînes.

SGANARELLE.

Et moi, je vous dis que je ſuis réſolu de me marier ; & que je ne ferai point ridicule en épouſant la fille que je recherche.

GERONIMO.

Ah ! C'eſt une autre choſe. Vous ne m'aviez pas dit cela.

SGANARELLE.

C'eſt une fille, qui me plaît, & que j'aime de tout mon cœur.

GERONIMO.

Vous l'aimez de tout votre cœur ?

SGANARELLE.

Sans doute ; & je l'ai demandée à ſon pere.

GERONIMO.

Vous l'avez demandée ?

SGANARELLE.

Oui. C'eſt un mariage qui ſe doit conclure ce ſoir ; & j'ai donné ma parole.

GERONIMO.

Oh ! Mariez-vous donc. Je ne dis plus mot.

SGANARELLE.

Je quitterois le deſſein que j'ai fait ? Vous ſemble-t'il, ſeigneur Geronimo, que je ne ſois plus propre à ſonger à une femme ? Ne parlons point de l'âge que je puis avoir ; mais regardons feulement les chofes. Y a-t'il homme de trente ans qui paroiffe plus frais, & plus vigoureux que vous me voyez ? N'ai-je pas tous les mouvemens de mon corps auffi bons que jamais, & voit-on que j'aye befoin de caroffe ou de chaife pour cheminer ? N'ai-je pas encore toutes mes dents les meil-

[*Il montre fes dents.*]

leures du monde ? Ne fais-je pas vigoureufement mes quatre repas par jour, & peut-on voir un eftomac qui ait plus de

[*Il touffe.*]

force que le mien ? Hem, hem, hem. Hé ? Qu'en dites-vous ?

GERONIMO.

Vous avez raifon, je m'étois trompé. Vous ferez bien de vous marier.

SGANARELLE.

J'y ai répugné autrefois : mais j'ai maintenant de puiffantes raifons pour cela. Outre la joye que j'aurai de poffeder une belle femme qui me dorlotera, & me viendra frotter lorfque je ferai las, outre cette joye, dis-je, je confidére, qu'en demeurant comme je fuis, je laiffe périr dans le monde la race des Sganarelles ; &, qu'en me mariant, je pourrai me voir revivre en d'autres moi-mêmes ; que j'aurai le plaifir de voir des créatures, qui feront forties de moi, de petites figures qui me reffembleront comme deux gouttes d'eau, qui fe joueront continuellement dans la maifon, qui m'appelleront leur papa quand je reviendrai de la ville, & me diront de petites folies les plus agréables du monde. Tenez, il me femble déjà que j'y fuis, & que j'en vois une demi-douzaine autour de moi.

GERONIMO.

Il n'y a rien de plus agréable que cela ; & je vous conseille de vous marier le plus vîte que vous pourrez.

SGANARELLE.

Tout de bon ? Vous me le conseillez ?

GERONIMO.

Assûrément. Vous ne sçauriez mieux faire.

SGANARELLE.

Vrayment, je suis ravi que vous me donniez ce conseil en véritable ami.

GERONIMO.

Hé quelle est la personne, s'il vous plaît, avec qui vous allez vous marier ?

SGANARELLE.

Doriméne.

GERONIMO.

Cette jeune Doriméne, si galante, & si bien parée ?

SGANARELLE.

Oui.

GERONIMO.

Fille du seigneur Alcantor ?

SGANARELLE.

Justement.

GERONIMO.

Et sœur d'un certain Alcidas, qui se mêle de porter l'épée ?

SGANARELLE.

C'est cela.

GERONIMO.

Vertu de ma vie !

SGANARELLE.

Qu'en dites-vous ?

GERONIMO.

Bon parti ! Mariez-vous promtement.

SGANARELLE.

N'ai-je pas raifon d'avoir fait ce choix ?

GERONIMO.

Sans doute. Ah ! Que vous ferez bien marié ! Dépêchez-vous de l'êtrę.

SGANARELLE.

Vous me comblez de joye, de me dire cela. Je vous remercie de votre confeil, & je vous invite ce foir à mes nôces.

GERONIMO.

Je n'y manquerai pas ; & je veux y aller en mafque, afin de les mieux honorer.

SGANARELLE.

Serviteur.

GERONIMO *à part.*

La jeune Doriméne, fille du feigneur Alcantor, avec le feigneur Sganarelle, qui n'a que cinquante-trois ans ! O le beau mariage ! O le beau mariage !

[*Ce qu'il répéte plufieurs fois en s'en allant.*]

SCENE III.

SGANARELLE seul.

CE mariage doit être heureux, car il donne de la joye à tout le monde ; & je fais rire tous ceux à qui j'en parle. Me voilà maintenant le plus content des hommes.

SCENE IV.

DORIMENE, SGANARELLE.

DORIMENE *dans le fond du théatre, à un petit laquais qui la suit.*

ALlons, petit garçon, qu'on tienne bien ma queuë, & qu'on ne s'amuse pas à badiner.

SGANARELLE *à part, appercevant Doriméne.*
Voici ma maîtresse, qui vient. Ah ! Qu'elle est agréable ! Quel air, & quelle taille ! Peut-il y avoir un homme, qui n'ait, en la voyant, des demangeaisons de se marier ?

[*à Doriméne.*]
Où allez-vous, belle mignonne, chére épouse future de votre époux futur ?

DORIMENE.

Je vais faire quelques emplettes.

SGANARELLE.

Hé bien, ma belle, c'est maintenant que nous allons être heureux l'un & l'autre. Vous ne serez plus en droit de me rien
refuser

refufer; & je pourrai faire avec vous tout ce qu'il me plaira, fans que perfonne s'en fcandalife. Vous allez être à moi depuis la tête jufqu'aux piéds, & je ferai maître de tout: de vos petits yeux éveillés, de votre petit néz fripon, de vos lévres appétiffantes, de vos oreilles amoureufes, de votre petit menton joli, de vos petits tetons rondelets, de votre.... Enfin, toute votre perfonne fera à ma difcrétion, & je ferai à même, pour vous careffer comme je voudrai. N'êtes-vous pas bien aife de ce mariage, mon aimable pouponne?

DORIMENE.

Tout-à-fait aife, je vous jure. Car enfin la févérité de mon pere m'a tenuë jufques-ici dans une fujettion la plus fâcheufe du monde. Il y a je ne fçais combien que j'enrage du peu de liberté qu'il me donne, & j'ai cent fois fouhaité qu'il me mariât, pour fortir promtement de la contrainte où j'étois avec lui, & me voir en état de faire ce que je voudrai. Dieu merci, vous êtes venu heureufement pour cela, & je me prépare déformais à me donner du divertiffement, & à réparer, comme il faut, le tems que j'ai perdu. Comme vous êtes un fort galant homme, & que vous fçavez comme il faut vivre, je crois que nous ferons le meilleur ménage du monde enfemble, & que vous ne ferez point de ces maris incommodes, qui veulent que leurs femmes vivent comme des loups-garous. Je vous avouë que je ne m'accommoderois pas de cela, & que la folitude me défefpére. J'aime le jeu, les vifites, les affemblées, les cadeaux, & les promenades; en un mot, toutes les chofes de plaifir : & vous devez être ravi d'avoir une femme de mon humeur. Nous n'aurons jamais aucun démêlé enſemble, & je ne vous contraindrai point dans vos actions, comme j'eſpére que, de votre côté, vous ne me conrraindrez point dans les miennes ; car, pour moi, je tiens qu'il faut avoir une complaiſance mutuelle, & qu'on ne ſe doit point marier pour ſe faire enrager l'un l'autre. Enfin, nous vivrons, étant mariés, comme deux perſonnes qui ſçavent leur monde. Aucun ſoupçon jaloux ne nous troublera la cervelle ; & c'eſt aſſez que vous ſerez aſſûré de ma fidélité, comme je ſerai perſuadée de la vôtre. Mais qu'avez-vous ? Je vous vois tout changé de viſage.

SGANARELLE.

Ce ſont quelques vapeurs qui me viennent de monter à la tête.

DORIMENE.

C'eſt un mal aujourd'hui qui attaque beaucoup de gens ; mais notre mariage vous diſſipera tout cela. Adieu. Il me tarde déjà que je n'aye des habits raiſonnables, pour quitter vîte ces guenilles. Je m'en vais de ce pas achever d'acheter toutes les choſes qu'il me faut, & je vous envoyerai les marchands.

SCENE V.

GERONIMO, SGANARELLE.

GERONIMO.

AH! Seigneur Sganarelle, je fuis ravi de vous trouver encore ici, & j'ai rencontré un orfévre qui, fur le bruit que vous cherchiez quelque beau diamant en bague pour faire un préfent à votre époufe, m'a fort prié de vous venir parler pour lui, & de vous dire qu'il en a un à vendre, le plus parfait du monde.

SGANARELLE.

Mon Dieu! Cela n'eft pas preffé.

GERONIMO.

Comment? Que veut dire cela? Où eft l'ardeur que vous montriez tout-à-l'heure?

SGANARELLE.

Il m'eft venu, depuis un moment, de petits fcrupules fur le mariage. Avant que de paffer plus avant, je voudrois bien agiter à fond cette matiére, & que l'on m'expliquât un fonge que j'ai fait cette nuit, & qui vient tout-à-l'heure de me revenir dans l'efprit. Vous fçavez que les fonges font comme des miroirs, où l'on découvre quelquefois tout ce qui nous doit arriver. Il me fembloit que j'étois dans un vaiffeau, fur une mer bien agitée; & que...

GERONIMO.

Seigneur Sganarelle, j'ai maintenant quelque petite affaire, qui m'empêche de vous oüir. Je n'entends rien du tout aux fonges, &, quant au raifonnement du mariage, vous avez deux fçavans, deux philofophes vos voifins, qui font gens à vous débiter tout ce qu'on peut dire fur ce fujet. Comme ils font de fectes différentes, vous pouvez examiner leurs diverfes opinions là-deffus. Pour moi, je me contente de ce que je vous ai dit tantôt, & demeure votre ferviteur.

SGANARELLE *feul.*

Il a raifon. Il faut que je confulte un peu ces gens-là fur l'incertitude où je fuis.

SCENE VI.

PANCRACE, SGANARELLE.

PANCRACE *fe tournant du côté par où il eft entré, & fans voir Sganarelle.*

ALlez, vous étes un impertinent, mon ami, un homme ignare de toute bonne difcipline, banniffable de la république des lettres.

SGANARELLE.

Ah! Bon. En voici un fort à propos.

PANCRACE *de même, fans voir Sganarelle.*

Oui, je te foutiendrai par vives raifons, je te montrerai par Ariftote, le philofophe des philofophes, que tu es un ignorant, ignorantiffime, ignorantifiant & ignorantifié par tous les cas, & modes imaginables.

SGANARELLE *à part.*

[*à Pancrace.*]

Il a pris querelle contre quelqu'un. Seigneur...

PANCRACE *de même, fans voir Sganarelle.*

Tu te veux mêler de raifonner, & tu ne fçais pas feulement
les élémens de la raifon.

SGANARELLE *à part.*

[*à Pancrace.*]

La colére l'empêche de me voir. Seigneur...

PANCRACE *de même, fans voir Sganarelle.*

C'eft une propofition condamnable dans toutes les terres de
la philofophie.

SGANARELLE *à part.*

[*à Pancrace.*]

Il faut qu'on l'ait fort irrité. Je...

PANCRACE *de même, fans voir Sganarelle.*

Toto cœlo, totâ viâ aberras.

SGANARELLE.

Je baife les mains à monfieur le docteur.

PANCRACE.

Serviteur.

SGANARELLE.

Peut-on...

PANCRACE *fe retournant vers l'endroit par où
il eft entré.*

Sçais-tu bien ce que tu as fait ? Un fyllogifme *in balordo.*

SGANARELLE.

Je vous...

PANCRACE *de même.*

La majeure en eſt inepte, la mineure impertinente, & la concluſion ridicule.

SGANARELLE.

Je...

PANCRACE *de même.*

Je creverois plutôt que d'avouer ce que tu dis ; & je ſou-tiendrai mon opinion juſqu'à la derniére goutte de mon en-cre.

SGANARELLE.

Puis-je...

PANCRACE *de même.*

Oui, je défendrai cette propoſition, *pugnis & calcibus, un-guibus & roſtro.*

SGANARELLE.

Seigneur Ariſtote, peut-on ſçavoir ce qui vous met ſi fort en colére?

PANCRACE.

Un ſujet le plus juſte du monde.

SGANARELLE.

Et quoi encore?

PANCRACE.

Un ignorant m'a voulu ſoutenir une propoſition erronée, une propoſition épouvantable, effroyable, exécrable.

SGANARELLE.

Puis-je demander ce que c'eſt?

PANCRACE.

Ah! Seigneur Sganarelle, tout eſt renverſé aujourd'hui, &

le monde eſt tombé dans une corruption générale. Une licence épouvantable régne par tout ; & les magiſtrats, qui ſont établis pour maintenir l'ordre dans cet Etat, devroient mourir de honte, en ſouffrant un ſcandale auſſi intolérable que celui dont je veux parler.

SGANARELLE.

Quoi donc?

PANCRACE.

N'eſt-ce pas une choſe horrible, une choſe qui crie vengeance au Ciel, que d'endurer qu'on diſe publiquement la forme d'un chapeau?

SGANARELLE.

Comment?

PANCRACE.

Je ſoutiens qu'il faut dire la figure d'un chapeau, & non pas la forme. D'autant qu'il y a cette différence entre la forme & la figure, que la forme eſt la diſpoſition extérieure des corps qui ſont animés, & la figure, la diſpoſition extérieure des corps qui ſont inanimés ; &, puiſque le chapeau eſt un corps inanimé, il faut dire la figure d'un chapeau, & non pas

[*ſe retournant encore du côté par où il eſt entré.*]

la forme. Oui, ignorant que vous étes, c'eſt ainſi qu'il faut parler, & ce ſont les termes exprès d'Ariſtote dans le chapitre de la qualité.

SGANARELLE *à part.*

[*à Pancrace.*]

Je penſois que tout fût perdu. Seigneur docteur, ne ſongez plus à tout cela. Je . . . .

PANCRACE.

Je fuis dans une colére que je ne me fens pas.

SGANARELLE.

Laiffez la forme & le chapeau en paix. J'ai quelque chofe à vous communiquer. Je. . . .

PANCRACE..

Impertinent !

SGANARELLE.

De grace, remettez-vous. Je. . . .

PANCRACE.

Ignorant !

SGANARELLE.

Hé, mon Dieu ! Je . . . .

PANCRACE.

Me vouloir foutenir une propofition de la forte !

SGANARELLE.

Il a tort. Je . . .

PANCRACE.

Une propofition condamnée par Ariftote !

SGANARELLE.

Cela eft vray. Je . . . .

PANCRACE.

En termes exprès !

SGANARELLE.

[Se tournant du côté par où Pancrace eft entré.]

Vous avez raifon. Oui, vous étes un fot, & un impudent, de vouloir difputer contre un docteur qui fçait lire, & écrire. Voilà qui eft fait. Je vous prie de m'écouter. Je viens vous consulter confulter fur une affaire qui m'embarraffe. J'ai deffein de prendre une femme, pour me tenir compagnie dans mon mé-nage. La perfonne eft belle, & bien faite ; elle me plaît beau-coup, & eft ravie de m'époufer. Son pere me l'a accordée ; mais je crains un peu, ce que vous fçavez, la difgrace dont on ne plaint perfonne ; & je voudrois bien vous prier, comme philofophe, de me dire votre fentiment. Hé ? Quel eft votre avis là-deffus ?

PANCRACE.

Plûtôt que d'acorder qu'il faille dire la forme d'un chapeau, j'accorderois que *datur vacuum in rerum naturâ*, & que je ne fuis qu'une bête.

SGANARELLE *à part.*

[*à Pancrace.*]

La pefte foit de l'homme. Hé, monfieur le doêteur, écoutez un peu les gens. On vous parle une heure durant, & vous ne répondez point à ce qu'on vous dit.

PANCRACE.

Je vous demande pardon. Une jufte colére m'occupe l'efprit.

SGANARELLE.

Hé, laiffez tout cela ; & prenez la peine de m'écouter.

PANCRACE.

Soit. Que voulez-vous me dire ?

SGANARELLE.

Je veux vous parler de quelque chofe.

PANCRACE.

Et de quelle langue voulez-vous vous fervir avec moi ?

SGANARELLE.

De quelle langue ?

PANCRACE.

Oui.

SGANARELLE·

Parbleu, de la langue que j'ai dans ma bouche. Je crois que je n'irai pas emprunter celle de mon voisin.

PANCRACE.

Je vous dis, de quel idiome, de quel langage ?

SGANARELLE.

Ah ! C'est une autre affaire.

PANCRACE.

Voulez-vous me parler italien ?

SGANARELLE.

Non.

PANCRACE.

Espagnol ?

SGANARELLE.

Non.

PANCRACE.

Allemand ?

SGANARELLE.

Non.

PANCRACE.

Anglois.

SGANARELLE.

Non.

PANCRACE.

Latin ?

SGANARELLE.

Non.

PANCRACE.

Grec ?

SGANARELLE.

Non.

PANCRACE.

Hébreu ?

SGANARELLE.

Non.

PANCRACE.

Syriaque ?

SGANARELLE.

Non.

PANCRACE.

Turc ?

SGANARELLE.

Non.

PANCRACE.

Arabe ?

SGANARELLE.

Non, non, françois, françois, françois.

PANCRACE.

Ah ! François.

SGANARELLE.

Fort-bien.

PANCRACE.

Paſſez donc de l'autre côté. Car cette oreille-ci eſt deſtinée pour les langues ſcientifiques & étrangéres ; & l'autre eſt pour la vulgaire & la maternelle.

SGANARELLE *à part.*

Il faut bien des cérémonies avec ces ſortes de gens-ci.

PANCRACE.

Que voulez-vous ?

SGANARELLE.

Vous conſulter ſur une petite difficulté.

PANCRACE.

Ah, ah ! Sur une difficulté de philoſophie, ſans doute ?

SGANARELLE.

Pardonnez-moi. Je....

PANCRACE.

Vous voulez peut être ſçavoir, ſi la ſubſtance & l'accident ſont termes ſynonimes, ou équivoques à l'égard de l'être.

SGANARELLE.

Point du tout. Je....

PANCRACE.

Si la logique eſt un art, ou une ſcience.

SGANARELLE.

Ce n'eſt pas cela. Je....

PANCRACE.

Si elle a pour objet les trois opérations de l'eſprit, ou la troiſiéme ſeulement.

SGANARELLE.

Non. Je...

PANCRACE.

S'il y a dix cathégories, ou s'il n'y en a qu'une.

SGANARELLE.

Point. Je...

PANCRACE.

Si la conclusion est de l'essence du syllogisme.

SGANARELLE.

Nenni. Je...

PANCRACE.

Si l'essence du bien est mise dans l'appétibilité, ou dans la convenance.

SGANARELLE.

Non. Je...

PANCRACE.

Si le bien se réciproque avec la fin.

SGANARELLE.

Hé! Non. Je....

PANCRACE.

Si la fin nous peut émouvoir par son être réel, ou par son être intentionnel.

SGANARELLE.

Non, non, non, non, non, de par tous les diables, non.

PANCRACE.

Expliquez donc votre pensée ; car je ne puis pas la deviner.

SGANARELLE.

Je vous la veux expliquer aussi ; mais il faut m'écouter.

[*pendant que Sganarelle dit,*]

L'affaire que j'ai à vous dire, c'est que j'ai envie de me ma-

rier avec une fille, qui eſt jeune & belle. Je l'aime fort, &
l'ai demandée à ſon pere ; mais, comme j'appréhende...

PANCRACE *dit en même tems ſans écouter Sganarelle.*
La parole a été donnée à l'homme, pour expliquer ſes penſées ; &, tout ainſi que les penſées ſont les portraits des choſes,
de même nos paroles ſont-elles les portraits de nos penſées.

[*Sganarelle impatienté ferme la bouche du docteur avec ſa main, à*
pluſieurs repriſes ; & le docteur continuë de parler, d'abord
que Sganarelle ôte ſa main.]

Mais ces portraits différent des autres portraits, en ce que les
autres portraits ſont diſtingués par tout de leurs originaux, &
que la parole enferme en ſoi ſon original, puiſqu'elle n'eſt
autre choſe que la penſée expliquée par un ſigne extérieur ;
d'où vient que ceux qui penſent bien ſont auſſi ceux qui
parlent le mieux. Expliquez moi donc votre penſée par la
parole, qui eſt le plus intelligible de tous les ſignes.

SGANARELLE *pouſſe le docteur dans ſa maiſon, &*
tire la porte pour l'empêcher de ſortir.

Peſte de l'homme !

PANCRACE *au dedans de ſa maiſon.*
Oui, la parole eſt, *animi index, & ſpeculum.* C'eſt le truche-
ment du cœur, c'eſt l'image de l'ame.

[*Il monte à la fenêtre & continuë.*]

C'eſt un miroir qui nous repréſente naïvement les ſecrets les
plus arcanes de nos individus ; &, puiſque vous avez la faculté de ratiociner, & de parler tout enſemble, à quoi tient-il
que vous ne vous ſerviez de la parole, pour me faire entendre
votre penſée ?

SGANARELLE.

C'eſt ce que je veux faire ; mais vous ne voulez pas m'écouter.

PANCRACE.

Je vous écoute, parlez.

SGANARELLE.

Je dis donc, monſieur le doĉteur, que ....

PANCRACE.

Mais, ſur tout, ſoyez bref.

SGANARELLE.

Je le ferai.

PANCRACE.

Evitez la prolixité.

SGANARELLE.

Hé ! Monſi ....

PANCRACE.

Tranchez-moi votre diſcours d'un apophtegme à la laconienne.

SGANARELLE.

Je vous ....

PANCRACE.

Point d'ambages, de circonlocution.

[*Sganarelle de dépit de ne pouvoir parler, ramaſſe des pierres pour en caſſer la tête du doĉteur.*]

PANCRACE.

Hé quoi ? Vous vous emportez au lieu de vous expliquer ? Allez, vous êtes plus impertinent que celui qui m'a voulu ſoutenir qu'il faut dire la forme d'un chapeau, & je vous prouverai, en toute rencontre, par raiſons démonſtratives &

convaincantes, & par argumens *in barbara*, que vous n'étes & ne ferez jamais qu'une pécore, & que je fuis, & je ferai toujours, *in utroque jure*, le docteur Pancrace.

SGANARELLE.

Quel diable de babillard!

PANCRACE *en rentrant fur le théatre.*

Homme de lettre, homme d'érudition.

SGANARELLE.

Encore?

PANCRACE.

Homme de fuffifance, homme de capacité. [*s'en allant.*] Homme confommé dans toutes les fciences naturelles, morales, & politiques. [*revenant.*] Homme fçavant, fçavantiffime, *per omnes modos & cafus.* [*s'en allant.*] Homme qui poffède, *fuperlative*, fables, mythologies & hiftoires. [*revenant.*] grammaire, poëfie, rhétorique, dialectique, & fophiftique. [*s'en allant.*] mathématique, arithmétique, optique, onirocritique, phyfique, & mathématique. [*revenant.*] cofmométrie, géométrie, architecture, fpéculoire, & fpéculatoire. [*s'en allant.*] médecine, aftronomie, aftrologie, phyfionomie, métopofcopie, chiromancie, géomancie, &c.

SCENE VII.

SGANARELLE *feul.*

AU diable les fçavans, qui ne veulent point écouter les gens! On me l'avoit bien dit, que fon maître Ariftote n'étoit rien qu'un bavard. Il faut que j'aille trouver
l'autre

l'autre, peut-être qu'il sera plus posé, & plus raisonnable.
Holà.

SCENE VIII.

MARPHURIUS, SGANARELLE.

MARPHURIUS.

Que voulez-vous de moi, seigneur Sganarelle ?

SGANARELLE.

Seigneur docteur, j'aurois besoin de votre conseil sur une
petite affaire dont il s'agit, & je suis venu ici pour cela.

[*à part.*]

Ah ! Voilà qui va bien. Il écoute le monde, celui-ci.

MARPHURIUS.

Seigneur Sganarelle, changez, s'il vous plaît, cette façon de
parler. Notre philosophie ordonne de ne point énoncer de
proposition décisive, de parler de tout avec incertitude, de
suspendre toujours son jugement ; &, par cette raison, vous
ne devez pas dire, je suis venu, mais il me semble que je
suis venu.

SGANARELLE.

Il me semble ?

MARPHURIUS.

Oui.

SGANARELLE.

Parbleu, il faut bien qu'il me semble, puisque cela est.

Tome III.   V

MARPHURIUS.

Ce n'eſt pas une conſéquence; & il peut vous le ſembler, ſans que la choſe ſoit véritable.

SGANARELLE.

Comment? Il n'eſt pas vray que je ſuis venu?

MARPHURIUS.

Cela eſt incertain, & nous devons douter de tout.

SGANARELLE.

Quoi? Je ne ſuis pas ici? Et vous ne me parlez pas?

MARPHURIUS.

Il m'apparoît que vous étes-là, & il me ſemble que je vous parle; mais il n'eſt pas aſſûré que cela ſoit.

SGANARELLE.

Hé, que diable! Vous vous moquez. Me voilà, & vous voilà bien nettement, & il n'y a point de, me ſemble, à tout cela. Laiſſons ces ſubtilités, je vous prie, & parlons de mon affaire. Je viens vous dire que j'ai envie de me marier,

MARPHURIUS.

Je n'en ſçai rien.

SGANARELLE.

Je vous le dis.

MARPHURIUS.

Il ſe peut faire.

SGANARELLE.

La fille que je veux prendre, eſt fort jeune & fort belle.

MARPHURIUS.

Il n'eſt pas impoſſible.

SGANARELLE.

Ferai-je bien, ou mal, de l'épouſer ?

MARPHURIUS.

L'un ou l'autre.

SGANARELLE *à part.*

[*à Marphurius.*]

Ah ! Ah ! Voici une autre muſique. Je vous demande, ſi je ferai bien d'épouſer la fille dont je vous parle.

MARPHURIUS.

Selon la rencontre.

SGANARELLE.

Ferai-je mal ?

MARPHURIUS.

Par avanture.

SGANARELLE.

De grace, répondez-moi comme il faut.

MARPHURIUS.

C'eſt mon deſſein.

SGANARELLE.

J'ai une grande inclination pour la fille.

MARPHURIUS.

Cela peut être.

SGANARELLE.

Le pere me l'a accordée.

MARPHURIUS.

Il ſe pourroit.

SGANARELLE.

Mais, en l'épouſant, je crains d'être cocu.

MARPHURIUS.

La chofe eft faifable.

SGANARELLE.

Qu'en penfez-vous ?

MARPHURIUS.

Il n'y a pas d'impoffibilité.

SGANARELLE.

Mais que feriez-vous, fi vous étiez à ma place?

MARPHURIUS.

Je ne fçais.

SGANAREELLE.

Que me confeillez-vous de faire ?

MARPHURIUS.

Ce qui vous plaira.

SGANARELLE.

J'enrage.

MARPHURIUS.

Je m'en lave les mains.

SGANARELLE.

Au diable foit le rêveur!

MARPHURIUS.

Il en fera ce qui pourra.

SGANARELLE *à part.*

La pefte du bourreau! Je te ferai changer de note , chien de philofophe enragé.

[*Il donne des coups de bâton à Marphurius.*]

MARPHURIUS.

Ah , ah , ah!

SGANARELLE.

Te voilà payé de ton galimathias, & me voilà content.

MARPHURIUS.

Comment! Quelle infolence! M'outrager de la forte! Avoir eu l'audace de battre un philofophe comme moi!

SGANARELLE.

Corrigez, s'il vous plaît, cette maniére de parler. Il faut douter de toutes chofes; & vous ne devez pas dire que je vou ai battu, mais qu'il vous femble que je vous ai battu.

MARPHURIUS.

Ah! Je m'en vais faire ma plainte au commiffaire du quartier des coups que j'ai reçûs.

SGANARELLE.

Je m'en lave les mains.

MARPHURIUS.

J'en ai les marques fur ma perfonne.

SGANARELLE.

Il fe peut faire.

MARPHURIUS.

C'eft toi qui m'as traité ainfi.

SGANARELLE.

Il n'y a pas d'impoffibilité.

MARPHURIUS.

J'aurai un décret contre toi.

SGANARELLE.

Je n'en fçais rien.

MARPHURIUS.

Et tu feras condamné en juftice.

SGANARELLE.

Il en fera ce qui pourra.

MARPHURIUS.

Laiffe-moi faire.

SCENE IX.

SGANARELLE *seul.*

Comment? On ne fçauroit tirer une parole de ce chien d'homme-là, & l'on eft auffi fçavant à la fin, qu'au commencement. Que dois-je faire dans l'incertitude des fuites de mon mariage? Jamais homme ne fut plus embarraffé que je fuis. Ah! Voici des bohémiennes: il faut que je me faffe dire par elles ma bonne avanture.

SCENE X.

DEUX BOHEMIENNES, SGANARELLE.

[*Les deux bohémiennes, avec leurs tambours de bafque, entrent en chantant & en danfant.*]

SGANARELLE.

Elles font gaillardes. Ecoutez, vous autres, y a-t-il moyen de me dire ma bonne fortune?

1. BOHEMIENNE.

Oui, mon beau monfieur, nous voici deux qui te la dirons.

2. BOHEMIENNE.

Tu n'as feulement qu'à nous donner ta main, avec la croix dedans; & nous te dirons quelque chofe pour ton bon profit.

SGANARELLE.

Tenez. Les voilà toutes deux avec ce que vous demandez.

1. BOHEMIENNE.

Tu as une bonne phyfionomie, mon bon monfieur, une bonne phyfionomie.

2. BOHEMIENNE.

Oui, une bonne phyfionomie. Phyfionomie d'un homme qui fera un jour quelque chofe.

1. BOHEMIENNE.

Tu feras marié avant qu'il foit peu, mon bon monfieur, tu feras marié avant qu'il foit peu.

2. BOHEMIENNE.

Tu épouferas une femme gentille, une femme gentille.

1. BOHEMIENNE.

Oui, une femme qui fera chérie & aimée de tout le monde.

2. BOHEMIENNE.

Une femme qui te fera beaucoup d'amis, mon bon monfieur, qui te fera beaucoup d'amis.

1. BOHEMIENNE.

Une femme qui fera venir l'abondance chez toi.

2. BOHEMIENNE.

Une femme qui te donnera une grande réputation.

1. BOHEMIENNE.

Tu feras confidéré par elle, mon bon monfieur, tu feras confidéré par elle.

SGANARELLE.

Voilà qui eſt bien. Mais dites-moi un peu, ſuis-je ménacé
d'être cocu ?

2. BOHEMIENNE.

Cocu ?

SGANARELLE.

Oui.

1. BOHEMIENNE.

Cocu ?

SGANARELLE.

Oui, ſi je ſuis ménacé d'être cocu.

[*Les deux bohémiennes chantent & danſent.*]

SGANARELLE.

Que diable ! Ce n'eſt pas-là me répondre. Venez-çà. Je vous
demande à toutes deux ſi je ſerai cocu.

2. BOHEMIENNE.

Cocu ? Vous ?

SGANARELLE.

Oui, ſi je ſerai cocu.

1. BOHEMIENNE.

Vous cocu ?

SGANARELLE.

Oui, ſi je le ferai, ou non.

[*Les deux bohémiennes ſortent en chantant & en danſant.*]

SCENE

SCENE XI.

SGANARELLE *feul.*

PEfte foit des carognes, qui me laiffent dans l'inquiétude! Il faut abfolument que je fçache la deftinée de mon mariage; & , pour cela, je veux aller trouver ce grand magicien dont tout le monde parle tant, & qui , par fon art admirable, fait voir tout ce que l'on fouhaite. Ma foi, je crois que je n'ai que faire d'aller au magicien , & voici qui me montre tout ce que je puis demander.

SCENE XII.

DORIMENE, LYCASTE, SGANARELLE *retiré dans un coin du théatre fans être vû.*

LYCASTE.

QUoi ! Belle Doriméne , c'eft fans raillerie que vous parlez?

DORIMENE.

Sans raillerie.

LYCASTE.

Vous vous mariez tout de bon?

DORIMENE.

Tout de bon.

Tome III.   X

LYCASTE.

Et vos nôces se feront dès ce soir?

DORIMENE.

Dès ce soir.

LYCASTE.

Et vous pouvez, cruelle que vous étes, oublier de la forte l'amour que j'ai pour vous, & les obligeantes paroles que vous m'aviez données?

DORIMENE.

Moi? Point du tout. Je vous considére toujours de même; & ce mariage ne doit point vous inquiéter. C'est un homme que je n'épouse point par amour, & sa seule richesse me fait résoudre à l'accepter. Je n'ai point de bien, vous n'en avez point aussi, & vous sçavez que sans cela on passe mal le tems au monde; &, qu'à quelque prix que ce soit, il faut tâcher d'en avoir. J'ai embrassé cette occasion-ci de me mettre à mon aise; & je l'ai fait sur l'espérance de me voir bien-tôt délivrée du barbon que je prends. C'est un homme qui mourra avant qu'il soit peu, & qui n'a, tout au plus, que six mois dans le ventre. Je vous le garantis défunt dans le tems que je dis; & je n'aurai pas longuement à demander pour moi au Ciel l'heureux état de veuve.

[*à Sganarelle qu'elle apperçoit.*]

Ah! Nous parlions de vous, & nous en disions tout le bien qu'on en sçauroit dire.

LYCASTE.

Est-ce là monsieur.....

DORIMENE.

Oui, c'eft monfieur qui me prend pour femme.

LYCASTE.

Agréez, Monfieur, que je vous félicite de votre mariage, & vous préfente en même tems mes très-humbles fervices. Je vous affûre que vous époufez-là une très-honnête perfonne; & vous, Mademoifelle, je me réjouis, avec vous auffi, de l'heureux choix que vous avez fait. Vous ne pouviez pas mieux trouver, & monfieur a toute la mine d'être un fort bon mari. Oui, Monfieur, je veux faire amitié avec vous, & lier enfemble un petit commerce de vifites & de divertiffemens.

DORIMENE.

C'eft trop d'honneur que vous nous faites à tous deux. Mais allons, le tems me preffe, & nous aurons tout le loifir de nous entretenir enfemble.

SCENE XIII.

SGANARELLE *feul.*

ME voilà tout-à-fait dégoûté de mon mariage; & je crois que je ne ferai pas mal de m'aller dégager de ma parole. Il m'en a coûté quelque argent; mais il vaut mieux encore perdre cela, que de m'expofer à quelque chofe de pis. Tâchons adroitement de nous débaraffer de cette affaire. Holà.

[Il frappe à la porte de la maifon d'Alcantor.]

SCENE XIV.

ALCANTOR, SGANARELLE.

ALCANTOR,

AH! Mon gendre, foyez le bien venu.

SGANARELLE.

Monfieur, votre ferviteur.

ALCANTOR.

Vous venez pour conclure le mariage?

SGANARELLE.

Excufez-moi.

ALCANTOR.

Je vous promets que j'en ai autant d'impatience que vous.

SGANARELLE.

Je viens ici pour un autre fujet.

ALCANTOR.

J'ai donné ordre à toutes les chofes néceffaires pour cette fête.

SGANARELLE.

Il n'eft pas queftion de cela.

ALCANTOR.

Les violons font retenus, le feftin eft commandé, & ma fille eft parée pour vous recevoir.

SGANARELLE.

Ce n'eft pas ce qui m'améne.

ALCANTOR.

Enfin, vous allez être fatisfait; & rien ne peut retarder votre contentement.

SGANARELLE.

Mon Dieu ! C'eſt autre choſe.

ALCANTOR.

Allons. Entrez-donc, mon gendre.

SGANARELLE.

J'ai un petit mot à vous dire.

ALCANTOR.

Ah, mon Dieu ! Ne faiſons point de cérémonie. Entrez vîte, s'il vous plaît.

SGANARELLE.

Non, vous dis-je. Je veux vous parler auparavant.

ALCANTOR.

Vous voulez me dire quelque choſe ?

SGANARELLE.

Oui.

ALCANTOR.

Et quoi ?

SGANARELLE.

Seigneur Alcantor, j'ai demandé votre fille en mariage, il eſt vray, & vous me l'avez accordée ; mais je me trouve un peu avancé en âge pour elle, & je conſidére que je ne ſuis point du tout ſon fait.

ALCANTOR.

Pardonnez-moi. Ma fille vous trouve bien, comme vous étes ; & je ſuis ſûr qu'elle vivra fort contente avec vous.

SGANARELLE.

Point. J'ai par fois des bizarreries épouvantables, & elle auroit trop à ſouffrir de ma mauvaiſe humeur.

ALCANTOR.

Ma fille a de la complaifance, & vous verrez qu'elle s'accommodera entiérement à vous.

SGANARELLE.

J'ai quelques infirmités fur mon corps, qui pourroient la dégoûter.

ALCANTOR.

Cela n'eft rien. Une honnête femme ne fe dégoûte jamais de fon mari.

SGANARELLE.

Enfin, voulez-vous que je vous dife? Je ne vous confeille point de me la donner.

ALCANTOR.

Vous moquez-vous? J'aimerois mieux mourir, que d'avoir manqué à ma parole.

SGANARELLE.

Mon Dieu! Je vous en difpenfe, & je.....

ALCANTOR.

Point du tout. Je vous l'ai promife; & vous l'aurez, en dépit de tous ceux qui y prétendent.

SGANARELLE à part.

Que diable!

ALCANTOR.

Voyez-vous? J'ai une eftime, & une amitié pour vous toute particuliére; & je refuferois ma fille à un prince, pour vous la donner.

SGANARELLE.

Seigneur Alcantor, je vous fuis obligé de l'honneur que

vous me faites, mais je vous déclare que je ne veux point me marier.

ALCANTOR.

Qui ? Vous ?

SGANARELLE.

Oui, moi.

ALCANTOR.

Et la raison ?

SGANARELLE.

La raison ? C'eſt que je ne me ſens point propre pour le mariage ; & que je veux imiter mon pere, & tous ceux de ma race, qui ne ſe ſont jamais voulu marier.

ALCANTOR.

Ecoutez. Les volontés ſont libres ; & je ſuis homme à ne contraindre jamais perſonne. Vous vous étes engagé avec moi, pour épouſer ma fille, & tout eſt préparé pour cela ; mais, puiſque vous voulez retirer votre parole, je vais voir ce qu'il y a à faire ; & vous aurez bien-tôt de mes nouvelles.

SCENE XV.
SGANARELLE *ſeul.*

ENcore eſt-il plus raiſonnable que je ne penſois, & je croyois avoir bien plus de peine à m'en dégager. Ma foi, quand j'y ſonge, j'ai fait fort ſagement de me tirer de cette affaire ; & j'allois faire un pas, dont je me ſerois peut-être long-tems repenti. Mais voici le fils qui me vient rendre réponſe.

SCENE XVI.

ALCIDAS, SGANARELLE.

ALCIDAS *parlant d'un ton doucereux.*
Monsieur, je suis votre serviteur très-humble.

SGANARELLE.

Monsieur, je suis le vôtre de tout mon cœur.

ALCIDAS *toujours avec le même ton.*

Mon pere m'a dit, Monsieur, que vous vous étiez venu dégager de la parole que vous aviez donnée.

SGANARELLE.

Oui, Monsieur. C'est avec regret ; mais....

ALCIDAS.

Oh! Monsieur, il n'y a pas de mal à cela.

SGANARELLE.

J'en suis fâché, je vous assûre ; & je souhaiterois....

ALCIDAS.

Cela n'est rien, vous dis-je.

[*Alcidas présente à Sganarelle deux épées.*]

Monsieur, prenez la peine de choisir, de ces deux épées,
laquelle vous voulez.

SGANARELLE.

De ces deux épées?

ALCIDAS.

Oui, s'il vous plaît.

SGANARELLE

SGANARELLE.

A quoi bon?

ALCIDAS.

Monfieur, comme vous refufez d'époufer ma fœur après la parole donnée, je crois que vous ne trouverez pas mauvais le petit compliment que je viens vous faire.

SGANARELLE.

Comment?

ALCIDAS.

D'autres gens feroient plus de bruit, & s'emporteroient contre vous; mais nous fommes perfonnes à traiter les chofes dans la douceur, & je viens vous dire civilement qu'il faut, fi vous le trouvez bon, que nous nous coupions la gorge enfemble.

SGANARELLE.

Voilà un compliment fort mal tourné.

ALCIDAS.

Allons, Monfieur, choififfez, je vous prie.

SGANARELLE.

Je fuis votre valet, je n'ai point de gorge à couper.

[à part.]

La vilaine façon de parler que voilà!

ALCIDAS.

Monfieur, il faut que cela foit, s'il vous plaît.

SGANARELLE.

Hé, Monfieur, rengaînez ce compliment, je vous prie.

ALCIDAS.

Dépêchons vîte, Monfieur. J'ai une petite affaire qui m'attend.

Tome III. Y

SGANARELLE.

Je ne veux point de cela, vous dis-je.

ALCIDAS.

Vous ne voulez pas vous battre?

SGANARELLE.

Nenni, ma foi.

ALCIDAS.

Tout de bon?

SGANARELLE.

Tout de bon.

ALCIDAS *après lui avoir donné des coups de bâton.*

Au moins, Monſieur, vous n'avez pas lieu de vous plain-dre; vous voyez que je fais les choſes dans l'ordre. Vous nous manquez de parole, je me veux battre contre vous, vous refuſez de vous battre, je vous donne des coups de bâ-ton, tout cela eſt dans les formes; & vous êtes trop hon-nête homme, pour ne pas approuver mon procédé.

SGANARELLE *à part.*

Quel diable d'homme eſt-ce-ci!

ALCIDAS *lui préſente encore les deux épées.*

Allons, Monſieur, faites les choſes galamment, & ſans vous faire tirer l'oreille.

SGANARELLE.

Encore?

ALCIDAS.

Monſieur, je ne contrains perſonne; mais il faut que vous vous battiez, où que vous épouſiez ma ſœur.

SGANARELLE.

Monſieur, je ne puis faire ni l'un, ni l'autre, je vous aſſûre.

ALCIDAS.

Aſſûrément?

SGANARELLE.

Aſſûrément.

ALCIDAS.

Avec votre permiſſion donc....

[*Alcidas lui donne encore des coups de bâton.*]

SGANARELLE.

Ah! Ah! Ah!

ALCIDAS.

Monſieur, j'ai tous les regrets du monde d'être obligé d'en uſer ainſi avec vous; mais je ne ceſſerai point, s'il vous plaît, que vous n'ayez promis de vous battre ou d'épouſer ma ſœur.

[*Il léve le bâton.*]

SGANARELLE.

Hé bien, j'épouſerai, j'épouſerai.

ALCIDAS.

Ah! Monſieur, je ſuis ravi que vous vous mettiez à la raiſon, & que les choſes ſe paſſent doucement. Car enfin, vous étes l'homme du monde que j'eſtime le plus, je vous jure; & j'aurois été au déſeſpoir, que vous m'euſſiez contraint à vous maltraiter. Je vais appeller mon pere, pour lui dire que tout eſt d'accord.

[*Il va frapper à la porte d'Alcantor.*]

SCENE DERNIERE.

ALCANTOR, DORIMENE, ALCIDAS, SGANARELLE.

ALCIDAS.

MOn pere, voilà monſieur qui eſt tout-à-fait raiſon-nable. Il a voulu faire les choſes de bonne grace, & vous pouvez lui donner ma ſœur.

ALCANTOR.

Monſieur, voilà ſa main, vous n'avez qu'à donner la vôtre. Loué ſoit le Ciel! M'en voilà déchargé, & c'eſt vous déſormais que regarde le ſoin de ſa conduite. Allons nous ré-jouir, & célébrer cet heureux mariage.

FIN.

LE
MARIAGE
FORCÉ,
BALLET DU ROI.

AVERTISSEMENT.

LA comédie du mariage forcé parut pour la premiere fois au Louvre le 29. Janvier 1664. en trois actes, avec des récits de musique & des entrées de ballet, sous le titre de ballet du roi. Le Roi y dansoit une entrée.

Quand l'auteur fit représenter cette comédie sur le théatre du palais royal, au mois de Novembre de la même année, il supprima les récits & les entrées de ballet, & réduisit sa piéce en un acte, en y faisant quelques changemens.

Le plus considérable est la scene entre Lycaste & Doriméne, scene ajoutée pour suppléer à celle du magicien chantant, & à l'entrée des démons, qui déterminoient Sganarelle à rompre son mariage. Dans le ballet qui fut imprimé dans le tems (in 4°. par Robert Ballard) il ne nous reste des demandes de Sganarelle au magicien, que ce qu'on appelle en termes de théatre, *les repliques* ; on a ajouté deux ou trois mots pour y donner un sens.

En faisant imprimer les récits, les entrées de ballet, & la distribution des scenes de la comédie du mariage forcé en trois actes, on a supprimé les argumens de la comédie & des scenes, comme étant inutiles, peu exacts & assez mal faits.

NOMS DES ACTEURS DE LA COMÉDIE.

Sganarelle, *le fieur Moliere.* Géronimo, *le fieur la Thorilliere.*
Doriméne, *mademoifelle du Parc.* Alcantor, *le fieur Béjart.*
Lycafte, *le fieur la Grange.* La I. Bohémienne, *mademoifelle*
Béjart. La II. Bohémienne, *mademoifelle de Brie.* Le I. doc-
teur, *le fieur Brécourt.* Le II. docteur, *le fieur du Croify.*

LE

LE MARIAGE
FORCÉ,
BALLET DU ROI.

Danſé par ſa Majeſté le 29. Janvier 1664.

ACTE PREMIER.
SCENE PREMIERE.

SGANARELLE.

SCENE II.

SGANARELLE, GERONIMO.

SCENE III.

SGANARELLE *ſeul.*

SCENE IV.

DORIMENE, SGANARELLE.

Tome III. Z

SCENE V.

SGANARELLE *seul.*

Il se plaignoit d'une pesanteur de tête insupportable, & se mettoit dans un coin du théatre pour dormir. Pendant son sommeil, il voyoit en songe ce qui forme les deux premieres entrées du ballet.
LA BEAUTÉ [*mademoiselle* Hilaire] *chante.*

SI l'amour vous soumet à ses loix inhumaines,
Choisissez, en aimant, un objet plein d'appas ;
  Portez, au moins, de belles chaînes,
Et, puisqu'il faut mourir, mourez d'un beau trépas.

Si l'objet de vos feux ne mérite vos peines,
Sous l'empire d'amour ne vous engagez pas ;
  Portez, au moins, d'aimables chaînes,
Et, puisqu'il faut mourir, mourez d'un beau trépas.

PREMIERE ENTRÉE.

La Jalousie, les Chagrins, les Soupçons.
La jalousie, le sieur Dolivet.
Les chagrins, les sieurs saint André, & Desbrosses.
Les soupçons, le sieur de Lorge, & le Chantre.

II. ENTRÉE.

Quatre plaisans ou goguenards, Le comte d'Armagnac, les sieurs d'Heureux, Beauchamp, & des-Airs le jeune.

ACTE SECOND.

Au commencement de cet acte, Géronimo venoit éveiller Sgana-
relle.

SCENE PREMIERE.

SGANARELLE, GERONIMO.

SCENE II.

SGANARELLE *seul.*

SCENE III.

SGANARELLE, PANCRACE.

SCENE IV.

SGANARELLE *seul.*

SCENE V.

SGANARELLE, MARPHURIUS.

Z ij

SCENE VI.

SGANARELLE *seul.*

SCENE VII.

SGANARELLE, DEUX BOHEMIENNES.

III. ENTRÉE.

Egyptiens & Egyptiennes danfans.
Egyptiens, le Roi, le marquis de Villeroy.
Egyptiennes, le marquis de Raffan, les fieurs Reynal, Noblet,
la Pierre.

SCENE VIII.

SGANARELLE *seul.*

Il alloit frapper à la porte du magicien.

SCENE IX.

SGANARELLE, UN MAGICIEN
[*le fieur d'Eftival.*]

LE MAGICIEN *chante.*

Holà.
Qui va là?

Di-moi vîte quel fouci
Te peut amener ici.

SGANARELLE.

Il confultoit le magicien fur fon mariage.

LE MAGICIEN.

Ce font de grands myftéres
Que ces fortes d'affaires.

SGANARELLE.

Il demandoit quelle feroit fa deftinée.

LE MAGICIEN.

Je te vais, pour cela, par mes charmes profonds,
Faire venir quatre démons.

SGANARELLE.

Il marquoit la peur qu'il auroit de voir des démons.

LE MAGICIEN.

Non, non, n'ayez aucune peur,
Je leur ôterai la laideur.

SGANARELLE.

Il confentoit à les voir.

LE MAGICIEN.

Des puiffances invincibles
Rendent depuis long-tems tous les démons muets;
Mais, par fignes intelligibles
Ils répondront à tes fouhaits.

SCENE X.

SGANARELLE, LE MAGICIEN.

IV. ENTRÉE.

Magicien & Démons.

Magicien, le fieur Beauchamp.

Démons, les fieurs d'Heureux, de Lorge, des-Airs l'aîné, le Mercier.

Sganarelle interroge les démons. Ils répondent par fignes, & fortent en lui faifant les cornes.

ACTE TROISIÉME.

SCENE PREMIERE.

SGANARELLE *feul*.

SCENE II.

SGANARELLE, ALCANTOR.

SCENE III.

SGANARELLE *feul*.

SCENE IV.
SGANARELLE, ALCIDAS.

SCENE V.
SGANARELLE, ALCANTOR,
DORIMENE, ALCIDAS.

SCENE VI.

V. ENTRÉE.

Un maître à danser [le fieur Dolivet] *venoit enfeigner une courante à Sganarelle.*

SCENE VII.
SGANARELLE, GERONIMO.

Géronimo venoit fe réjouir avec Sganarelle, & lui difoit que les jeunes gens de la ville avoient préparé une mafcarade pour honorer fes nôces.

CONCERT ESPAGNOL *chanté par*

SEÑORA ANA BERGEROTE,
BORDIGONI.
CHIARINI,
JUAN AUGUSTIN,
TALLAVACA,
ANGEL-MIGUEL,

Çiego me tienes Belifa,
Mas bien tus rigores veo;
Porque es tu defden tan clavo,
Que pueden verlos los çiegos.

Aunque mi amor es tan grande
Como mi dolor no es menos
Si calla el uno dormido,
Sé que ya es el otro defpierto.

Favores tuyos Belifa
Tu vieralos yo fecretos
Mas ya de dolores mios
No puedo hazer lo que quiero.

VI. ENTRÉE.

Deux Efpagnols, meffieurs Dupile & Tartas.
Deux Efpagnoles, meffieurs de Lanne & de faint André.

VII.

VII. ENTRÉE.

Un charivari grotesque.

Les fieurs Lully, Baltazard, Vagnac, Bonnard, la Pierre, des Côteaux, & les trois Hotteterre, freres.

DERNIERE ENTRÉE.

Quatre galans cajollans la femme de Sganarelle.

Monfieur le Duc, monfieur le duc de faint-Aignan, les fieurs Beauchamp & Raynal.

FIN.

Coullon. Sculpfit

DOM JUAN.

ou le festin de Pierre. *Page 269.*

LE FESTIN

DE PIERRE,

COMÉDIE.

ACTEURS.

DOM JUAN, fils de Dom Louis.

ELVIRE, femme de Dom Juan.

DOM CARLOS, }
DOM ALONSE, } freres d'Elvire.

DOM LOUIS, pere de Dom Juan.

FRANCISQUE, pauvre.

CHARLOTTE, }
MATHURINE, } payfannes.

PIERROT, payfan.

LA STATUE DU COMMANDEUR.

GUSMAN, écuyer d'Elvire.

SGANARELLE, }
LA VIOLETTE, } valets de Dom Juan.
RAGOTIN, }

MONSIEUR DIMANCHE, marchand.

LA RAMÉE, fpadaffin.

UN SPECTRE.

La fcene eft en Sicile.

LE FESTIN
DE PIERRE,
COMÉDIE.

ACTE PREMIER.
SCENE PREMIERE.

SGANARELLE, GUSMAN.

SGANARELLE *tenant une tabatiére.*

Uoi que puiſſe dire Ariſtote, & toute la philoſophie, il n'eſt rien d'égal au tabac; c'eſt la paſſion des honnêtes gens, & qui vit ſans tabac, n'eſt pas digne de vivre. Non ſeulement il réjouit, & purge les cerveaux humains, mais encore il inſtruit les ames à la vertu, & l'on apprend avec lui à devenir honnête homme. Ne voyez-vous

pas bien, dès qu'on en prend, de quelle maniére obligeante
on en ufe avec tout le monde, & comme on eft ravi d'en
donner à droit & à gauche, par tout où l'on fe trouve ? On
n'attend pas même que l'on en demande, & l'on court au
devant du fouhait des gens ; tant il eft vray que le tabac infpire des fentimens d'honneur & de vertu à tous ceux qui
en prennent. Mais c'eft affez de cette matiére, reprenons un
peu notre difcours. Si bien donc, cher Gufman, que Done
Élvire ta maîtreffe, furprife de notre départ, s'eft mife en
campagne après nous, & fon cœur, que mon maître a fçû
toucher trop fortement, n'a pû vivre, dis-tu, fans le venir
chercher ici. Veux-tu qu'entre nous je te dife ma penfée ?
J'ai peur qu'elle ne foit mal payée de fon amour, que fon
voyage en cette ville ne produife peu de fruit, & que vous
n'euffiez autant gagné à ne bouger de là.

GUSMAN.

Et la raifon encore ? Di-moi, je te prie, Sganarelle, qui peut
t'infpirer une peur d'un fi mauvais augure. Ton maître t'a-t-il
ouvert fon cœur là-deffus, & t'a-t-il dit qu'il eût pour nous
quelque froideur qui l'ait obligé à partir?

SGANARELLE.

Non pas ; mais, à vûë de pays, je connois à peu près le train
des chofes, &, fans qu'il m'ait encore rien dit, je gagerois
prefque que l'affaire va là. Je pourrois peut-être me tromper ; mais enfin, fur de tels fujets, l'expérience m'a pû donner quelques lumiéres.

GUSMAN.

Quoi! Ce départ fi peu prévû feroit une infidélité de Dom

Juan ? Il pourroit faire cette injure aux chaftes feux de Done Elvire ?

SGANARELLE.

Non ; c'eft qu'il eft jeune encore, & qu'il n'a pas le courage ....

GUSMAN.

Un homme de fa qualité feroit une action fi lâche ?

SGANARELLE.

Hé, oui, fa qualité ! La raifon en eft belle, & c'eft par là qu'il s'empêcheroit des chofes .....

GUSMAN.

Mais les faints nœuds du mariage le tiennent engagé.

SGANARELE.

Hé ! Mon pauvre Gufman, mon ami, tu ne fçais pas encore, croi moi, quel homme eft Dom Juan.

GUSMAN.

Je ne fçais pas, de vray, quel homme il peut être, s'il faut qu'il nous ait fait cette perfidie ; & je ne comprends point comme, après tant d'amour & tant d'impatience témoignée, tant d'hommages preffans de vœux, de foupirs & de larmes, tant de lettres paffionnées, de proteftations ardentes, & de fermens réitérés, tant de tranfports enfin, & tant d'emportemens qu'il a fait paroître, jufqu'à forcer dans fa paffion l'obftacle facré d'un couvent, pour mettre Done Elvire en fa puiffance, je ne comprends pas, dis-je, comme, après tout cela, il auroit le cœur de pouvoir manquer à fa parole.

SGANARELLE.

Je n'ai pas grande peine à le comprendre, moi, & fi tu

connoiſſois le pélerin, tu trouverois la choſe aſſez facile pour
lui. Je ne dis pas qu'il ait changé de ſentimens pour Donc
Elvire, je n'en ai point de certitude encore. Tu ſçais que, par
ſon ordre, je partis avant lui, & depuis ſon arrivée il ne m'a
point entretenu ; mais, par précaution, je t'apprends, *inter*
nos, que tu vois, en Dom Juan mon maître, le plus grand ſcé-
lérat que la terre ait jamais porté ; un enragé, un chien, un
démon, un turc, un hérétique qui ne croit ni Ciel, ni enfer, ni diable, qui paſſe cette vie en véritable bête brute,
un pourceau d'Epicure, un vray Sardanapale, qui ferme l'o-
reille à toutes les remontrances qu'on lui peut faire, & traite
de billevezées tout ce que nous croyons. Tu me dis qu'il
a épouſé ta maîtreſſe ; croi qu'il auroit plus fait pour ſa paſſion, & qu'avec elle il auroit encore épouſé toi, ſon chien,
& ſon chat. Un mariage ne lui coûte rien à contraſter ; il
ne ſe ſert point d'autres piéges pour attraper les belles, &
c'eſt un épouſeur à toutes mains. Dame, demoiſelle, bour-
geoiſe, payſanne, il ne trouve rien de trop chaud, ni de
trop froid pour lui ; &, ſi je te diſois le nom de toutes celles
qu'il a épouſées en divers lieux, ce ſeroit un chapitre à durer juſques au ſoir. Tu demeures ſurpris, & changes de couleur à ce diſcours ; ce n'eſt-là qu'une ébauche du perſonnage;
&, pour en achever le portrait, il faudroit bien d'autres
coups de pinceau. Suffit qu'il faut que le courroux du Ciel
l'accable quelque jour ; qu'il me vaudroit bien mieux d'être
au diable, que d'être à lui ; & qu'il me fait voir tant d'horreurs, que je ſouhaiterois qu'il fût déjà je ne ſçais où ; mais un
grand ſeigneur, méchant homme eſt une terrible choſe ; il faut
que

que je lui fois fidéle en dépit que j'en aye ; la crainte en
moi fait l'office du zéle, bride mes fentimens, & me réduit
d'applaudir bien fouvent à ce que mon ame détefte. Le voilà qui vient fe promener dans ce palais, féparons-nous. Ecoute au moins ; je t'ai fait cette confidence avec franchife, &
cela m'eft forti un peu bien vîte de la bouche; mais, s'il falloit
qu'il en vint quelque chofe à fes oreilles, je dirois hautement
que tu aurois menti.

SCENE II.

D. JUAN, SGANARELLE.

D. JUAN.

QUel homme te parloit-là ? Il a bien de l'air, ce me femble, du bon Gufman de Done Elvire ?

SGANARELLE.

C'eft quelque chofe auffi à peu près de cela.

D. JUAN.

Quoi! C'eft lui ?

SGANARELLE.

Lui-même.

D. JUAN.

Et depuis quand eft-il en cette ville ?

SGANARELLE.

D'hier au foir.

D. JUAN.

Et quel fujet l'améne ?

Tome III.   B b

SGANARELLE.

Je crois que vous jugez aſſez ce qui le peut inquiéter.

D. JUAN.

Notre départ, ſans doute?

SGANARELLE.

Le bon homme en eſt tout mortifié, & m'en demandoit le ſujet.

D. JUAN.

Et quelle réponſe as-tu faite?

SGANARELLE.

Que vous ne m'en avez rien dit.

D. JUAN.

Mais encore, quelle eſt ta penſée là-deſſus? Que t'imagines-tu de cette affaire?

SGANARELLE.

Moi? Je crois, ſans vous faire tort, que vous avez quelque nouvel amour en tête.

D. JUAN.

Tu le crois?

SGANARELLE.

Oui.

D. JUAN.

Ma foi, tu ne te trompes pas, & je dois t'avouer qu'un autre objet a chaſſé Elvire de ma penſée.

SGANARELLE.

Hé, mon Dieu! Je ſçais mon Dom Juan ſur le bout du doigt, & connois votre cœur pour le plus grand coureur du monde; il ſe plaît à ſe promener de liens en liens, & n'aime guéres à demeurer en place.

D. JUAN.

Et ne trouves-tu pas, di-moi, que j'ai raiſon d'en uſer de la
ſorte ?

SGANARELLE.

Hé, Monſieur....

D. JUAN.

Quoi ? Parle.

SGANARELLE.

Aſſûrément que vous avez raiſon, ſi vous le voulez. On ne
peut pas aller là contre; mais, ſi vous ne le vouliez pas, ce
ſeroit peut-être une autre affaire.

D. JUAN.

Hé bien, je te donne la liberté de parler, & de me dire tes
ſentimens.

SGANARELLE.

En ce cas, Monſieur, je vous dirai franchement que je n'ap-
prouve point votre méthode ; & que je trouve fort vilain d'aimer de tous côtés comme vous faites.

D. JUAN.

Quoi ? Tu veux qu'on ſe lie à demeurer au premier objet qui
nous prend, qu'on renonce au monde pour lui, & qu'on n'ait
plus d'yeux pour perſonne ? La belle choſe de vouloir ſe pi-
quer d'un faux honneur d'être fidéle, de s'enſevelir pour toujours dans une paſſion, & d'être mort dès ſa jeuneſſe à toutes
les autres beautés qui nous peuvent frapper les yeux ! Non,
non, la conſtance n'eſt bonne que pour des ridicules ; toutes
les belles ont droit de nous charmer, & l'avantage d'être ren-
contrée la première, ne doit point dérober aux autres les juſtes

prétentions qu'elles ont toutes fur nos cœurs. Pour moi, la beauté me ravit par tout où je la trouve, & je céde facilement à cette douce violence dont elle nous entraîne. J'ai beau être engagé, l'amour que j'ai pour une belle, n'engage point mon ame à faire injuftice aux autres; je conferve des yeux pour voir le mérite de toutes, & rends à chacune les hommages, & les tributs où la nature nous oblige. Quoiqu'il en foit, je ne puis refuser mon cœur à tout ce que je vois d'aimable, & dès qu'un beau visage me le demande, fi j'en avois dix mille, je les donnerois tous. Les inclinations naiffantes, après tout, ont des charmes inexplicables, & tout le plaifir de l'amour eft dans le changement. On goûte une douceur extrême à réduire par cent hommages le cœur d'une jeune beauté, à voir de jour en jour les petits progrès qu'on y fait, à combattre par des tranfports, par des larmes, & des foupirs l'innocente pudeur d'une ame qui a peine à rendre les armes, à forcer piéd à piéd toutes les petites réfiftances qu'elle nous oppofe, à vaincre les fcrupules dont elle fe fait un honneur, & la mener doucement, où nous avons envie de la faire venir. Mais lorfqu'on en eft maître une fois, il n'y a plus rien à fouhaiter; tout le beau de la paffion eft fini, & nous nous endormons dans la tranquillité d'un tel amour, fi quelque objet nouveau ne vient réveiller nos défirs, & préfenter à notre cœur les charmes attrayans d'une conquête à faire. Enfin, il n'eft rien de fi doux, que de triompher de la réfiftance d'une belle perfonne, & j'ai fur ce fujet l'ambition des conquerans, qui volent perpetuellement de victoire en victoire, & ne peuvent fe réfoudre à borner leurs fouhaits. Il n'eft rien qui puiffe arrêter l'impetuofité de mes défirs, je me fens un cœur à aimer toute la terre, &, comme Alexandre, je fouhaiterois qu'il y eût d'autres mondes, pour y pouvoir étendre mes conquêtes amoureufes.

SGANARELLE.

Vertu de ma vie, comme vous débitez! Il femble que vous ayez appris cela par cœur, & vous parlez tout comme un livre.

D. JUAN.

Qu'as-tu à dire là-deffus?

SGANARELLE.

Ma foi, j'ai à dire.... Je ne fçais que dire; car vous tournez les chofes d'une maniére, qu'il femble que vous ayez raifon; & cependant il eft vray que vous ne l'avez pas. J'avois les plus belles penfées du monde, & vos difcours m'ont brouillé tout cela. Laiffez faire; une autre fois, je metrai mes raifonnemens par écrit, pour difputer avec vous.

D. JUAN.

Tu feras bien.

SGANARELLE.

Mais, Monfieur, cela feroit-il de la permiffion que vous m'avez donnée, fi je vous difois que je fuis tant foit peu fcandalifé de la vie que vous menez?

D. JUAN.

Comment? Quelle vie eft-ce que je méne?

SGANARELLE.

Fort bonne. Mais, par exemple, de vous voir tous les mois vous marier comme vous faites?

D. JUAN.

Y a-t'il rien de plus agréable ?

SGANARELLE.

Il eſt vray. Je conçois que cela eſt fort agréable , & fort di-
vertiſſant , & je m'en accommoderois aſſez moi , s'il n'y avoit
point de mal ; mais , Monſieur , ſe jouer ainſi du mariage ,
qui....

D. JUAN.

Va , va , c'eſt une affaire que je ſçaurai bien démêler , ſans que
tu t'en mettes en peine.

SGANARELLE.

Ma foi , Monſieur , vous faites une méchante raillerie.

D. JUAN.

Holà , maître ſot. Vous ſçavez que je vous ai dit que je n'aime
pas les faiſeurs de remontrances.

SGANARELLE.

Je ne parle pas auſſi à vous, Dieu m'en garde. Vous ſçavez ce
que vous faites , vous ; & , ſi vous étes libertin , vous avez vos
raiſons; mais il y a de certains petits impertinens dans le monde,
qui le font , ſans ſçavoir pourquoi , qui font les eſprits forts ,
parce qu'ils croyent que cela leur ſiéd bien ; & , ſi j'avois un
maître comme cela , je lui dirois nettement , le regardant en
face : C'eſt bien à vous , petit ver de terre , petit mirmidon
que vous étes , (je parle au maître que j'ai dit ,) c'eſt bien à
vous à vouloir vous mêler de tourner en raillerie , ce que tous
les hommes révérent. Penſez-vous que pour être de qualité ,
pour avoir une perruque blonde & bien friſée , des plumes à
votre chapeau , un habit bien doré , & des rubans couleur de

feu, (ce n'eſt pas à vous que je parle, c'eſt à l'autre ;) penſez-vous, dis-je, que vous en ſoyez plus habile homme, que tout vous ſoit permis, & qu'on n'oſe vous dire vos verités ? Apprenez de moi, qui ſuis votre valet, que les libertins ne font jamais une bonne fin, & que .....

D. JUAN.

Paix.

SGANARELLE.

De quoi eſt-il queſtion ?

D. JUAN.

Il eſt queſtion de te dire qu'une beauté me tient au cœur, & qu'entraîné par ſes appas, je l'ai ſuivie juſqu'en cette ville.

SGANARELLE.

Et ne craignez-vous rien, Monſieur, de la mort de ce commandeur que vous tuâtes il y a ſix mois ?

D. JUAN.

Et pourquoi craindre ? Ne l'ai-je pas bien tué ?

SGANARELLE.

Fort bien, le mieux du monde, & il auroit tort de ſe plaindre.

D. JUAN.

J'ai eu ma grace de cette affaire.

SGANARELLE.

Oui ; mais cette grace n'éteint pas peut-être le reſſentiment des parens & des amis, & ...

D. JUAN.

Ah ! N'allons point ſonger au mal qui nous peut arriver, & ſongeons ſeulement à ce qui peut donner du plaiſir. La perſonne dont je te parle, eſt une jeune fiancée, la plus agréable du monde, qui a été conduite ici par celui même qu'elle y vient époufer, & le hazard me fit voir ce couple d'amans, trois ou quatre jours avant leur voyage. Jamais je n'ai vû deux perfonnes être fi contentes l'une de l'autre, & faire éclater plus d'amour. La tendreffe vifible de leurs mutuelles ardeurs me donna de l'émotion ; j'en fus frappé au cœur, & mon amour commença par la jaloufie. Oui, je ne pus fouffrir d'abord de les voir fi bien enfemble, le dépit alluma mes défirs, & je me figurai un plaifir extrême à pouvoir troubler leur intelligence, & rompre cet attachement dont la délicateffe de mon cœur fe tenoit offenfée ; mais, jufques ici, tous mes efforts ont été inutiles, & j'ai recours au dernier reméde. Cet époux prétendu doit aujourd'hui régaler fa maîtreffe d'une promenade fur mer. Sans t'en avoir rien dit, toutes chofes font préparées pour fatisfaire mon amour, & j'ai une petite barque, & des gens, avec quoi, fort facilement, je prétends enlever la belle.

SGANARELLE.

Ah! Monfieur....

D. JUAN.

Hé ?

SGANARELLE.

C'eft fort bien fait à vous, & vous le prenez comme il faut. Il n'eft rien tel en ce monde que de fe contenter.

D. JUAN.

Prépare-toi donc à venir avec moi, & pren foin toi-même
[il apperçoit Done Elvire.]
d'apporter toutes mes armes, afin que ... Ah ! Rencontre fâcheufe

cheufe! Traître, tu ne m'avois pas dit qu'elle étoit ici elle-même.

SGANARELLE.

Monfieur, vous ne me l'avez pas demandé.

D. JUAN.

Eft-elle folle de n'avoir pas changé d'habit, & de venir en ce lieu-ci, avec fon équipage de campagne?

SCENE III.

D. ELVIRE, D. JUAN, SGANARELLE.

D. ELVIRE.

ME ferez-vous la grace, Dom Juan, de vouloir bien me reconnoître, & puis-je au moins efpérer que vous daigniez tourner le vifage de ce côté?

D. JUAN.

Madame, je vous avouë que je fuis furpris, & que je ne vous attendois pas ici.

D. ELVIRE.

Oui, je vois bien que vous ne m'y attendiez pas; & vous étes furpris à la vérité, mais tout autrement que je ne l'efpérois, & la maniére dont vous le paroiffez, me perfua-de pleinement ce que je refufois de croire. J'admire ma fim-plicité, & la foibleffe de mon cœur, à douter d'une trahi-fon que tant d'apparences me confirmoient. J'ai été affez bonne, je le confeffe, ou plutôt affez fotte, pour me vou-loir tromper moi-même, & travailler à démentir mes yeux

Tome III. C c

& mon jugement. J'ai cherché des raisons, pour excuser à ma tendresse le relâchement d'amitié qu'elle voyoit en vous; & je me suis forgé exprès cent sujets légitimes d'un départ si précipité, pour vous justifier du crime dont ma raison vous accusoit. Mes justes soupçons chaque jour avoient beau me parler, j'en rejettois la voix qui vous rendoit criminel à mes yeux, & j'écoutois avec plaisir mille chiméres ridicules, qui vous peignoient innocent à mon cœur; mais enfin cet abord ne me permet plus de douter, & le coup d'œil qui m'a reçûë, m'apprend bien plus de choses que je ne voudrois en sçavoir. Je ferai bien aise pourtant d'oüir de votre bouche les raisons de votre départ. Parlez, Dom Juan, je vous prie, & voyons de quel air vous sçaurez vous justifier.

D. JUAN.

Madame, voilà Sganarelle qui sçait pourquoi je suis parti.

SGANARELLE *bas à Dom Juan.*

Moi, Monsieur? Je n'en sçais rien, s'il vous plaît,

D. ELVIRE.

Hé bien, Sganarelle, parlez. Il n'importe de quelle bouche j'entende ses raisons.

D. JUAN *faisant signe à Sganarelle d'approcher.*

Allons, parle donc à madame.

SGANARELLE *bas à Dom Juan.*

Que voulez-vous que je dise?

D. ELVIRE.

Approchez, puisqu'on le veut ainsi; & me dites un peu les causes d'un départ si promt.

D. JUAN.

Tu ne répondras pas ?

SGANARELLE *bas à Dom Juan.*

Je n'ai rien à répondre. Vous vous moquez de votre serviteur.

D. JUAN.

Veux-tu répondre, te dis-je ?

SGANARELLE.

Madame . . . .

D. ELVIRE.

Quoi ?

SGANARELLE *se retournant vers son maître.*

Monsieur.

D. JUAN *en le menaçant.*

Si . . .

SGANARELLE.

Madame, les conquerans, Alexandre, & les autres mondes
sont cause de notre départ. Voilà, Monsieur, tout ce que
je puis dire.

D. ELVIRE.

Vous plaît-il, Dom Juan, nous éclaircir ces beaux mystéres ?

D. JUAN.

Madame, à vous dire la vérité . . . .

ELVIRE.

Ah ! Que vous sçavez mal vous défendre pour un homme
de cour, & qui doit être accoutumé à ces sortes de choses !
J'ai pitié de vous voir la confusion que vous avez. Que ne
vous armez-vous le front d'une noble effronterie ? Que ne

me jurez-vous que vous étes toujours dans les mêmes fentimens pour moi, que vous m'aimez toujours avec une ardeur
fans égale, & que rien n'eft capable de vous détacher de
moi, que la mort? Que ne me dites-vous que des affaires
de la derniére conféquence vous ont obligé à partir fans m'en
donner avis; qu'il faut que, malgré vous, vous demeuriez ici
quelque tems, & que je n'ai qu'à m'en retourner d'où je
viens, affûrée que vous fuivrez mes pas le plûtôt qu'il vous
fera poffible; qu'il eft certain que vous brûlez de me rejoindre, & qu'éloigné de moi, vous fouffrez ce que fouffre un
corps qui eft féparé de fon ame? Voilà comme il faut vous
défendre, & non pas être interdit comme vous étes.

D. JUAN.

Je vous avouë, Madame, que je n'ai point le talent de diffi-
muler, & que je porte un cœur fincére. Je ne vous dirai
point que je fuis toujours dans les mêmes fentimens pour
vous, & que je brûle de vous rejoindre, puifqu'enfin il eft
affûré que je ne fuis parti que pour vous fuir; non point
par les raifons que vous pouvez vous figurer, mais par un
pur motif de confcience, & pour ne croire pas qu'avec vous
davantage je puiffe vivre fans péché. Il m'eft venu des fcrupules, Madame, & j'ai ouvert les yeux de l'ame fur ce que
je faifois. J'ai fait réfléxion que, pour vous époufer, je vous
ai dérobée à la clôture d'un couvent, que vous avez rom-
pu des vœux qui vous engageoient autre part, & que le
Ciel eft fort jaloux de ces fortes de chofes. Le repentir m'a
pris, & j'ai craint le courroux célefte. J'ai crû que notre
mariage n'étoit qu'un adultére déguifé, qu'il nous attireroit

quelque difgrace d'en haut, & qu'enfin je devois tâcher de vous oublier, & vous donner moyen de retourner à vos premiéres chaînes. Voudriez-vous, Madame, vous oppofer à une fi fainte penfée, & que j'allaffe, en vous retenant, me mettre le Ciel fur les bras? Que par...

D. ELVIRE.

Ah! Scélérat, c'eft maintenant que je te connois tout entier, &, pour mon malheur, je te connois lorfqu'il n'en eft plus tems, & qu'une telle connoiffance ne peut plus me fervir qu'à me défefpérer; mais fçache que ton crime ne demeurera pas impuni, & que le même Ciel dont tu te joües, me fçaura venger de ta perfidie.

D. JUAN.

Madame....

D. ELVIRE.

Il fuffit. Je n'en veux pas oüir davantage, & je m'accufe même d'en avoir trop entendu. C'eft une lâcheté que de fe faire expliquer trop fa honte; &, fur de tels fujets, un noble cœur, au premier mot, doit prendre fon parti. N'atten pas que j'éclate ici en reproches & en injures; non, non, je n'ai point un courroux à s'exhaler en paroles vaines, & toute fa chaleur fe réferve pour fa vengeance. Je te le dis encore, le Ciel te punira, perfide, de l'outrage que tu me fais; &, fi le Ciel n'a rien que tu puiffes appréhender, appréhende du moins la coOlére d'une femme offenfée.

SCENE IV.

D. JUAN, SGANARELLE.

SGANARELLE *à part.*

SI le remords le pouvoit prendre.

D. JUAN, *après un moment de réflexion.*

Allons songer à l'execution de notre entreprise amoureuse.

SGANARELLE *seul.*

Ah! Quel abominable maître, me vois-je obligé de servir!

Fin du premier Acte.

Blondel *in.....it*   *Joullain sculpsit*

ACTE SECOND.

SCENE PREMIERE.

CHARLOTTE, PIERROT.

CHARLOTTE.

OTRE dinse, Piarrot, tu t'es trouvé là bien à point.

PIERROT.

Parguienne, il ne s'en est pas fallu l'époisseur d'une éplingue, qu'ils ne se sayant nayés tous deux.

CHARLOTTE.

C'est donc le coup de vent d'à matin qui les avoit renvarsés dans la mar ?

PIERROT.

Aga, quien, Charlotte, je m'en vas te conter tout fin drait comme cela est venu ; car, comme dit l'autre, je les ai le premier avisés, avisés le premier je les ai. Enfin donc, j'étions sur le bord de la mar, moi & le gros Lucas, & je nous amusions à batifoler avec des mottes de tarre que je nous jesquions à la tête ; car, comme tu sçais bian, le gros Lucas aime à batifoler, & moi, par fouas, je batifole itou. En batifolant donc,

pifque batifoler y a , j'ai apperçû de tout loin queuque chofe
qui grouilloit dans gliau , & qui venoit comme envars nous
par fecouffe. Je voyois cela fixiblement , pis tout d'un coup
je voyois que je ne voyois plus rian. Hé , Lucas , ç'ai-je fait ,
je penfe que vlà des hommes qui nagiant là-bas. Voire , ce
m'a-t'il fait , t'as été au trépaffement d'un chat , t'as la vûë
trouble. Par fanguienne , ç'ai-je fait , je n'ai point la vûë trouble , ce font des hommes. Point du tout , ce m'a-t'il fait , t'as la
barluë. Veux-tu gager , ç'ai-je fait , que je n'ai point la barluë ,
ç'ai-je fait , & que ce font deux hommes , ç'ai-je fait , qui nagiant droit ici , ç'ai-je fait ? Morguienne , ce m'a-t'il fait , je gage
que non. Oh ça , ç'ai-je fait , veux-tu gager dix fols que fi ? Je le
veux bian , ce m'a-t'il fait , & pour te montrer , vlà argent fu
jeu , ce m'a-t'il fait. Moi , je n'ai point été ni fou , ni étourdi ,
j'ai bravement bouté à tarre quatre piéces tapées , & cinq fols
en doubles , jerniguienne auffi hardiment que fi j'avois avalé
un varre de vin ; car je fis hazardeux moi , & je vas à la dé-
bandade. Je fçavois bian ce que je faifois pourtant. Queuque
gniais ! Enfin donc , je n'avons pas putôt eu gagé que j'avons
vû les deux hommes tout à plain , qui nous faifiant figne de
les aller querir , & moi de tirer les enjeux. Allons , Lucas ,
ç'ai-je-dit , tu vois bian qu'ils nous appellont ; allons vîte à
leu fecours. Non , ce m'a-t'il dit , ils m'ont fait pardre. Oh
donc , tanquia , qu'à la par fin , pour le faire court , je l'ai tant
farmonné , que je nous fommes boutés dans une barque , &
pis j'avons tant fait cahin , caha , que je les avons tirés de gliau,
& pis je les avons menés cheux nous auprès du feu , & pis ils
fe fant dépoüillés tout nuds pour fe fécher , & pis il y en eft
venu

venu encore deux de la même bande qui s'équiant fauvés tout
feuls, & pis Mathurine eft arrivée là à qui l'en a fait les doux
yeux. Vlà juftement, Charlotte, comme tout ça s'eft fait.

CHARLOTTE.

Ne m'as-tu pas dit, Piarrot, qu'il y en a un qu'eft bien pu
mieux fait que les autres ?

PIERROT.

Oui, c'eft le maître. Il faut que ce foit queuque gros
monfieu, car il a du dor à fon habit tout de pis le haut jufqu'en bas, & ceux qui le fervent font des monfieux eux-
mêmes, & ftapandant, tout gros monfieu qu'il eft, il feroit
par ma fiqué nayé fi je n'aviomme été là.

CHARLOTTE.

Ardez un peu.

PIERROT.

Oh! Parquienne, fans nous, il en avoit pour fa maine de
fêves.

CHARLOTTE.

Eft-il encore cheux toi tout nud, Piarrot ?

PIERROT.

Nannain, ils l'avont r'habillé tout devant nous. Mon guieu,
je n'en avois jamais vû s'habiller. Que d'hiftoires & dengingor-
niaux boutont ces meffieux-là les courtifans ! Je me par-
drois là-dedans, pour moi, & j'étois tout ébobi de voir ça.
Quien, Charlotte, ils avont des cheveux qui ne tenont point
à leu tête, & ils boutont ça, après tout, comme un gros bon-
net de filace. Ils ant des chemifes qui ant des manches où j'en-
trerions tout brandis toi & moi. En glieu d'haut-de-chauffe,

Tome I I I.   D d ils portont un garderobe auſſi large que d'ici à pâque ; en glieu de pourpoint, de petites braſſiéres, qui ne leu venont pas juſqu'au brichet, & en glieu de rabats, un grand mouchoir de cou à réziau, aveuc quatre groſſes houpes de linge qui leu pendont ſur l'eſtomaque. Ils avont itou d'autres petits rabats au bout des bras, & de grands entonnois de paſſement aux jambes, &, parmi tout ça, tant de rubans, tant de rubans, que c'eſt une vraye piquié. Ignia pas juſqu'aux ſouliers qui n'en ſoient farcis tout de pis un bout juſqu'à l'autre ; & ils ſont faits d'eune façon que je me romprois le cou aveuc.

CHARLOTTE.

Par ma fi, Piarrot, il faut que j'aille voir un peu ça.

PIERROT.

Oh ! Acoute un peu auparavant, Charlotte. J'ai queuque autre choſe à te dire, moi.

CHARLOTTE.

Hé bian, di, qu'eſt-ce que c'eſt ?

PIERROT.

Vois-tu, Charlotte, il faut, comme dit l'autre, que je débonde mon cœur. Je t'aime, tu le ſçais bian, & je ſommes pour être mariés enſemble, mais marguienne, je ne ſuis point ſatisfait de toi.

CHARLOTTE.

Quement ? Qu'eſt-ce que c'eſt donc qu'ilia ?

PIERROT.

Ilia que tu me chagraines l'eſprit franchement.

CHARLOTTE.

Et quement donc ?

PIERROT.

Tétiguienne, tu ne m'aimes point.

CHARLOTTE.

Ah, ah ! N'est-ce que ça ?

PIERROT.

Oui, ce n'est que ça, & c'est bian assez.

CHARLOTTE.

Mon guieu, Piarrot, tu me viens toujou dire la même chose.

PIERROT

Je te dis toujou la même chose, parce c'est toujou la même chose, & si ce n'étoit pas toujou la même chose, je ne te dirois pas toujou la même chose.

CHARLOTTE.

Mais, qu'est-ce qu'il te faut ? Que veux-tu ?

PIERROT.

Jerniguienne, je veux que tu m'aimes.

CHARLOTTE.

Est-ce que je ne t'aime pas ?

PIERROT.

Non, tu ne m'aimes pas, & si je fais tout ce que je pis pour ça. Je t'achette, sans reproche, des rubans à tous les marciers qui passont ; je me romps le cou à t'aller denicher des marles ; je fais jouer pour toi les vielleux quand ce vient ta fête, & tout ça comme si je me frappois la tête contre un mur. Vois-tu, ça n'est ni biau ni honnête de n'aimer pas les gens qui nous aimont.

CHARLOTTE.

Mais, mon guieu, je t'aime aussi.

D d ij

PIERROT.

Oui , tu m'aimes d'une belle dégaîne !

CHARLOTTE.

Quement veux-tu donc qu'on fasse ?

PIERROT.

Je veux que l'on fasse comme l'en fait, quand l'en aime comme il faut.

CHARLOTTE.

Ne t'aimai-je pas aussi comme il faut ?

PIERROT.

Non. Quand ça est, ça se voit, & l'en fait mille petites singeries aux personnes quand on les aime du bon du cœur. Regarde la grosse Thomasse comme elle est assottée du jeune Robain, allé est toujou autour de li à l'agacer, & ne le laisse jamais en repos. Toujou al li fait queuque niche, ou li baille queuque taloche en passant ; & l'autre jour qu'il étoit assis sur un escabiau , al fut le tirer de dessous li , & le fit cheoir tout de son long par tarre. Jarni vlà où l'en voit les gens qui aimont ; mais toi, tu ne me dis jamais mot, t'est toujou là comme eune vraye souche de bois, & je passerois vingt fois devant toi, que tu ne te grouillerois pas pour me bailler le moindre coup , ou me dire la moindre chose. Ventreguienne, ça n'est pas bian, après tout ; & t'es froide pour les gens.

CHARLOTTE.

Que veux-tu que j'y fasse ? C'est mon himeur, & je ne me pis refondre.

PIERROT.

Ignia himeur qui tienne. Quand en a de l'amiquié pour les

personnes, l'en en baille toujou queuque petite fignifiance.

CHARLOTTE.

Enfin, je t'aime tout autant que je pis, & fi tu n'es pas content de ça, tu n'as qu'à en aimer queuque autre.

PIERROT.

Hé bien! Vlà pas mon compte? Têtigué, fi tu m'aimois, me dirois-tu ça?

CHARLOTTE.

Pourquoi me viens-tu auffi tarabufter l'efprit?

PIERROT.

Morgué, queu mal te fais-je? Je ne te demande qu'un peu d'amiquié.

CHARLOTTE.

Hé bian, laiffe faire auffi, & ne me preffe point tant. Peut-être que ça viendra tout d'un coup fans y fonger.

PIERROT.

Touche donc là, Charlotte.

CHARLOTTE *donnant fa main.*

Hé bian, quien.

PIERROT.

Promets-moi donc que tu tâcheras de m'aimer davantage.

CHARLOTTE.

J'y ferai tout ce que je pourrai, mais il faut que ça vienne de lui-même. Piarrot, eft-ce là ce monfieu?

PIERROT.

Oui, le vlà.

CHARLOTTE.

Ah! Mon guieu qu'il eft genti, & que ç'auroit été dommamage qu'il eût été nayé.

PIERROT.

Je revians tout à l'heure; je m'en vas boire chopaine, pour me rebouter tant foit peu de la fatigue que j'ais euë.

SCENE II.

DOM JUAN, SGANARELLE, CHARLOTTE *dans le fond du théatre.*

D. JUAN.

Nous avons manqué notre coup, Sganarelle, & cette bourafque imprévûë a renverfé avec notre barque le projet que nous avions fait; mais, à te dire vray, la payfanne que je viens de quitter répare ce malheur, & je lui ai trouvé des charmes qui effacent de mon efprit tout le chagrin que me donnoit le mauvais fuccès de notre entreprife. Il ne faut pas que ce cœur m'échape, & j'y ai déjà jetté des difpofitions à ne pas me fouffrir long-tems pouffer des foupirs.

SGANARELLE.

Monfieur, j'avouë que vous m'étonnez. A peine fommes-nous échapés d'un péril de mort, qu'au lieu de rendre grace au Ciel de la pitié qu'il a daigné prendre de nous, vous travaillez tout de nouveau à attirer fa colére par vos fantaifies accoutumées, & vos amours cr....

[*Dom Juan prend un air menaçant.*]

Paix, coquin que vous étes, vous ne fçavez ce que vous dites, & monfieur fçait ce qu'il fait. Allons.

D. JUAN *appercevant Charlotte.*

Ah, ah! D'où fort cette autre payfanne, Sganarelle? As-tu rien vû de plus joli, & ne trouves-tu pas, dis-moi, que celle-ci vaut bien l'autre?

SGANARELLE.

[*à part.*]

Affûrément. Autre piéce nouvelle.

D. JUAN *à Charlotte.*

D'où me vient, la belle, une rencontre fi agréable? Quoi! Dans ces lieux champêtres, parmi ces arbres & ces rochers, on trouve des perfonnes faites comme vous êtes?

CHARLOTTE.

Vous voyez, Monfieu.

D. JUAN.

Etes-vous de ce village?

CHARLOTTE.

Oui, Monfieu.

D. JUAN.

Et vous y demeurez?

CHARLOTTE.

Oui, Monfieu.

D. JUAN.

Vous vous appellez?

CHARLOTTE.

Charlotte, pour vous fervir.

D. JUAN.

Ah! La belle perfonne, & que fes yeux font pénétrans!

CHARLOTTE.

Monſieu, vous me rendez toute honteuſe.

D. JUAN.

Ah! N'ayez point de honte d'entendre dire vos vérités. Sganarelle, qu'en dis-tu? Peut-on rien voir de plus agréable?
Tournez-vous un peu, s'il vous plaît. Ah! Que cette taille
eſt jolie! Hauſſez un peu la tête, de grace. Ah! Que ce viſage eſt mignon! Ouvrez vos yeux entiérement. Ah! Qu'ils
ſont beaux! Que je voye un peu vos dents, je vous prie.
Ah! Qu'elles ſont amoureuſes, & ces lévres appétiſſantes.
Pour moi, je ſuis ravi, & je n'ai jamais vû une ſi charmante
perſonne.

CHARLOTTE.

Monſieu, cela vous plaît à dire, & je ne ſçai pas ſi c'eſt
pour vous railler de moi.

D. JUAN.

Moi, me railler de vous? Dieu m'en garde! Je vous aime trop
pour cela, & c'eſt du fond du cœur que je vous parle.

CHARLOTTE.

Je vous ſuis bien obligée, ſi ça eſt.

D. JUAN.

Point du tout, vous ne m'étes point obligée de tout ce que
je dis; & ce n'eſt qu'à votre beauté que vous en étes redevable.

CHARLOTTE.

Monſieu, tout ça eſt trop bian dit pour moi, & je n'ai pas
d'eſprit pour vous répondre.

D. JUAN

D. JUAN.

Sganarelle, regarde un peu ſes mains.

CHARLOTTE.

Fi, Monſieu, elles ſont noires comme je ne ſçai quoi.

D. JUAN.

Ah! Que dites-vous là? Elles ſont les plus blanches du monde, ſouffrez que je les baiſe, je vous prie.

CHARLOTTE.

Monſieu, c'eſt trop d'honneur que vous me faites, &, ſi j'avois ſçû ça tantôt, je n'aurois pas manqué de les laver avec du ſon.

D. JUAN.

Hé, dites-moi un peu, belle Charlotte, vous n'êtes pas mariée ſans doute?

CHARLOTTE.

Non, Monſieu; mais je dois bien-tôt l'être avec Piarrot, le fils de la voiſine Simonette.

D. JUAN.

Quoi! Une perſonne comme vous ſeroit la femme d'un ſimple payſan! Non, non, c'eſt profaner tant de beautés, & vous n'êtes pas née pour demeurer dans un village. Vous méritez ſans doute une meilleure fortune, & le Ciel qui le connoît bien, m'a conduit ici tout exprès pour empêcher ce mariage, & rendre juſtice à vos charmes; car enfin, belle Charlotte, je vous aime de tout mon cœur, & il ne tiendra qu'à vous que je vous arrache de ce miſérable lieu, & que je vous mette dans l'état où vous méritez d'être. Cet amour eſt bien promt ſans doute; mais quoi, c'eſt un

Tome III. E e

effet, Charlotte, de votre grande beauté, & l'on vous aime autant en un quart d'heure, qu'on feroit une autre en fix mois.

CHARLOTTE.

Auffi vray, Monfieu, je ne fçai comment faire quand vous parlez. Ce que vous dites me fait aife, & j'aurois toutes les envies du monde de vous croire ; mais on m'a toujou dit qu'il ne faut jamais croire les monfieux, & que vous autres courtifans étes des enjoleux, qui ne fongez qu'à abufer les filles.

D. JUAN.

Je ne fuis pas de ces gens-là.

SGANARELLE *à part.*

Il n'a garde.

CHARLOTTE.

Voyez-vous, Monfieu ? Il n'y a pas plaifir à fe laiffer abufer. Je fuis une pauvre payfanne ; mais j'ai l'honneur en recommandation, & j'aimerois mieux me voir morte, que de me voir déshonorée.

D. JUAN.

Moi, j'aurois l'ame affez méchante pour abufer une perfonne comme vous ? Je ferois affez lâche pour vous déshonorer ? Non, non, j'ai trop de confcience pour cela. Je vous aime, Charlotte, en tout bien & en tout honneur ; &, pour vous montrer que je dis vray, fçachez que je n'ai point d'autre deffein que de vous époufer. En voulez-vous un plus grand témoignage ? M'y voilà prêt, quand vous voudrez ; & je prends à témoin l'homme que voilà, de la parole que je vous donne.

SGANARELLE.

Non, non, ne craignez point. Il fe mariera avec vous tant
que vous voudrez.

D. JUAN.

Ah ! Charlotte, je vois bien que vous ne me connoiffez pas
encore. Vous me faites grand tort de juger de moi par les autres, &, s'il y a des fourbes dans le monde, des gens qui ne cherchent qu'à abufer des filles, vous devez me tirer du nombre ,
& ne pas mettre en doute la fincérité de ma foi ; & puis votre
beauté vous affûre de tout. Quand on eft faite comme vous, on
doit être à couvert de toutes ces fortes de craintes ; vous n'avez
point l'air, croyez-moi, d'une perfonne qu'on abufe ; &, pour
moi, je l'avoüe , je me percerois le cœur de mille coups, fi
j'avois eu la moindre penfée de vous trahir.

CHARLOTTE.

Mon Dieu ! Je ne fçais fi vous dites vray, ou non ; mais vous
faites que l'on vous croit.

D. JUAN.

Lorfque vous me croirez, vous me rendrez juftice affûrément,
& je vous réitére encore la promeffe que je vous ai faite. Ne
l'acceptez-vous pas , & ne voulez-vous pas confentir à être
ma femme ?

CHARLOTTE.

Oui, pourvû que ma tante le veuille.

D. JUAN.

Touchez donc-là, Charlotte, puifque vous le voulez bien
de votre part.

CHARLOTTE.

Mais au moins, Monſieur, ne m'allez pas tromper, je vous prie;
il y auroit de la conſcience à vous, & vous voyez comme j'y
vais à la bonne foi.

D. JUAN.

Comment ? Il ſemble que vous doutiez encore de ma ſincérité. Voulez-vous que je faſſe des ſermens épouvantables ?
Que le Ciel ....

CHARLOTTE.

Mon Dieu! Ne jurez point, je vous crois.

D. JUAN.

Donnez-moi donc un petit baiſer pour gage de votre parole.

CHARLOTTE.

Oh, Monſieur, attendez que je ſoyons mariés, je vous prie,
Après ça, je vous baiſerai tant que vous voudrez.

D. JUAN.

Hé bien, belle Charlotte, je veux tout ce que vous voulez;
abandonnez-moi ſeulement votre main, & ſouffrez que, par
mille baiſers, je lui exprime le raviſſement où je ſuis.

SCENE III.

DOM JUAN, SGANARELLE, PIERROT, CHARLOTTE.

PIERROT *pouſſant D. Juan qui baiſe la main de Charlotte.*

Tout doucement, Monſieur, tenez-vous, s'il vous plaît.
Vous vous échauffez trop, & vous pourriez gagner la
puréſie.

D. JUAN *repouſſant rudement Pierrot.*

Qui m'améne cet impertinent ?

PIERROT *ſe mettant entre D. Juan & Charlotte.*

Je vous dis qu'ou vous tégniez , & qu'ou ne carreſſiais point nos accordées.

D. JUAN *repouſſant encore Pierrot.*

Ah ! Que de bruit !

PIERROT.

Jerniguienne, ce n'eſt pas comme ça qu'il faut pouſſer les gens.

CHARLOTTE *prenant Pierrot par le bras.*

Et laiſſe-le faire auſſi , Piarrot.

PIERROT.

Quement, que je le laiſſe faire ? Je ne veux pas moi.

D. JUAN.

Ah !

PIERROT.

Tétiguenne , par ce qu'ous étes monſieu , vous viendrez careſſer nos femmes à notre barbe ? Allez vs-en careſſer les vôtres.

D. JUAN.

Hé ?

PIERROT

Hé ? [*D. Juan lui donne un ſoufflet.*] Tétigué, ne me frappez pas. [*autre ſoufflet.*] Oh , jernigué. [*autre ſoufflet.*] Ventregué. [*autre ſoufflet.*] Palſangué , morguienne , ça n'eſt pas bian de battre les gens, & ce n'eſt pas-là la récompenſe de vs-avoir ſauvé d'être nayé.

CHARLOTTE.

Piarrot, ne te fâche point.

PIERROT.

Je me veux fâcher, & t'es une vilaine, toi, d'endurer qu'on te cajole.

CHARLOTTE.

Oh! Piarrot, ce n'eſt pas ce que tu penſes. Ce monſieu veut m'épouſer, & tu ne dois pas te bouter en colére.

PIERROT.

Quement? Jerni, tu m'es promiſe.

CHARLOTTE.

Ça ni fait rien, Piarrot. Si tu maimes, ne dois-tu pas être bien aiſe que je devienne madame?

PIERROT.

Jernigué, non. J'aime mieux te voir crevée que de te voir à un autre.

CHARLOTTE.

Va, va, Piarrot, ne te mets point en peine. Si je ſis madame, je te ferai gagner queuque choſe, & tu apporteras du beurre & du fromage cheux nous.

PIERROT.

Ventreguenne, je gni en porterai jamais, quand tu m'en pairais deux fois autant. Eſt-ce donc comme ça que t'écoutes ce qu'il te dit? Morguenne, ſi j'avois ſçû ça tantôt, je me ſerois bian gardé de le tirer de gliau, & je gli aurois baillé un bon coup d'aviron ſur la tête.

D. JUAN *s'approchant de Pierrot pour le frapper.*
Qu'eſt-ce que vous dites?

PIERROT *se mettant derrière Charlotte.*

Jerniguenne, je ne crains parsonne.

D. JUAN *passant du côté où est Pierrot.*

Attendez-moi un peu.

PIERROT *repassant de l'autre côté.*

Je me moque de tout, moi.

D. JUAN *courant après Pierrot.*

Voyons cela.

PIERROT *se sauvant encore derrière Charlotte.*

J'en avons bien vû d'autres.

D. JUAN.

Ouais.

SGANARELLE.

Hé, Monsieur, laissez-là ce pauvre miserable. C'est conscience de le battre.

[*à Pierrot, en se mettant entre lui & D. Juan.*]

Ecoute, mon pauvre garçon, retire toi, & ne lui di rien.

PIERROT *passant devant Sganarelle, & regardant
fiérement D. Juan.*

Je veux lui dire, moi.

D. JUAN *levant la main pour donner un soufflet à Pierrot.*

Ah! Je vous apprendrai....

[*Pierrot baisse la tête, & Sganarelle reçoit le soufflet.*]

SGANARELLE *regardant Pierrot.*

Peste soit du maroufle!

D. JUAN *à Sganarelle.*

Te voilà payé de ta charité.

PIERROT.

Jarni, je vas dire à sa tante tout ce ménage-ci.

SCENE IV.

DOM JUAN, CHARLOTTE, SGANARELLE.

D. JUAN *à Charlotte.*

ENfin, je m'en vais être le plus heureux de tous les hommes, & je ne changerois pas mon bonheur contre toutes les choses du monde. Que de plaisirs quand vous serez ma femme, & que....

SCENE V.

DOM JUAN, MATHURINE, CHARLOTTE, SGANARELLE.

SGANARELLE *appercevant Mathurine.*

AH, ah !

MATHURINE *à D. Juan.*

Monsieu, que faites-vous donc là avec Charlotte? Est-ce que vous lui parlez d'amour aussi ?

D. JUAN *bas à Mathurine.*

Non. Au contraire, c'est elle qui me témoignoit une envie d'être ma femme, & je lui répondois que j'étois engagé à vous.

CHARLOTTE *à D. Juan.*

Qu'est-ce que c'est donc que vous veut Mathurine?

D. JUAN

D. JUAN *bas à Charlotte.*

Elle est jalouse de me voir vous parler, & voudroit bien que je l'épousasse ; mais je lui dis que c'est vous que je veux.

MATHURINE.

Quoi, Charlotte....

D. JUAN *bas à Mathurine.*

Tout ce que vous lui direz sera inutile , elle s'est mis cela dans la tête.

CHARLOTTE.

Quement donc, Mathurine...

D. JUAN *bas à Charlotte.*

C'est en vain que vous lui parlerez, vous ne lui ôterez pas cette fantaisie.

MATHURINE.

Est-ce que.....

D. JUAN *bas à Mathurine.*

Il n'y a pas moyen de lui faire entendre raison.

CHARLOTTE.

Je voudrois...

D. JUAN *bas à Charlotte.*

Elle est obstinée comme tous les diables.

MATHURINE.

Vramant...

D. JUAN *bas à Mathurine.*

Ne lui dites rien, c'est une folle.

CHARLOTTE.

Je pense...

Tome III. Ff

D. JUAN *bas à Charlotte.*

Laiffez-la là, c'eft une extravagante.

MATHURINE.

Non, non, il faut que je lui parle.

CHARLOTTE.

Je veux voir un peu fes raifons.

MATHURINE.

Quoi...

D. JUAN *bas à Mathurine.*

Je gage qu'elle va vous dire que je lui ai promis de l'époufer.

CHARLOTTE.

Je....

D. JUAN *bas à Charlotte.*

Gageons qu'elle vous foutiendra que je lui ai donné parole
de la prendre pour femme.

MATHURINE.

Holà, Charlotte, ça n'eft pas bian de courir fur le marché
des autres.

CHARLOTTE.

Ça n'eft pas honnête, Mathurine, d'être jaloufe que monfieu me parle.

MATHURINE.

C'eft moi que monfieu a vû la premiére.

CHARLOTTE.

S'il vous a vû la premiére, il m'a vû la feconde, & m'a promis de m'époufer.

D. JUAN *bas à Mathurine.*

Hé bien, que vous ai-je dit?

MATHURINE *à Charlotte.*

Je vous baife les mains; c'eft moi, & non pas vous qu'il a promis d'époufer.

D. JUAN *bas à Charlotte.*

N'ai-je pas deviné?

CHARLOTTE,

A d'autres, je vous prie; c'eft moi, vous dis-je.

MATHURINE.

Vous vous moquez des gens; c'eft moi, encore un coup.

CHARLOTTE.

Le vlà qui eft pour le dire, fi je n'ai pas raifon.

MATHURINE.

Le vlà qui eft pour me démentir, fi je ne dis pas vray.

CHARLOTTE.

Eft-ce, Monfieu, que vous lui avez promis de l'époufer?

D. JUAN *bas à Charlotte.*

Vous vous raillez de moi.

MATHURINE.

Eft-il vray, Monfieu, que vous lui avez donné parole d'être fon mari?

D. JUAN *bas à Mathurine.*

Pouvez-vous avoir cette penfée?

CHARLOTTE.

Vous voyez qu'al le foutient.

D. JUAN *bas à Charlotte.*

Laiffez-la faire.

MATHURINE.

Vous étes témoin comme al l'affûre.

D. JUAN *bas à Mathurine*.

Laiſſez-la dire.

CHARLOTTE.

Non, non, il faut ſçavoir la vérité.

MATHURINE.

Il eſt queſtion de juger ça.

CHARLOTTE.

Oui, Mathurine, je veux que Monſieu vous montre votre bec jaune.

MATHURINE.

Oui, Charlotte, je veux que Monſieu vous rende un peu camuſe.

CHARLOTTE.

Monſieu, vuidez la querelle s'il vous plaît.

MATHURINE.

Mettez-nous d'accord, Monſieu.

CHARLOTTE *à Mathurine*.

Vous allez voir.

MATHURINE *à Charlotte*.

Vous allez voir vous-même.

CHARLOTTE *à D. Juan*.

Dites.

MATHURINE *à Dom Juan*.

Parlez.

D. JUAN.

Que voulez-vous que je diſe? Vous ſoutenez également toutes

deux que je vous ai promis de vous prendre pour femmes.
Eſt-ce que chacune de vous ne ſçait pas ce qui en eſt, ſans
qu'il ſoit néceſſaire que je m'explique davantage ? Pourquoi
m'obliger là-deſſus à des redites ? Celle à qui j'ai promis effec-
tivement, n'a-t-elle pas, en elle même, dequoi ſe moquer des
diſcours de l'autre, & doit-elle ſe mettre en peine, pourvû
que j'accompliſſe ma promeſſe? Tous les diſcours n'avancent
point les choſes. Il faut faire & non pas dire, & les effets
décident mieux que les paroles. Auſſi n'eſt-ce que par là
que je vous veux mettre d'accord, & l'on verra quand je
me marierai, laquelle des deux a mon cœur. [*bas à Mathu-*
rine.] Laiſſez-lui croire ce qu'elle voudra. [*bas à Charlotte.*]
Laiſſez-la ſe flater dans ſon imagination. [*bas à Mathurine.*]
Je vous adore. [*bas à Charlotte.*] Je ſuis tout à vous. [*bas à*
Mathurine.] Tous les viſages ſont laids auprès du vôtre. [*bas*
à Charlotte.] On ne peut plus ſouffrir les autres, quand on
[*haut.*]
vous a vûë. J'ai un petit ordre à donner, je viens vous re-
trouver dans un quart d'heure.

SCENE VI.

CHARLOTTE, MATHURINE, SGANARELLE.

CHARLOTTE *à Mathurine.*

JE ſuis celle qu'il aime au moins.

MATHURINE *à Charlotte.*

C'eſt moi qu'il épouſera,

SGANARELLE *arrêtant Charlotte & Mathurine.*

Ah ! Pauvres filles que vous êtes, j'ai pitié de votre innocence, & je ne puis souffrir de vous voir courir à votre malheur. Croyez-moi l'une & l'autre, ne vous amusez point à
tous les contes qu'on vous fait, & demeurez dans votre village.

SCENE VII.

D. JUAN, CHARLOTTE, MATHURINE,
SGANARELLE.

D. JUAN *dans le fond du théatre, à part.*

JE voudrois bien sçavoir pourquoi Sganarelle ne me suit
pas.

SGANARELLE.

Mon maître est un fourbe, il n'a dessein que de vous abu-
ser, & en a bien abusé d'autres ; c'est l'épouseur du genre

[*Il apperçoit Dom Juan.*]

humain, &... Cela est faux, &, quiconque vous dira cela,
vous lui devez dire qu'il en a menti. Mon maître n'est point
l'épouseur du genre humain, il n'est point fourbe ; il n'a pas
dessein de vous tromper, & n'en a point abusé d'autres. Ah!
Tenez, le voilà. Demandez-le plutôt à lui-même.

D. JUAN *regardant Sganarelle, & le soupçonnant
d'avoir parlé.*

Oui ?

SGANARELLE.

Monfieur, comme le monde eft plein de médifans, je vais audevant des chofes; & je leur difois que, fi quelqu'un leur venoit dire du mal de vous, elles fe gardaffent bien de le croire, & ne manquaffent pas de lui dire qu'il en auroit menti.

D. JUAN.

Sganarelle.

SGANARELLE *à Charlotte & à Mathurine.*

Oui, monfieur eft homme d'honneur, je le garantis tel.

D. JUAN.

Hon.

SGANARELLE.

Ce font des impertinens.

SCENE VIII.

D. JUAN, LA RAMÉE, CHARLOTTE, MATHURINE, SGANARELLE.

LA RAMEE *bas à Dom Juan.*

MOnfieur, je viens vous avertir qu'il ne fait pas bon ici pour vous.

D. JUAN.

Comment?

LA RAMEE.

Douze hommes à cheval vous cherchent, qui doivent arriver ici dans un moment; je ne fçais pas par quel moyen ils peuvent vous avoir ſuivi ; mais j'ai appris cette nouvelle d'un payſan qu'ils ont interrogé, & auquel ils vous ont dépeint. L'affaire preſſe, & le plutôt que vous pourrez ſortir d'ici, ſera le meilleur.

SCENE IX.

D. JUAN, CHARLOTTE, MATHURINE, SGANARELLE.

D. JUAN *à Charlotte & à Mathurine.*

UNe affaire'preſſante m'oblige de partir d'ici ; mais je vous prie de vous reſſouvenir de la parole que je vous ai donnée, & de croire que vous aurez de mes nouvelles avant qu'il ſoit demain au ſoir.

SCENE X.

DOM JUAN, SGANARELLE.

D. JUAN.

COmme la partie n'eſt pas égale, il faut uſer de ſtrata- gême, & éluder adroitement le malheur qui me cher- che. Je veux que Sganarelle ſe revête de mes habits, & moi . . . .

SGANARELLE.

Monſieur, vous vous moquez. M'expoſer à être tué ſous vos habits, & . . .

D. JUAN.

D. JUAN.

Allons vîte, c'eſt trop d'honneur que je vous fais ; & bien-heureux eſt le valet qui peut avoir la gloire de mourir pour ſon maître.

SGANARELLE.

[ſeul.]

Je vous remercie d'un tel honneur. O Ciel! Puiſqu'il s'agit de mort, fais-moi la grace de n'être point pris pour un autre.

Fin du ſecond Acte.

ACTE TROISIÉME.

SCENE PREMIERE.

DOM JUAN *en habit de campagne*, SGANARELLE *en médecin*.

SGANARELLE.

A foi, Monfieur, avouez que j'ai eu raifon, & que nous voilà l'un & l'autre déguifés à merveille. Votre premier deffein n'étoit point du tout à propos, & ceci nous cache mieux que tout ce que vous vouliez faire.

D. JUAN.

Il eft vray que te voilà bien; & je ne fçais où tu as été déterrer cet attirail ridicule.

SGANARELLE.

Oui ? C'eft l'habit d'un vieux médecin, qui a été laiffé en gage au lieu où je l'ai pris, & il m'en a coûté de l'argent pour l'avoir. Mais fçavez-vous, Monfieur, que cet habit me met déjà en confidération, que je fuis falué des gens que je rencontre, & que l'on me vient confulter ainfi qu'un habile homme ?

D. JUAN.

Comment donc ?

SGANARELLE.

Cinq ou six payfans ou payfannes, en me voyant paſſer, me ſont venus demander mon avis ſur différentes maladies.

D. JUAN.

Tu leur as répondu que tu n'y entendois rien.

SGANARELLE.

Moi ? Point du tout. J'ai voulu ſoutenir l'honneur de mon habit, j'ai raiſonné ſur le mal, & leur ai fait des ordonnances à chacun.

D. JUAN.

Et quels remédes encore leur as-tu ordonnés ?

SGANARELLE.

Ma foi, Monſieur, j'en ai pris par où j'en ai pû attraper ; j'ai fait mes ordonnances à l'avanture, & ce ſeroit une choſe plaiſante, ſi les malades guériſſoient, & qu'on m'en vint remercier.

D. JUAN.

Et pourquoi non ? Par quelle raiſon n'aurois-tu pas les mêmes priviléges qu'ont tous les autres médecins ? Ils n'ont pas plus de part que toi aux guériſons des malades, & tout leur art eſt pure grimace. Ils ne font rien que recevoir la gloire des heureux ſuccès ; & tu peux profiter, comme eux, du bonheur du malade, & voir attribuer à tes remédes tout ce qui peut venir des faveurs du hazard, & des forces de la nature.

SGANARELLE.

Comment, Monſieur ? Vous étes auſſi impie en médecine ?

D. JUAN.

C'est une des grandes erreurs qui soient parmi les hommes.

SGANARELLE.

Quoi! Vous ne croyez pas au séné, ni à la casse, ni au vin émétique?

D. JUAN.

Et pourquoi veux-tu que j'y croye?

SGANARELLE.

Vous avez l'ame bien mécréante. Cependant vous voyez depuis un tems, que le vin émétique fait bruire ses fuseaux. Ses miracles ont converti les plus incrédules esprits, & il n'y a pas trois semaines que j'en ai vû, moi qui vous parle, un effet merveilleux.

D. JUAN.

Et quel?

SGANARELLE.

Il y avoit un homme qui, depuis six jours, étoit à l'agonie, on ne sçavoit plus que lui ordonner, & tous les remédes ne faisoient rien ; on s'avisa à la fin de lui donner de l'émétique.

D. JUAN.

Il réchapa, n'est-ce pas?

SGANARELLE.

Non, il mourut.

D. JUAN.

L'effet est admirable.

SGANARELLE.

Comment? Il y avoit six jours entiers qu'il ne pouvoit mou-

rir, & cela le fit mourir tout d'un coup. Voulez-vous rien
de plus efficace ?

D. JUAN.

Tu as raison.

SGANARELLE.

Mais laissons-là la médecine où vous ne croyez point, &
parlons des autres choses ; car cet habit me donne de l'esprit,
& je me sens en humeur de disputer contre vous. Vous sçavez
bien que vous me permettez les disputes, & que vous ne
me défendez que les remontrances.

D. JUAN.

Hé bien ?

SGANARELLE.

Je veux sçavoir vos pensées à fonds, & vous connoître un
peu mieux que je ne fais. Ça, quand voulez-vous mettre fin
à vos débauches, & mener la vie d'un honnête homme ?

D. JUAN *léve la main pour lui donner un soufflet.*

Ah, maître sot ! Vous allez d'abord aux remontrances.

SGANARELLE *en se reculant.*

Morbleu, je suis bien sot en effet de vouloir m'amuser à raisonner avec vous ; faites tout ce que vous voudrez, il m'importe bien que vous vous perdiez ou non, & que…

D. JUAN.

Tai-toi. Songeons à notre affaire. Ne serions-nous point égarés ? Appelle cet homme que voilà là bas, pour lui demander le chemin.

SCENE II.

DOM JUAN, SGANARELLE, FRANCISQUE.

SGANARELLE.

HOlà ho, l'homme. Ho, mon compere. Ho, l'ami. Un petit mot, s'il vous plaît. Enfeignez-nous un peu le chemin qui méne à la ville.

FRANCISQUE.

Vous n'avez qu'à fuivre cette route, Meffieurs, & détourner à main droite quand vous ferez au bout de la forêt. Mais je vous donne avis que vous devez vous tenir fur vos gardes, & que, depuis quelque tems, il y a des voleurs ici autour.

D. JUAN.

Je te fuis bien obligé, mon ami, & je te rends graces de tout mon cœur de ton bon avis.

SCENE III.

D. JUAN, SGANARELLE.

SGANARELLE.

AH! Monfieur, quel bruit, quel cliquetis!

D. JUAN *regardant dans la forêt.*

Que vois-je là? Un homme attaqué par trois autres! La partie eſt trop inégale, & je ne dois pas ſouffrir cette lâcheté.

[*Il met l'épée à la main, & court au lieu du combat.*]

SCENE IV.

SGANARELLE *ſeul.*

MOn maître eſt un vray enragé d'aller ſe préſenter à un péril qui ne le cherche pas ; mais, ma foi, le ſecours a ſervi, & les deux ont fait fuir les trois.

SCENE V.

DOM JUAN, DOM CARLOS, SGANARELLE *au fond du théatre.*

D. CARLOS *remettant ſon épée.*

ON voit, par la fuite de ces voleurs, de quel ſecours eſt votre bras. Souffrez, Monſieur, que je vous rende graces d'une action ſi généreuſe, & que…

D. JUAN.

Je n'ai rien fait, Monſieur, que vous n'euſſiez fait en ma place. Notre propre honneur eſt intéreſſé dans de pareilles avantures, & l'action de ces coquins étoit ſi lâche, que c'eût été y prendre part que de ne s'y pas oppoſer. Mais par quelle rencontre vous étes-vous trouvé entre leurs mains?

D. CARLOS.

Je m'étois, par hazard, égaré d'un frere, & de tous ceux de notre ſuite ; &, comme je cherchois à les rejoindre, j'ai fait rencontre de ces voleurs qui d'abord ont tué mon cheval, & qui, sans votre valeur, en auroient fait autant de moi.

D. JUAN.

Votre dessein est-il d'aller du côté de la ville?

D. CARLOS.

Oui, mais sans y vouloir entrer; & nous nous voyons obligés, mon frere & moi, à tenir la campagne pour une de ces fâcheuses affaires qui réduisent les gentilshommes à se sacrifier eux & leur famille à la sévérité de leur honneur, puisqu'enfin le plus doux succès en est toujours funeste, & que, si l'on ne quitte pas la vie, on est contraint de quitter le royaume; & c'est en quoi je trouve la condition d'un gentilhomme malheureuse, de ne pouvoir point s'assûrer sur toute la prudence & toute l'honnêteté de sa conduite, d'être asservi par les loix de l'honneur au déréglement de la conduite d'autrui, & de voir sa vie, son repos & ses biens dépendre de la fantaisie du premier téméraire, qui s'avisera de lui faire une de ces injures pour qui un honnête homme doit périr.

D. JUAN.

On a cet avantage qu'on fait courir le même risque, & passer aussi mal le tems à ceux qui prennent fantaisie de nous venir faire une offense de gayeté de cœur. Mais ne seroit-ce point une indiscrétion que de vous demander quelle peut être votre affaire?

D CARLOS.

La chose en est aux termes de n'en plus faire de secret; &, lorsque l'injure a une fois éclaté, notre honneur ne va point

à

à vouloir cacher notre honte, mais à faire éclater notre vengeance, & à publier même le deſſein que nous en avons. Ainſi, Monſieur, je ne feindrai point de vous dire que l'offenſe que nous cherchons à venger, eſt une ſœur ſéduite & enlevée d'un couvent, & que l'auteur de cette offenſe eſt un Dom Juan Tenorio, fils de Dom Louis Tenorio. Nous le cherchons depuis quelques jours, & nous l'avons ſuivi ce matin ſur le rapport d'un valet, qui nous a dit qu'il ſortoit à cheval, accompagné de quatre ou cinq, & qu'il avoit pris le long de cette côte ; mais tous nos ſoins ont été inutiles, & nous n'avons pû découvrir ce qu'il eſt devenu.

D. JUAN.

Le connoiſſez-vous, Monſieur, ce Dom Juan dont vous parlez?

D. CARLOS.

Non, quant à moi. Je ne l'ai jamais vû, & je l'ai ſeulement oüi dépeindre à mon frere ; mais la renommée n'en dit pas force bien, & c'eſt un homme dont la vie...

D. JUAN.

Arrêtez, Monſieur, s'il vous plaît. Il eſt un peu de mes amis, & ce ſeroit à moi une eſpéce de lâcheté, que d'en oüir dire du mal.

D. CARLOS.

Pour l'amour de vous, Monſieur, je n'en dirai rien du tout. C'eſt bien la moindre choſe que je vous doive, après m'avoir ſauvé la vie, que de me taire devant vous d'une perſone que vous connoiſſez, lorſque je ne puis en parler ſans en dire du mal ; mais, quelque ami que vous lui ſoyez, j'oſe

efpérer que vous n'approuverez pas fon action, & ne trouverez pas étrange que nous cherchions d'en prendre vengeance.

D. JUAN.

Au contraire, je vous y veux fervir, & vous épargner des
foins inutiles. Je fuis ami de Dom Juan, je ne puis pas m'en
empêcher; mais il n'eft pas raifonnable qu'il offenfe impunément des gentilshommes, & je m'engage à vous faire faire
raifon par lui.

D. CARLOS.

Et quelle raifon peut-on faire à ces fortes d'injures ?

D. JUAN.

Toute celle que votre honneur peut fouhaiter ; &, fans
vous donner la peine de chercher Dom Juan davantage, je
m'oblige à le faire trouver au lieu que vous voudrez, &
quand il vous plaira.

D. CARLOS.

Cet efpoir eft bien doux, Monfieur, à des cœurs offenfés ;
mais, après ce que je vous dois, ce me feroit une trop fenfible douleur, que vous fuffiez de la partie.

D. JUAN.

Je fuis fi attaché à Dom Juan, qu'il ne fçauroit fe battre que
je ne me batte auffi ; mais enfin, j'en réponds comme de moi-
même, & vous n'avez qu'à dire quand vous voulez qu'il
paroiffe, & vous donne fatisfaction.

D. CARLOS.

Que ma deftinée eft cruelle ! Faut-il que je vous doive la vie,
& que Dom Juan foit de vos amis !

SCENE VI.

DOM ALONSE, DOM CARLOS, DOM JUAN, SGANARELLE.

D. ALONSE *parlant à ceux de sa suite, sans voir Dom Carlos ni Dom Juan.*

Faites boire là mes chevaux, & qu'on les améne après
[*les appercevant tous deux.*]
nous, je veux un peu marcher à pied. O Ciel! Que vois-je
ici? Quoi, mon frere, vous voilà avec notre ennemi mortel?

D. CARLOS.

Notre ennemi mortel?

D. JUAN *mettant la main sur la garde de son épée.*

Oui, je suis Dom Juan, & l'avantage du nombre ne m'obli-
gera pas à vouloir déguiser mon nom.

D. ALONSE *mettant l'épée a la main.*

Ah! Traître, il faut que tu périsses, & ....

[*Sganarelle court se cacher.*]

D. CARLOS.

Ah! Mon frere, arrêtez. Je lui suis redevable de la vie; &,
sans le secours de son bras, j'aurois été tué par des voleurs
que j'ai trouvés.

D. ALONSE

Et voulez-vous que cette considération empêche notre vengeance? Tous les services que nous rend une main ennemie,
ne sont d'aucun mérite pour engager notre ame; &, s'il faut

H h ij

mefurer l'obligation à l'injure, votre reconnoiffance, mon frere, eft ici ridicule ; &, comme l'honneur eft infiniment plus précieux que la vie, c'eft ne devoir rien proprement, que d'être redevable de la vie à qui nous a ôté l'honneur.

D. CARLOS.

Je fçais la différence, mon frere, qu'un gentilhomme doit toujours mettre entre l'un & l'autre, & la reconnoiffance de l'obligation n'efface point en moi le reffentiment de l'injure; mais fouffrez que je lui rende ici ce qu'il m'a prêté, que je m'acquitte fur le champ de la vie que je lui dois, par un délai de notre vengeance, & lui laiffe la liberté de jouir durant quelques jours du fruit de fon bienfait.

D. ALONSE.

Non, non, c'eft hazarder notre vengeance que de la reculer, & l'occafion de la prendre peut ne plus revenir. Le Ciel nous l'offre ici, c'eft à nous d'en profiter. Lorfque l'honneur eft bleffé mortellement, on ne doit point fonger à garder aucunes mefures ; &, fi vous répugnez à prêter votre bras à cette action, vous n'avez qu'à vous retirer, & laiffer à ma main la gloire d'un tel facrifice.

D. CARLOS.

De grace, mon frere....

D. ALONSE.

Tous ces difcours font fuperflus ; il faut qu'il meure.

D. CARLOS.

Arrêtez-vous, vous dis-je, mon frere. Je ne fouffrirai point du tout qu'on attaque fes jours, & je jure le Ciel que je le défendrai ici contre qui que ce foit, & je fçaurai lui faire un rempart de cette même vie qu'il a fauvée ; &, pour adreffer vos coups, il faudra que vous me perciez.

D. ALONSE.

Quoi ! Vous prenez le parti de notre ennemi contre moi, &, loin d'être faifi à fon afpect des mêmes tranfports que je fens, vous faites voir pour lui des fentimens pleins de douceur ?

D. CARLOS.

Mon frere, montrons de la modération dans une action légitime, & ne vengeons point notre honneur avec cet emportement que vous témoignez. Ayons du cœur dont nous foyons les maîtres, une valeur qui n'ait rien de farouche, & qui fe porte aux chofes par une pure délibération de notre raifon, & non point par le mouvement d'une aveugle colére. Je ne veux point, mon frére, demeurer redevable à mon ennemi, & je lui ai une obligation dont il faut que je m'acquitte, avant toutes chofes. Notre vengeance, pour être différée, n'en fera pas moins éclatante ; au contraire, elle en tirera de l'avantage, & cette occafion de l'avoir pû prendre, la fera paroître plus jufte aux yeux de tout le monde.

D. ALONSE.

O l'étrange foibleffe, & l'aveuglement effroyable, d'hazarder ainfi les intérêts de fon honneur pour la ridicule penfée d'une obligation chimérique !

D. CARLOS.

Non, mon frere, ne vous mettez pas en peine. Si je fais une faute, je fçaurai bien la réparer, & je me charge de tout le foin de notre honneur ; je fçais à quoi il nous oblige, & cette suspension d'un jour que ma reconnoissance lui demande, ne fera qu'augmenter l'ardeur que j'ai de le satisfaire. D. Juan, vous voyez que j'ai soin de vous rendre le bien que j'ai reçû de vous, & vous devez par là juger du reste, croire que je m'acquitte avec même chaleur de ce que je dois, & que je ne serai pas moins éxact à vous payer l'injure que le bien-fait. Je ne veux point vous obliger ici à expliquer vos sentimens, & je vous donne la liberté de penser à loisir aux résolutions que vous avez à prendre. Vous connoissez assez la grandeur de l'offense que vous nous avez faite, & je vous fais juge vous-même des réparations qu'elle demande. Il est des moyens doux pour nous satisfaire; il en est de violens & de sanglans; mais enfin, quelque choix que vous fassiez, vous m'avez donné parole de me faire faire raison par Dom Juan. Songez à me la faire, je vous prie, & vous ressouvenez que, hors d'ici, je ne dois plus qu'à mon honneur.

D. JUAN.

Je n'ai rien exigé de vous, & vous tiendrai ce que j'ai promis.

D. CARLOS.

Allons, mon frere, un moment de douceur ne fait aucune injure à la sévérité de notre devoir.

SCENE VII.

D. JUAN, SGANARELLE.

D. JUAN.

Holà, hé, Sganarelle.

SGANARELLE *fortant de l'endroit où il étoit caché.*
Plaît-il ?

D. JUAN.

Comment, coquin, tu fuis quand on m'attaque ?

SGANARELLE.

Pardonnez-moi, Monfieur, je viens feulement d'ici près. Je crois que cet habit eft purgatif, & que c'eft prendre médecine que de le porter.

D. JUAN.

Pefte foit l'infolent! Couvre au moins ta poltronnerie d'un voile plus honnête. Sçais-tu bien qui eft celui à qui j'ai fauvé la vie ?

SGANARELLE.

Moi ? Non.

D. JUAN.

C'eft un frere d'Elvire.

SGANARELLE.

Un...

D. JUAN.

Il eft affez honnête homme, il en a bien ufé, & j'ai regret d'avoir démêlé avec lui.

SGANARELLE.

Il vous feroit aifé de pacifier toutes chofes.

D. JUAN.

Oui; mais ma paffion eft ufeé pour Done Elvire, & l'engagement ne compatit point avec mon humeur. J'aime la liberté en amour, tu le fçais, & je ne fçaurois me réfoudre à
renfermer mon cœur entre quatre murailles. Je te l'ai dit
vingt fois, j'ai une pente naturelle à me laiffer aller à tout ce
qui m'attire. Mon cœur eft à toutes les belles; & c'eft à elles à le prendre tour à tour, & à le garder tant qu'elles le
pourront. Mais quel eft le fuperbe édifice que je vois entre
ces arbres?

SGANARELLE.

Vous ne le fçavez pas?

D. JUAN.

Non vrayment.

SGANARELLE.

Bon, c'eft le tombeau que le commandeur faifoit faire lorfque vous le tuâtes.

D. JUAN.

Ah! Tu as raifon. Je ne fçavois pas que c'étoit de ce côté-
ci qu'il étoit. Tout le monde m'a dit des merveilles de cet
ouvrage, auffi bien que de la ftatuë du commandeur, & j'ai
envie de l'aller voir.

SGANARELLE.

Monfieur, n'allez point là.

D. JUAN.

Pourquoi?

SGA-

SGANARELLE.

Cela n'eſt pas civil, d'aller voir un homme que vous avez
tué.

D. JUAN.

Au contraire, c'eſt une viſite dont je lui veux faire civilité,
& qu'il doit recevoir de bonne grace, s'il eſt galant homme. Allons, entrons dedans.

[*Le tombeau s'ouvre, & l'on voit la ſtatuë du commandeur.*]

SGANARELLE.

Ah! Que cela eſt beau! Les belles ſtatuës! Le beau marbre!
Les beaux piliers! Ah! Que cela eſt beau! Qu'en dites-vous,
Monſieur?

D. JUAN.

Qu'on ne peut voir aller plus loin l'ambition d'un homme
mort; & ce que je trouve admirable, c'eſt qu'un homme
qui s'eſt paſſé durant ſa vie d'une aſſez ſimple demeure, en
veuille avoir une ſi magnifique, pour quand il n'en a plus
que faire.

SGANARELLE.

Voici la ſtatuë du commandeur.

D. JUAN.

Parbleu, le voilà bon avec ſon habit d'empereur romain.

SGANARELLE.

Ma foi, Monſieur, voilà qui eſt bien fait. Il ſemble qu'il eſt
en vie, & qu'il s'en va parler. Il jette des regards ſur nous
qui me feroient peur ſi j'étois tout ſeul, & je penſe qu'il ne
prend pas plaiſir de nous voir.

Tome III.   I i

D. JUAN.

Il auroit tort ; & ce feroit mal recevoir l'honneur que je lui fais. Demande-lui s'il veut venir fouper avec moi.

SGANARELLE.

C'eft une chofe dont il n'a pas befoin, je crois.

D. JUAN,

Demande-lui, te dis-je.

SGANARELLE.

Vous moquez-vous ? Ce feroit être fou que d'aller parler à une ftatuë.

D. JUAN.

Fai ce que je te dis.

SGANARELLE.

[à part.]

Quelle bizarrerie ! Seigneur Commandeur ... Je ris de ma fottife ; mais c'eft mon maître qui me la fait faire. Seigneur Commandeur, mon maître Dom Juan vous demande fi vous voulez lui faire l'honneur de venir fouper avec lui.

[La ftatuë baiffe la tête.]

Ah !

D. JUAN.

Qu'eft-ce ? Qu'as-tu ? Di donc. Veux-tu parler ?

SGANARELLE *baiffant la tête comme la ftatuë.*

La ftatuë ...

D. JUAN.

Hé bien, que veux-tu dire, traître ?

SGANARELLE.

Je vous dis que la ftatuë ...

D. JUAN.

Hé bien, la ſtatuë ? Je t'aſſomme, ſi tu ne parles.

SGANARELLE.

La ſtatuë m'a fait ſigne.

D. JUAN.

La peſte le coquin !

SGANARELLE.

Elle m'a fait ſigne, vous dis-je, il n'eſt rien de plus vray. Allez-vous en lui parler vous-même pour voir. Peut-être …

D. JUAN.

Vien, maraud, vien. Je te veux bien faire toucher au doigt ta poltronnerie, pren garde. Le ſeigneur commandeur voudroit-il venir ſouper avec moi ? [*La ſtatuë baiſſe encore la tête.*]

SGANARELLE.

Je ne voudrois pas en tenir dix piſtoles. Hé bien, Monſieur ?

D. JUAN.

Allons, ſortons d'ici.

SGANARELLE *ſeul.*

Voilà de mes eſprits forts, qui ne veulent rien croire.

Fin du troiſiéme Acte.

ACTE QUATRIÉME.

SCENE PREMIERE.

D. JUAN, SGANARELLE, RAGOTIN.

D. JUAN à *Sganarelle*.

Uoi qu'il en soit, laissons cela. C'est une bagatelle, & nous pouvons avoir été trompés par un faux jour, ou surpris de quelque vapeur qui nous ait troublé la vûë.

SGANARELLE.

Hé, Monsieur, ne cherchez point à démentir ce que nous avons vû des yeux que voilà. Il n'est rien de plus véritable que ce signe de tête, & je ne doute point que le Ciel, scandalisé de votre vie, n'ait produit ce miracle pour vous convaincre, & pour vous retirer de ....

D. JUAN.

Ecoute. Si tu m'importunes davantage de tes sottes moralités, si tu me dis encore le moindre mot là-dessus, je vais appeller quelqu'un, demander un nerf de bœuf, te faire tenir par trois ou quatre, & te rouer de mille coups. M'entends-tu bien?

SGANARELLE.

Fort bien, Monſieur, le mieux du monde. Vous vous expliquez clairement, c'eſt ce qu'il y a de bon en vous, que vous n'allez point chercher de détours ; vous dites les choſes avec une netteté admirable.

D. JUAN.

Allons, qu'on me faſſe ſouper le plûtôt que l'on pourra. Une chaiſe, petit garçon.

SCENE II.

DOM JUAN, SGANARELLE, LA VIOLETTE, RAGOTIN.

LA VIOLETTE.

MOnſieur, voilà votre marchand, monſieur Dimanche, qui demande à vous parler.

SGANARELLE.

Bon. Voilà ce qu'il nous faut qu'un compliment de créancier. De quoi s'aviſe-t-il de nous venir demander de l'argent, & que ne lui diſois-tu que monſieur n'y eſt pas ?

LA VIOLETTE.

Il y a trois quarts d'heure que je lui dis ; mais il ne veut pas le croire, & s'eſt aſſis là-dedans pour attendre.

SGANARELLE.

Qu'il attende tant qu'il voudra.

D. JUAN.

Non, au contraire, faites-le entrer. C'eſt une fort mauvaiſe politique que de fe faire celer aux créanciers. Il eft bon de les payer de quelque chofe, & j'ai le fecret de les renvoyer fatisfaits, fans leur donner un double.

SCENE III.

DOM JUAN, Mᵣ. DIMANCHE, SGANARELLE, LA VIOLETTE, RAGOTIN.

D. JUAN.

AH! Monfieur Dimanche, approchez. Que je fuis ravi de vous voir, & que je veux de mal à mes gens, de ne vous pas faire entrer d'abord! J'avois donné ordre qu'on ne me fît parler à perfonne ; mais cet ordre n'eft pas pour vous, & vous étes en droit de ne trouver jamais de porte fermée chez moi.

M. DIMANCHE.

Monfieur, je vous fuis fort obligé.

D. JUAN *parlant à la Violette, & à Ragotin.*

Parbleu, coquins, je vous apprendrai à laiffer monfieur Dimanche dans une antichambre, & je vous ferai connoître les gens.

M. DIMANCHE.

Monfieur, cela n'eft rien.

D. JUAN *à M. Dimanche.*

Comment ? Vous dire que je n'y fuis pas, à monfieur Dimanche, au meilleur de mes amis?

M. DIMANCHE.

Monſieur, je ſuis votre ſerviteur. J'étois venu ....

D. JUAN.

Allons vîte, un ſiége pour monſieur Dimanche.

M. DIMANCHE.

Monſieur, je ſuis bien comme cela.

D. JUAN.

Point, point, je veux que vous ſoyez aſſis comme moi.

M. DIMANCHE.

Cela n'eſt point néceſſaire.

D. JUAN.

Otez ce pliant, & apportez un fauteuil.

M. DIMANCHE,

Monſieur, vous vous moquez, & ...

D. JUAN.

Non, non, je ſçais ce que je vous dois; & je ne veux point qu'on mette de différence entre nous deux.

M. DIMANCHE.

Monſieur...

D. JUAN.

Allons, aſſeyez-vous.

M. DIMANCHE.

Il n'eſt pas beſoin, Monſieur, & je n'ai qu'un mot à vous dire. J'étois...

D. JUAN.

Mettez-vous là, vous dis-je.

M. DIMANCHE.

Non, Monſieur, je ſuis bien. Je viens pour...

D. JUAN.

Non, je ne vous écoute point, si vous n'êtes point assis.

M. DIMANCHE.

Monsieur, je fais ce que vous voulez. Je...

D. JUAN.

Parbleu, monsieur Dimanche, vous vous portez bien.

M. DIMANCHE.

Oui, Monsieur, pour vous rendre service. Je suis venu....

D. JUAN.

Vous avez un fonds de santé admirable, des lévres fraîches, un teint vermeil, & des yeux vifs.

M. DIMANCHE.

Je voudrois bien...

D. JUAN.

Comment se porte madame Dimanche, votre épouse?

M. DIMANCHE.

Fort bien, Monsieur, Dieu merci.

D. JUAN.

C'est une brave femme.

M. DIMANCHE.

Elle est votre servante, Monsieur. Je venois...

D. JUAN.

Et votre petite fille Claudine, comment se porte-t-elle?

M. DIMANCHE.

Le mieux du monde.

D. JUAN.

La jolie petite fille que c'est! Je l'aime de tout mon cœur.

M. DI-

M. DIMANCHE.

C'eft trop d'honneur que vous lui faites, Monfieur. Je vous...

D. JUAN.

Et le petit Colin fait-il toujours bien du bruit avec fon tambour?

M. DIMANCHE.

Toujours de même, Monfieur. Je...

D. JUAN

Et votre petit chien Brufquet, gronde-t-il toujours auffi fort, & mord-il toujours bien aux jambes les gens qui vont chez vous?

M. DIMANCHE.

Plus que jamais, Monfieur, & nous ne fçaurions en chevir.

D. JUAN.

Ne vous étonnez pas fi je m'informe des nouvelles de toute la famille; car j'y prends beaucoup d'intérêt.

M. DIMANCHE.

Nous vous fommes, Monfieur, infiniment obligés. Je...

D. JUAN *lui tendant la main.*

Touchez donc là, monfieur Dimanche. Etes-vous bien de mes amis?

M. DIMANCHE.

Monfieur, je fuis votre ferviteur.

D. JUAN.

Parbleu, je fuis à vous de tout mon cœur.

M. DIMANCHE.

Vous m'honorez trop. Je...

Tome III.   K k

D. JUAN.

Il n'y a rien que je ne fiſſe pour vous.

M. DIMANCHE.

Monſieur, vous avez trop de bonté pour moi.

D. JUAN.

Et cela ſans intérêt, je vous prie de le croire.

M. DIMANCHE.

Je n'ai point mérité cette grace aſſûrément; mais, Monſieur...

D. JUAN.

Oh ça, monſieur Dimanche, ſans façon, voulez-vous ſouper avec moi?

M. DIMANCHE.

Non, Monſieur, il faut que je m'en retourne tout à l'heure.
Je...

D. JUAN *ſe levant.*

Allons, vîte un flambeau, pour conduire monſieur Dimanche, & que quatre ou cinq de mes gens prennent des mouſ-
quetons pour l'eſcorter.

M. DIMANCHE *ſe levant auſſi.*

Monſieur, il n'eſt pas néceſſaire, & je m'en irai bien tout
ſeul. Mais...

[*Sganarelle ôte les ſiéges promtement.*]

D. JUAN.

Comment? Je veux qu'on vous eſcorte, & je m'intéreſſe trop
à votre perſonne. Je ſuis votre ſerviteur, & de plus votre
débiteur.

M. DIMANCHE.

Ah! Monſieur...

D. JUAN.

C'eſt une choſe que je ne cache pas, & je le dis à tout le
monde.

M. DIMANCHE.

Si...

D. JUAN.

Voulez-vous que je vous reconduiſe?

M. DIMANCHE.

Ah! Monſieur, vous vous moquez. Monſieur...

D. JUAN.

Embraſſez-moi donc, s'il vous plaît. Je vous prie encore une
fois d'être perſuadé que je ſuis tout à vous, & qu'il n'y a
rien au monde que je ne fiſſe pour votre ſervice.

SCENE IV.

M. DIMANCHE, SGANARELLE.

SGANARELLE.

IL faut avouer que vous avez en monſieur un homme qui
vous aime bien.

M. DIMANCHE.

Il eſt vray; il me fait tant de civilités & tant de complimens
que je ne ſçaurois jamais lui demander de l'argent.

SGANARELLE.

Je vous aſſûre que toute ſa maiſon périroit pour vous; &

K k ij

je voudrois qu'il vous arrivât quelque chofe, que quelqu'un s'avisât de vous donner des coups de bâton, vous verriez de quelle maniére ...

M. DIMANCHE.

Je le crois ; mais, Sganarelle, je vous prie de lui dire un petit mot de mon argent.

SGANARELLE.

Oh ! Ne vous mettez pas en peine, il vous payera le mieux du monde.

M. DIMANCHE.

Mais vous, Sganarelle, vous me devez quelque chofe en votre particulier.

SGANARELLE.

Fi, ne parlez pas de cela.

M. DIMANCHE.

Comment ? Je ...

SGANARELLE.

Ne fçais-je pas bien que je vous dois ?

M. DIMANCHE.

Oui. Mais ...

SGANARELLE.

Allons, monfieur Dimanche, je vais vous éclairer.

M. DIMANCHE.

Mais mon argent ...

SGANARELLE *prenant monfieur Dimanche par le bras.*

Vous moquez-vous ?

M. DIMANCHE.

Je veux...

SGANARELLE *le tirant.*

Hé.

M. DIMANCHE.

J'entends...

SGANARELLE *le pouſſant vers la porte.*

Bagatelles.

M. DIMANCHE.

Mais...

SGANARELLE *le pouſſant encore.*

Fi.

M. DIMANCHE.

Je...

SGANARELLE *le pouſſant tout à fait hors du théatre.*

Fi, vous dis-je.

SCENE V.

DOM JUAN, LA VIOLETTE, SGANARELLE.

LA VIOLETTE *à Dom Juan.*

Monſieur, voilà monſieur votre pere.

D. JUAN.

Ah! Me voici bien. Il me falloit cette viſite pour me faire enrager.

SCENE VI.

DOM LOUIS, DOM JUAN, SGANARELLE.

D. LOUIS.

JE vois bien que je vous embarraſſe, & que vous vous paſſeriez fort aiſément de ma venuë. A dire vray, nous nous incommodons étrangement l'un & l'autre, & ſi vous étes las de me voir, je ſuis bien las auſſi de vos déportemens. Hélas ! Que nous ſçavons peu ce que nous faiſons, quand nous ne laiſſons pas au Ciel le ſoin des choſes qu'il nous faut, quand nous voulons être plus aviſés que lui, & que nous venons l'importuner par nos ſouhaits aveugles, & nos demandes inconſidérées ! J'ai ſouhaité un fils avec des ardeurs nompareilles, je l'ai demandé ſans relâche avec des tranſports incroyables ; & ce fils, que j'obtiens en fatiguant le Ciel de vœux, eſt le chagrin & le ſupplice de cette vie même dont je croyois qu'il devoit être la joye & la conſolation. De quel œil, à votre avis, penſez-vous que je puiſſe voir cet amas d'actions indignes dont on a peine aux yeux du monde d'adoucir le mauvais viſage, cette ſuite continuelle de méchantes affaires, qui nous réduiſent à toute heure à laſſer les bontés du ſouverain, & qui ont épuiſé auprès de lui le mérite de mes ſervices, & le crédit de mes amis ? Ah! Quelle baſſeſſe eſt la vôtre ! Ne rougiſſez-vous point de mériter ſi peu votre naiſſance ? Etes-vous en droit, dites-moi, d'en tirer

quelque vanité, & qu'avez-vous fait dans le monde pour
être gentilhomme ? Croyez-vous qu'il suffise d'en porter le
nom & les armes, & que ce nous soit une gloire d'être sorti
d'un sang noble, lorsque nous vivons en infames ? Non, non,
la naissance n'est rien où la vertu n'est pas. Aussi nous n'a-
vons part à la gloire de nos ancêtres, qu'autant que nous nous
efforçons de leur ressembler, & cet éclat de leurs actions
qu'ils répandent sur nous, nous impose un engagement de
leur faire le même honneur, de suivre les pas qu'ils nous
tracent, & de ne point dégénérer de leur vertu, si nous voulons être estimés leurs véritables descendans. Ainsi vous des-
cendez en vain des ayeux dont vous étes né, ils vous désa-
vouent pour leur sang, & tout ce qu'ils ont fait d'illustre ne
vous donne aucun avantage ; au contraire, l'éclat n'en rejaillit
sur vous qu'à votre deshonneur, & leur gloire est un flambeau qui éclaire aux yeux d'un chacun la honte de vos actions.
Apprenez enfin, qu'un gentilhomme qui vit mal est un
monstre dans la nature, que la vertu est le premier titre de
noblesse, que je regarde bien moins au nom qu'on signe,
qu'aux actions qu'on fait, & que je ferois plus d'état du fils
d'un crocheteur, qui seroit honnête homme, que du fils
d'un monarque, qui vivroit comme vous.

D. JUAN.

Monsieur, si vous étiez assis, vous en seriez mieux pour parler.

D. LOUIS.

Non, insolent, je ne veux point m'asseoir, ni parler davantage, & je vois bien que toutes mes paroles ne font rien sur
ton ame ; mais sçache, fils indigne, que la tendresse pater-

nelle eſt pouſſée à bout par tes actions, que je ſçaurai, plûtôt que tu ne penſes, mettre une borne à tes déréglemens,
prévenir ſur toi le courroux du Ciel, & laver, par ta puni-
tion, la honte de t'avoir fait naître.

SCENE VII.
DOM JUAN, SGANARELLE.

D. JUAN *adreſſant encore la parole à ſon pere,*
quoiqu'il ſoit ſorti.

HE, mourez le plûtôt que vous pourrez, c'eſt le mieux
que vous puiſſiez faire. Il faut que chacun ait ſon tour,
& j'enrage de voir des peres qui vivent autant que leurs fils.
[*Il ſe met dans un fauteuil.*]

SGANARELLE.

Ah! Monſieur, vous avez tort.

D. JUAN *ſe levant.*

J'ai tort?

SGANARELLE *tremblant.*

Monſieur . . . . .

D. JUAN.

J'ai tort?

SGANARELLE.

Oui, Monſieur, vous avez tort d'avoir ſouffert ce qu'il vous
a dit, & vous le deviez mettre dehors par les épaules. A-t-on
jamais rien vû de plus impertinent? Un pere venir faire des
remontrances à ſon fils, & lui dire de corriger ſes actions,
de ſe reſſouvenir de ſa naiſſance, de mener une vie d'honnête
homme

homme, & cent autres fottifes de pareille nature ! Cela fe
peut-il fouffrir à un homme comme vous, qui fçavez comme il faut vivre ? J'admire votre patience ; &, fi j'avois été en
votre place, je l'aurois envoyé promener.

[*bas à part.*]

O complaifance maudite, à quoi me réduis-tu ?

D. JUAN.

Me fera-t-on fouper bientôt ?

SCENE VIII.

DOM JUAN, SGANARELLE, RAGOTIN.

RAGOTIN.

MOnfieur, voici une dame voilée qui vient vous parler.

D. JUAN.

Que pourroit-ce être ?

SGANARELLE.

Il faut voir.

SCENE IX.

DONE ELVIRE *voilée*, DOM JUAN, SGANARELLE.

D. ELVIRE.

NE foyez point furpris, Dom Juan, de me voir à cette
heure & dans cet équipage. C'eft un motif preſſant qui
m'oblige à cette viſite, & ce que j'ai à vous dire ne veut point
du tout de retardement. Je ne viens point ici pleine de ce courroux que j'ai tantôt fait éclater, & vous me voyez bien changée
de ce que j'étois ce matin. Ce n'eſt plus cette Done Elvire
qui faiſoit des vœux contre vous, & dont l'ame irritée ne
jettoit que menaces, & ne reſpiroit que vengeance. Le Ciel
a banni de mon ame toutes ces indignes ardeurs que je ſen-
tois pour vous, tous ces tranſports tumultueux d'un attachement criminel, tous ces honteux emportemens d'un amour
terreſtre & groſſier; & il n'a laiſſé, dans mon cœur pour
vous, qu'une flâme épurée de tout le commerce des ſens,
une tendreſſe toute ſainte, un amour détaché de tout, qui
n'agit point pour ſoi, & ne ſe met en peine que de votre
intérêt.

D. JUAN *bas à Sganarelle.*

Tu pleures, je penſe?

SGANARELLE.

Pardonnez-moi.

D. ELVIRE.

C'eſt ce parfait & pur amour qui me conduit ici pour votre

bien, pour vous faire part d'un avis du Ciel , & tâcher de vous
retirer du précipice où vous courez. Oui, Dom Juan , je fçais
tous les déréglemens de votre vie ; & ce même Ciel qui m'a
touché le cœur , & fait jetter les yeux fur les égaremens de
ma conduite, ma infpiré de vous venir trouver , & de vous
dire de fa part que vos offenfes ont épuifé fa miféricorde,
que fa colére redoutable eft prête de tomber fur vous, qu'il
eft en vous de l'éviter par un promt repentir ; &, que peut-
être, vous n'avez pas encore un jour à vous pouvoir fouftrai-
re au plus grand de tous les malheurs. Pour moi, je ne tiens
plus à vous par aucun attachement du monde. Je fuis reve-
nuë, graces au Ciel, de toutes mes folles penfées , ma retraite
eft réfoluë ; & je ne demande qu'affez de vie pour pouvoir
expier la faute que j'ai faite, & mériter, par une auftére pé-
nitence , le pardon de l'aveuglement où m'ont plongée les
tranfports d'une paffion condamnable. Mais, dans cette retraite, j'aurois une douleur extrême qu'une perfonne que j'ai
chérie tendrement, devint un exemple funefte de la juftice
du Ciel ; & ce me fera une joye incroyable , fi je puis vous
porter à détourner de deffus votre tête , l'épouvantable coup
qui vous menace. De grace, Dom Juan, accordez-moi pour
derniére faveur cette douce confolation , ne me refufez
point votre falut, que je vous demande avec larmes ; &, fi
vous n'étes point touché de votre intérêt , foyez-le au moins
de mes priéres , & m'épargnez le cruel déplaifir de vous voir
condamner à des fupplices éternels.

SGANARELLE *à part.*

Pauvre femme !

D. ELVIRE.

Je vous ai aimé avec une tendreſſe extrême, rien au monde ne m'a été ſi cher que vous , j'ai oublié mon devoir pour vous, j'ai fait toutes choſes pour vous ; & toute la récompenſe que je vous en demande, c'eſt de corriger votre vie , & de prévenir votre perte. Sauvez-vous, je vous prie, ou pour l'amour de vous, ou pour l'amour de moi. Encore une fois, Dom Juan, je vous le demande avec larmes ; &, ſi ce n'eſt aſſez des larmes d'une perſonne que vous avez aimée, je vous en conjure par tout ce qui eſt le plus capable de vous toucher.

SGANARELLE *à part , regardant Dom Juan.*

Cœur de tigre !

D. ELVIRE.

Je m'en vais après ce diſcours ; & voilà tout ce que j'avois à vous dire.

D. JUAN.

Madame, il eſt tard , demeurez ici. On vous y logera le mieux qu'on pourra.

D. ELVIRE.

Non, Dom Juan, ne me retenez pas davantage.

D. JUAN.

Madame, vous me ferez plaiſir de demeurer, je vous aſſûre.

D. ELVIRE.

Non, vous dis-je, ne perdons point de tems en diſcours ſuperflus. Laiſſez-moi vîte aller, ne faites aucune inſtance pour me conduire, & ſongez ſeulement à profiter de mon avis.

SCENE X.

DOM JUAN, SGANARELLE.

D. JUAN.

SÇais-tu bien que j'ai encore senti quelque peu d'émotion pour elle, que j'ai trouvé de l'agrément dans cette nouveauté bizarre, & que son habit négligé, son air languissant, & ses larmes, ont réveillé en moi quelques petits restes d'un feu éteint?

SGANARELLE.

C'est-à-dire que ses paroles n'ont fait aucun effet sur vous.

D. JUAN.

Vîte à souper.

SGANARELLE.

Fort bien.

SCENE XI.

DOM JUAN, SGANARELLE, LA VIOLETTE, RAGOTIN.

D. JUAN *se mettant à table.*

SGanarelle, il faut songer à s'amender pourtant.

SGANARELLE.

Oui-dà.

D. JUAN.

Oui, ma foi, il faut s'amender. Encore vingt ou trente ans

de cette vie-ci, & puis nous fongerons à nous.

SGANARELLE.

Oh!

D. JUAN.

Qu'en dis-tu?

SGANARELLE.

Rien. Voilà le foupé.

[*Il prend un morceau d'un des plats qu'on apporte , & le met dans fa bouche.*]

D. JUAN.

Il me femble que tu as la jouë enflée , qu'eft-ce que c'eft?
Parle donc. Qu'as-tu là?

SGANARELLE.

Rien.

D. JUAN.

Montre un peu. Parbleu , c'eft une fluxion qui lui eft tombée
fur la jouë. Vîte une lancette pour percer cela. Le pauvre
garçon n'en peut plus , & cet abcès le pourroit étouffer.
Attend, voyez comme il étoit mûr. Ah! Coquin que vous
étes...

SGANARELLE.

Ma foi , Monfieur , je voulois voir fi votre cuifinier n'avoit
point mis trop de fel , ou trop de poivre.

D. JUAN

Allons , mets-toi là , & mange. J'ai affaire de toi , quand j'aurai foupé. Tu as faim , à ce que je vois.

SGANARELLE *fe mettant à table.*

Je le crois bien , Monfieur , je n'ai point mangé depuis ce

matin. Tâtez de cela, voilà qui eſt le meilleur du monde.

[à Ragotin qui, à meſure que Sganarelle met quelque choſe ſur
ſon aſſiette, la lui ôte, dès que Sganarelle tourne la tête.]

Mon aſſiette, mon aſſiette. Tout doux, s'il vous plaît. Ver-tubleu, petit compere, que vous étes habile à donner des aſſiettes nettes. Et vous, petit la Violette, que vous ſçavez préſenter à boire à propos !

[Pendant que la Violette donne à boire à Sganarelle, Ragotin
ôte encore ſon aſſiette.]

D. JUAN.

Qui peut frapper de cette ſorte ?

SGANARELLE.

Qui, diable, nous vient troubler dans notre repas ?

D. JUAN.

Je veux ſouper en repos au moins, & qu'on ne laiſſe entrer perſonne.

SGANARELLE.

Laiſſez-moi, je m'y en vais moi-même.

D. JUAN *voyant revenir Sganarelle effrayé.*

Qu'eſt-ce donc ? Qu'y a-t-il ?

SGANARELLE.

[baiſſant la tête comme la ſtatuë.]

Le... qui eſt-là.

D. JUAN.

Allons voir, & montrons que rien ne me ſçauroit ébranler.

SGANARELLE.

Ah ! Pauvre Sganarelle ! Où te cacheras-tu ?

SCENE XII.

D. JUAN, LA STATUE du commandeur,
SGANARELLE, LA VIOLETTE,
RAGOTIN.

D. JUAN *à ses gens.*

Une chaise & un couvert. Vîte donc.

[*Dom Juan & la statuë se mettent à table.*]

[*à Sganarelle.*]

Allons, mets-toi à table.

SGANARELLE.

Monsieur, je n'ai plus faim.

D. JUAN.

Mets-toi là, te dis-je. A boire. A la santé du commandeur.
Je te la porte, Sganarelle. Qu'on lui donne du vin.

SGANARELLE.

Monsieur, je n'ai pas soif.

D. JUAN.

Bois, & chante ta chanson, pour régaler le commandeur.

SGANARELLE.

Je suis enrhumé, Monsieur.

D. JUAN.

[*à ses gens.*]

Il n'importe. Allons. Vous autres, venez, accompagnez sa
voix.

LA

LA STATUE.

Dom Juan, c'eſt aſſez. Je vous invite à venir demain ſouper avec moi. En aurez-vous le courage ?

D. JUAN.

Oui. J'irai accompagné du ſeul Sganarelle.

SGANARELLE.

Je vous rends graces, il eſt demain jeûne pour moi.

D. JUAN *à Sganarelle.*

Prend ce flambeau.

LA STATUE.

On n'a pas beſoin de lumiére, quand on eſt conduit par le Ciel.

Fin du quatriéme Aɛɛ.

ACTE CINQUIÉME.
SCENE PREMIERE.
DOM LOUIS, DOM JUAN, SGANARELLE.

D. LOUIS.

Uoi ! Mon fils, feroit-il poſſible que la bonté du Ciel eût exaucé mes vœux ? Ce que vous me dites, eſt-il bien vray ? Ne m'abuſez-vous point d'un faux eſpoir, & puis-je prendre quelque aſſûrance ſur la nouveauté ſurprenante d'une telle converſion ?

D. JUAN.

Oui, vous me voyez revenu de toutes mes erreurs, je ne ſuis plus le même d'hier au ſoir ; & le Ciel tout d'un coup a fait en moi un changement qui va ſurprendre tout le monde. Il a touché mon ame, & deſſillé mes yeux ; & je regarde avec horreur le long aveuglement où j'ai été, & les déſordres criminels de la vie que j'ai menée. J'en repaſſe dans mon eſprit toutes les abominations, & m'étonne comme le Ciel les a pû ſouffrir ſi long-tems, & n'a pas vingt fois, ſur ma tête, laiſſé tomber les coups de ſa juſtice redoutable. Je

vois les graces que fa bonté m'a faites en ne me puniffant
point de mes crimes; & je prétends en profiter comme je
dois, faire éclater aux yeux du monde un foudain changement de vie, réparer par là le fcandale de mes actions paf-
fées, & m'efforcer d'en obtenir du Ciel une pleine rémiffion.
C'eft à quoi je vais travailler; & je vous prie, Monfieur, de
vouloir bien contribuer à ce deffein, & de m'aider vous-
même à faire choix d'une perfonne qui me ferve de guide,
& fous la conduite de qui je puiffe marcher fûrement dans
le chemin où je m'en vais entrer.

D. LOUIS.

Ah! Mon fils, que la tendreffe d'un pere eft aifément rap-
pellée, & que les offenfes d'un fils s'évanouiffent vîte au
moindre mot de repentir! Je ne me fouviens plus déjà de
tous les déplaifirs que vous m'avez donnés, & tout eft effacé
par les paroles que vous venez de me faire entendre. Je ne
me fens pas, je l'avouë; je jette des larmes de joye, tous
mes vœux font fatisfaits, & je n'ai plus rien déformais à demander au Ciel. Embraffez-moi, mon fils; & perfiftez, je
vous conjure, dans cette louable penfée. Pour moi, j'en vais,
tout de ce pas, porter l'heureufe nouvelle à votre mere,
partager avec elle les doux tranfports du raviffement où je
fuis, & rendre graces au Ciel des faintes réfolutions qu'il a
daigné vous infpirer.

SCENE II.

DOM JUAN, SGANARELLE.

SGANARELLE.

AH! Monsieur, que j'ai de joye de vous voir converti! Il y a long-tems que j'attendois cela; & voilà, grace au Ciel, tous mes souhaits accomplis.

D. JUAN.

La peste, le benêt!

SGANARELLE.

Comment, le benêt?

D. JUAN.

Quoi! Tu prends pour de bon argent ce que je viens de dire, & tu crois que ma bouche étoit d'accord avec mon cœur?

SGANARELLE.

Quoi! Ce n'est pas..... Vous ne..... Votre.....
       [*à part.*]
O quel homme! Quel homme! Quel homme!

D. JUAN.

Non, non, je ne suis point changé, & mes sentimens sont toujours les mêmes.

SGANARELLE.

Vous ne vous rendez pas à la surprenante merveille de cette statuë mouvante & parlante?

D. JUAN.

Il y a bien quelque chofe là-dedans que je ne comprends pas ; mais, quoi que ce puiffe être, cela n'eft pas capable, ni de convaincre mon efprit, ni d'ébranler mon ame ; &, fi j'ai dit que je voulois corriger ma conduite, & me jetter dans un train de vie exemplaire, c'eft un deffein que j'ai formé par pure politique, un ftratagême utile, une grimace nécef-faire où je veux me contraindre, pour ménager un pere dont j'ai befoin, & me mettre à couvert, du côté des hommes, de cent fâcheufes avantures qui pourroient m'arriver. Je veux bien, Sganarelle, t'en faire confidence, & je fuis bien aife d'avoir un témoin des véritables motifs qui m'obligent à faire les chofes.

SGANARELLE.

Quoy ! Toujours libertin & débauché, vous voulez cependant vous ériger en homme de bien ?

D. JUAN.

Et pourquoy non ? Il y en a tant d'autres comme moi, qui fe mêlent de ce métier, & qui fe fervent du même mafque pour abufer le monde.

SGANARELLE *à part.*

Ah ! Quel homme ! Quel homme !

D. JUAN.

Il n'y a plus de honte maintenant à cela, l'hypocrifie eft un vice à la mode, & tous les vices à la mode paffent pour vertus. La profeffion d'hypocrite a de merveilleux avantages. C'eft un art de qui l'impofture eft toujours refpectée ; &, quoi qu'on la découvre, on n'ofe rien dire contr'elle. Tous les autres vices

des hommes font expofés à la cenfure, & chacun a la liberté de
les attaquer hautement ; mais l'hypocrifie eft un vice privilé-
gié qui, de fa main, ferme la bouche à tout le monde, & jouit
en repos d'une impunité fouveraine. On lie, à force de grimaces, une fociété étroite avec tous les gens du parti. Qui en choque un, fe les attire tous fur les bras ; & ceux que l'on fçait
même agir de bonne foi là-deffus, & que chacun connoît pour
être veritablement touchés, ceux-là, dis-je, font le plus fouvent les duppes des autres, ils donnent bonnement dans le
panneau des grimaciers, & appuyent aveuglément les finges
de leurs actions. Combien crois-tu que j'en connoiffe, qui, par
ce ftratagême, ont rhabillé adroitement les défordres de leur
jeuneffe, &, fous un dehors refpecté, ont la permiffion d'être
les plus méchans hommes du monde ? On a beau fçavoir leurs
intrigues, & les connoître pour ce qu'ils font, ils ne laiffent
pas pour cela d'être en crédit parmi les gens ; & quelque
baiffement de tête, un foupir mortifié, & deux roulemens
d'yeux rajuftent dans le monde tout ce qu'ils peuvent faire.
C'eft fous cet abri favorable que je veux mettre en fûreté mes
affaires. Je ne quitteray point mes douces habitudes, mais j'aurai foin de me cacher, & me divertirai à petit bruit. Que fi je
viens à être découvert, je verrai, fans me remuer, prendre mes
intérêts à toute ma cabale, & je ferai défendu par elle envers
& contre tous. Enfin c'eft-là le vray moyen de faire impunément tout ce que je voudrai. Je m'érigerai en cenfeur des
actions d'autrui, jugerai mal de tout le monde, & n'aurai bonne opinion que de moi. Dès qu'une fois on m'aura choqué tant
foit peu, je ne pardonnerai jamais, & garderai, tout doucement,

une haine irréconciliable. Je ferai le vengeur de la vertu opprimée ; &, fous ce prétexte commode, je pousserai mes ennemis, je les accuferai d'impiété, & fçaurai déchaîner contr'eux des zélés indifcrets, qui, fans connoissance de caufe, crieront contr'eux, qui les accableront d'injures, & les damneront hautement de leur autorité privée. C'eft ainfi qu'il faut profiter des foibleffes des hommes, & qu'un fage efprit s'accommode aux vices de fon fiécle.

SGANARELLE.

O Ciel! Qu'entends-je ici? Il ne vous manquoit plus que d'être hypocrite pour vous achever de tout point, & voilà le comble des abominations. Monfieur, cette derniére-ci m'emporte, & je ne puis m'empêcher de parler. Faites-moi tout ce qu'il vous plaira, battez-moi, affommez-moi de coups, tuez-moi, fi vous voulez, il faut que je décharge mon cœur, & qu'en valet fidéle, je vous dife ce que je dois. Sçachez, Monfieur, que tant va la cruche à l'eau, qu'enfin elle fe brife ; &, comme dit fort bien cet auteur que je ne connois pas, l'homme eft en ce monde, ainfi que l'oifeau fur la branche, la branche eft attachée à l'arbre, qui s'attache à l'arbre fuit de bons préceptes, les bons préceptes valent mieux que les belles paroles, les belles paroles fe trouvent à la cour, à la cour font les courtifans, les courtifans fuivent la mode, la mode vient de la fantaifie, la fantaifie eft une faculté de l'ame, l'ame eft ce qui nous donne la vie, la vie finit par la mort... &.... fongez à ce que vous deviendrez.

D. JUAN.

O le beau raifonnement!

SGANARELLE.

Après cela, ſi vous ne vous rendez, tant pis pour vous.

SCENE III.

DOM CARLOS, DOM JUAN, SGANARELLE.

D. CARLOS.

DOm Juan, je vous trouve à propos, & ſuis bien aiſe de vous parler ici plûtôt que chez vous pour vous demander vos réſolutions. Vous ſçavez que ce ſoin me regarde, & que je me ſuis, en votre préſence, chargé de cette affaire. Pour moi, je ne le céle point, je ſouhaite fort que les choſes aillent dans la douceur; & il n'y a rien que je ne faſſe pour porter votre eſprit à vouloir prendre cette voye, & pour vous voir publiquement confirmer à ma ſœur le nom de votre femme.

D. JUAN d'un ton hypocrite.

Hélas! Je voudrois bien de tout mon cœur vous donner la ſatisfaction que vous ſouhaitez; mais le Ciel s'y oppoſe directement, il a inſpiré à mon ame le deſſein de changer de vie, & je n'ai point d'autres penſées maintenant, que de quitter entiérement tous les attachemens du monde, de me dépouiller au plûtôt de toutes ſortes de vanités, & de corriger déſormais, par une auſtére conduite, tous les déreglemens criminels, où m'a porté le feu d'une aveugle jeuneſſe.

D. CARLOS.

Ce deſſein, Dom Juan, ne choque point ce que je dis; &
la

la compagnie d'une femme légitime peut bien s'accommoder avec les louables penſées que le Ciel vous inſpire.

D. JUAN.

Hélas! Point du tout. C'eſt un deſſein que votre ſœur elle-même a pris; elle a réſolu ſa retraite, & nous avons été touchés tous deux en même tems.

D. CARLOS.

Sa retraite ne peut nous ſatisfaire, pouvant être imputée au mépris que vous feriez d'elle & de notre famille; & notre honneur demande qu'elle vive avec vous.

D. JUAN.

Je vous aſſûre que cela ne ſe peut. J'en avois pour moi toutes les envies du monde, & je me ſuis même encore aujourd'hui conſeillé au Ciel pour cela; mais, lorſque je l'ai conſulté, j'ai entendu une voix qui m'a dit que je ne devois point ſonger à votre ſœur, & qu'avec elle aſſûrément je ne ferois point mon ſalut.

D. CARLOS.

Croyez-vous, Dom Juan, nous éblouir par ces belles excuſes?

D. JUAN.

J'obéïs à la voix du Ciel.

D. CARLOS.

Quoi? Vous voulez que je me paye d'un ſemblable diſcours?

D. JUAN.

C'eſt le Ciel qui le veut ainſi.

Tome III. Nn

D. CARLOS.

Vous aurez fait fortir ma fœur d'un couvent pour la laiffer enfuite?

D. JUAN.

Le Ciel l'ordonne de la forte.

D. CARLOS.

Nous fouffrirons cette tache en notre famille?

D. JUAN.

Prenez-vous-en au Ciel.

D. CARLOS.

Hé quoi! Toujours le Ciel?

D. JUAN.

Le Ciel le fouhaite comme cela.

D. CARLOS.

Il fuffit, Dom Juan, je vous entends. Ce n'eft pas ici que je veux vous prendre, & le lieu ne le fouffre pas; mais, avant qu'il foit peu, je fçaurai vous trouver.

D. JUAN.

Vous ferez ce que vous voudrez. Vous fçavez que je ne manque point de cœur, & que je fçais me fervir de mon épée quand il le faut. Je m'en vais paffer tout-à-l'heure dans cette petite ruë écartée qui méne au grand couvent; mais je vous déclare, pour moi, que ce n'eft point moi qui me veux battre, le Ciel m'en défend la penfée; &, fi vous m'attaquez, nous verrons ce qui en arrivera.

D. CARLOS.

Nous verrons, de vray, nous verrons.

SCENE IV.

D. JUAN, SGANARELLE.

SGANARELLE.

Onfieur, quel diable de ftile prenez-vous là? Ceci eft bien pis que le refte, & je vous aimerois bien mieux encore comme vous étiez auparavant. J'efpérois toujours de votre falut; mais c'eft maintenant que j'en défefpére, & je crois que le Ciel, qui vous a fouffert jufqu'ici, ne pourra fouffrir du tout cette derniére horreur.

D. JUAN.

Va, va, le Ciel n'eft pas fi exact que tu penfes; &, fi toutes les fois que les hommes....

SCENE V.

DOM JUAN, SGANARELLE, UN SPECTRE en femme voilée.

SGANARELLE appercevant le fpectre.

AH! Monfieur, c'eft le Ciel qui vous parle, & c'eft un avis qu'il vous donne.

D. JUAN.

Si le Ciel me donne un avis, il faut qu'il parle un peu plus clairement, s'il veut que je l'entende.

LE SPECTRE.

Dom Juan n'a plus qu'un moment à pouvoir profiter de la

miféricorde du Ciel; &, s'il ne fe repent ici, fa perte eſt réſoluë.

SGANARELLE.

Entendez-vous, Monſieur?

D. JUAN.

Qui oſe tenir ces paroles? Je crois connoître cette voix.

SGANARELLE.

Ah! Monſieur, c'eſt un ſpectre, je le reconnois au marcher.

D. JUAN.

Spectre, fantôme, ou diable, je veux voir ce que c'eſt.

[*Le ſpectre change de figure, & repréſente le Tems avec ſa faulx à la main.*]

SGANARELLE.

O Ciel! Voyez-vous, Monſieur, ce changement de figure?

D. JUAN.

Non, non, rien n'eſt capable de m'imprimer de la terreur; & je veux éprouver, avec mon épée, ſi c'eſt un corps où un eſprit.

[*Le ſpectre s'envole dans le tems que Dom Juan le veut frapper.*]

SGANARELLE.

Ah! Monſieur, rendez-vous à tant de preuves, & jettez-vous vîte dans le repentir.

D. JUAN.

Non, non, il ne ſera pas dit, quoi qu'il arrive, que je ſois capable de me repentir. Allons, ſui-moi.

SCENE VI.

LA STATUE du commandeur, D. JUAN, SGANARELLE.

LA STATUE.

Arrêtez, Dom Juan. Vous m'avez hier donné parole de venir manger avec moi.

D. JUAN.

Oui. Où faut-il aller ?

LA STATUE.

Donnez-moi la main.

D. JUAN.

La voilà.

LA STATUE.

Dom Juan, l'endurciffement au péché traîne une mort funefte ; & les graces du Ciel que lon renvoye, ouvrent un chemin à fa foudre.

D. JUAN.

O Ciel ! Que fens-je ? Un feu invifible me brûle, je n'en puis plus, & tout mon corps devient un brafier ardent. Ah !

[Le tonnerre tombe avec un grand bruit & de grands éclairs fur Dom Juan. La terre s'ouvre & l'abyme ; & il fort de grands feux de l'endroit où il eft tombé.]

SCENE DERNIERE.

SGANARELLE *seul.*

Ah! mes gages, mes gages!

Voilà, par sa mort, un chacun satisfait. Ciel offensé, loix violées, filles séduites, familles déshonorées, parens outragés, femmes mises à mal, maris poussés à bout, tout le monde est content. Il n'y a que moi seul de malheureux, qui, après tant d'années de service, n'ai point d'autre récompense que de voir à mes yeux l'impiété de mon maître punie par le plus épouvantable châtiment du monde.

Mes gages, mes gages, mes gages!

FIN.

Blondel. *inuenit.*   Joullain. *sculpsit.*

Inv. et dessiné par F. Boucher.   Gravé par Lau. Cars.

L'AMOUR MEDECIN. *Page 327.* 333.

L'AMOUR
MÉDECIN,
COMÉDIE-BALLET.

AU LECTEUR.

CE n'eſt ici qu'un ſimple crayon, un petit impromptu dont le Roi a voulu ſe faire un divertiſſement. Il eſt le plus précipité de tous ceux que ſa Majeſté m'ait commandés ; & lorſque je dirai qu'il a été propoſé, fait, appris, & repréſenté en cinq jours, je ne dirai que ce qui eſt vray. Il n'eſt pas néceſſaire de vous avertir qu'il y a beaucoup de choſes qui dépendent de l'action. On ſçait bien que les comédies ne ſont faites que pour être jouées ; & je ne conſeille de lire celle-ci qu'aux perſonnes qui ont des yeux pour découvrir dans la lecture tout le jeu du théatre. Ce que je vous dirai, c'eſt qu'il ſeroit à ſouhaiter que ces ſortes d'ouvrages pûſſent toujours ſe montrer à vous avec les ornemens qui les accompagnent chez le Roi. Vous les verriez dans un état beaucoup plus ſupportable ; & les airs, & les ſymphonies de l'incomparable monſieur Lully, mêlés à la beauté des voix, & à l'adreſſe des danſeurs, leur donnent ſans doute des graces dont ils ont toutes les peines du monde à ſe paſſer.

ACTEURS

ACTEURS.

ACTEURS DU PROLOGUE.

LA COMÉDIE.

LA MUSIQUE.

LE BALLET.

ACTEURS DE LA COMÉDIE.

SGANARELLE, pere de Lucinde.

LUCINDE, fille de Sganarelle.

CLITANDRE, amant de Lucinde.

AMINTE, voifine de Sganarelle.

LUCRÉCE, niéce de Sganarelle.

LISETTE, fuivante de Lucinde.

M. GUILLAUME, marchand de tapifferies.

M. JOSSE, orfévre.

M. TOMÉS,

M. DES FONANDRÉS,

M. MACROTON, } médecins.

M. BAHIS,

M. FILLERIN,

UN NOTAIRE.

CHAMPAGNE, valet de Sganarelle.

ACTEURS DU BALLET.

PREMIERE ENTRÉE.

CHAMPAGNE, valet de Sganarelle, dansant.

QUATRE MEDECINS, dansans.

DEUXIÉME ENTRÉE.

UN OPERATEUR, chantant.

TRIVELINS ET SCARAMOUCHES, dansans, de la suite de l'operateur.

TROISIÉME ENTRÉE.

LA COMÉDIE.

LA MUSIQUE.

LE BALLET.

JEUX, RIS, PLAISIRS, dansans.

La scene est à Paris.

L'AMOUR
MÉDECIN,
COMÉDIE-BALLET.

PROLOGUE.
LA COMEDIE, LA MUSIQUE, LE BALLET.

LA COMEDIE.

Quittons, quittons notre vaine querelle;
Ne nous difputons point nos talens tour à tour;
    Et, d'une gloire plus belle,
    Piquons-nous en ce jour.
Uniffons-nous, tous trois, d'une ardeur fans feconde,
Pour donner du plaifir au plus grand roi du monde.

TOUS TROIS ENSEMBLE.

Uniffons-nous, tous trois, d'une ardeur fans feconde,
Pour donner du plaifir au plus grand roi du monde.

LA MUSIQUE.

De fes travaux, plus grands qu'on ne peut croire,
Il fe vient quelquefois délaffer parmi nous.

PROLOGUE,

LE BALLET.

Eſt-il de plus grande gloire !
Eſt-il de bonheur plus doux !

Tous trois ensemble.

Uniſſons-nous, tous trois, d'une ardeur ſans ſeconde,
Pour donner du plaiſir au plus grand roi du monde.

Fin du Prologue.

Blondel In. & ſculp.

L'AMOUR
MÉDECIN,
COMÉDIE-BALLET.

ACTE PREMIER.
SCENE PREMIERE.

SGANARELLE, AMINTE, LUCRECE,
M. GUILLAUME, M. JOSSE.

SGANARELLE.

A H! L'étrange chofe que la vie, & que je puis bien dire, avec ce grand philofophe de l'antiquité, que qui terre a, guerre a, & qu'un malheur ne vient jamais fans l'autre! Je n'avois qu'une femme qui eft morte.

M. GUILLAUME.

Et combien donc en vouliez-vous avoir?

SGANARELLE.

Elle eſt morte, monſieur Guillaume mon ami. Cette perte
m'eſt très ſenſible, & je ne puis m'en reſſouvenir ſans pleurer.
Je n'étois pas fort ſatisfait de ſa conduite, & nous avions le
plus ſouvent diſpute enſemble ; mais enfin, la mort rajuſte
toutes choſes. Elle eſt morte ; je la pleure. Si elle étoit en
vie, nous nous querellerions. De tous les enfans que le Ciel
m'avoit donnés, il ne m'a laiſſé qu'une fille, & cette fille
eſt tóute ma peine. Car enfin, je la vois dans une mélancolie la plus ſombre du monde, dans une triſteſſe épouvantable dont il n'y a pas moyen de la retirer, & dont je
ne ſçaurois même apprendre la cauſe. Pour moi, j'en perds
l'eſprit, & j'aurois beſoin d'un bon conſeil ſur cettte matiére.

[*à Lucrece*]   [*à Aminte*]   [*à m. Guillaume & à m. Joſſe.*]
Vous étes ma niéce ; vous, ma voiſine ; & vous, mes compe-
res & mes amis ; je vous prie de me conſeiller tout ce que
je dois faire.

M. JOSSE.

Pour moi, je tiens que la braverie, que l'ajuſtement eſt la choſe
qui réjouit le plus les filles ; &, ſi j'étois que de vous, je lui
acheterois dès aujourd'hui une belle garniture de diamans, ou
de rubis, ou d'émeraudes.

M. GUILLAUME.

Et moi, ſi j'étois en votre place, j'acheterois une belle tenture
de tapiſſerie de verdure, ou à perſonnages, que je ferois mettre
dans ſa chambre pour lui réjouir l'eſprit & la vûë.

AMINTE.

Pour moi, je ne ferois pas tant de façon. Je la marierois fort bien, & le plûtôt que je pourrois, avec cette personne qui vous la fit, dit-on, demander, il y a quelque tems.

LUCRECE.

Et moi, je tiens que votre fille n'est point du tout propre pour le mariage. Elle est d'une complexion trop délicate & trop peu saine ; & c'est la vouloir envoyer bientôt en l'autre monde, que de l'exposer, comme elle est, à faire des enfans. Le monde n'est point du tout son fait ; & je vous conseille de la mettre dans un couvent, où elle trouvera des divertissemens qui seront mieux de son humeur.

SGANARELLE.

Tous ces conseils sont admirables assûrément ; mais je les trouve un peu intéressés, & trouve que vous me conseillez fort bien pour vous. Vous étes orfévre, monsieur Josse, & votre conseil sent son homme qui a envie de se défaire de sa marchandise. Vous vendez des tapisseries, monsieur Guillaume, & vous avez la mine d'avoir quelque tenture qui vous incommode. Celui que vous aimez, ma voisine, a, dit-on, quelque inclination pour ma fille, & vous ne seriez pas fâchée de la voir femme d'un autre. Et quant à vous, ma chere niéce, ce n'est pas mon dessein, comme on sçait, de marier ma fille avec qui que ce soit, & j'ai mes raisons pour cela ; mais le conseil que vous me donnez de la faire religieuse, est d'une femme qui pourroit bien souhaiter charitablement d'être mon héritiére universelle. Ainsi, Messieurs & Mesdames, quoique tous vos conseils soient les meilleurs du monde, vous trouverez bon, s'il vous plaît, que je n'en suive aucun. [*seul.*] Voilà de mes donneurs de conseils à la mode.

SCENE II.
LUCINDE, SGANARELLE,
SGANARELLE.

AH! Voilà ma fille qui prend l'air. Elle ne me voit pas. Elle soupire. Elle léve les yeux au Ciel.

[*à Lucinde.*]

Dieu vous gard. Bon jour, ma mie. Hé bien, Qu'est-ce? Comme vous en va? Hé quoi? Toujours triste & mélancolique comme cela, & tu ne veux pas me dire ce que tu as? Allons donc, découvre-moi ton petit cœur. Là, ma pauvre mie, di, di; di tes petites pensées à ton petit papa mignon. Courage. Veux-tu que je te baise? Vien.

[*à part*]   [*à Lucinde*]

J'enrage de la voir de cette humeur-là. Mais, di-moi, me veux-tu faire mourir de déplaisir, & ne puis-je sçavoir d'où vient cette grande langueur? Découvre-m'en la cause, & je te promets que je ferai toutes choses pour toi. Oui, tu n'as qu'à me dire le sujet de ta tristesse; je t'assure ici, & te fais serment qu'il n'y a rien que je ne fasse pour te satisfaire; c'est tout dire. Est-ce que tu es jalouse de quelqu'une de tes compagnes que tu voyes plus brave que toi, & seroit-il quelque étoffe nouvelle dont tu voulusses avoir un habit? Non. Est-ce que ta chambre ne te semble pas assez parée, & que tu souhaiterois quelque cabinet de la foire saint Laurent? Ce n'est pas cela. Aurois-tu envie d'apprendre quelque chose, & veux-tu que je te donne un maître pour te montrer à jouer du

clavessin

clavessin ? Nenni. Aimerois-tu quelqu'un, & souhaiterois-tu d'être mariée ?

[Lucinde fait signe qu'oui.]

SCENE III.

SGANARELLE, LUCINDE, LISETTE.

LISETTE.

HE bien, Monsieur, vous venez d'entretenir votre fille. Avez-vous sçû la cause de sa mélancolie ?

SGANARELLE.

Non. C'est une coquine qui me fait enrager.

LISETTE.

Monsieur, laissez-moi faire, je m'en vais la sonder un peu.

SGANARELLE.

Il n'est pas nécessaire ; &, puisqu'elle veut être de cette humeur, je suis d'avis qu'on l'y laisse.

LISETTE.

Laissez-moi faire, vous dis-je. Peut-être qu'elle se découvrira plus librement à moi qu'à vous. Quoi, Madame, vous ne nous direz point ce que vous avez, & vous voulez affliger ainsi tout le monde ? Il me semble qu'on n'agit point comme vous faites ; &, que si vous avez quelque répugnance à vous expliquer à un pere, vous n'en devez avoir aucune à me découvrir votre cœur. Dites-moi, souhaitez-vous quelque chose de lui ? Il nous a dit plus d'une fois qu'il n'é-

Tome III.   P p

pargneroit rien pour vous contenter. Eſt-ce qu'il ne vous donne pas toute la liberté que vous ſouhaiteriez, & les promenades & les cadeaux ne tenteroient-ils point votre ame? Hé? Avez-vous reçû quelque déplaiſir de quelqu'un? Hé? N'auriez-vous point quelque ſecrette inclination, avec qui vous ſouhaiteriez que votre pere vous mariât? Ah! Je vous entends. Voilà l'affaire. Que diable! Pourquoi tant de façons? Monſieur, le myſtére eſt découvert; &...

SGANARELLE.

Va, fille ingrate, je ne te veux plus parler, & je te laiſſe dans ton obſtination.

LUCINDE.

Mon pere, puiſque vous voulez que je vous diſe la choſe...

SGANARELLE.

Oui, je perds toute l'amitié que j'avois pour toi.

LISETTE.

Monſieur, ſa triſteſſe...

SGANARELLE.

C'eſt une coquine qui me veut faire mourir.

LUCINDE.

Mon pere, je veux bien...

SGANARELLE.

Ce n'eſt pas là la récompenſe de t'avoir élevée comme j'ai fait.

LISETTE.

Mais, Monſieur...

SGANARELLE.

Non, je ſuis, contr'elle, dans une colére épouvantable.

LUCINDE.

Mais, mon pere...

SGANARELLE.

Je n'ai plus aucune tendreſſe pour toi.

LISETTE.

Mais...

SGANARELLE.

C'eſt une friponne.

LUCINDE.

Mais...

SGANARELLE.

Une ingrate.

LISETTE.

Mais...

SGANARELLE.

Une coquine, qui ne me veut pas dire ce qu'elle a.

LISETTE.

C'eſt un mari qu'elle veut.

SGANARELLE *faiſant ſemblant de ne pas entendre.*

Je l'abandonne.

LISETTE.

Un mari.

SGANARELLE.

Je la déteſte.

LISETTE.

Un mari.

SGANARELLE.

Et la renonce pour ma fille.

LISETTE.

Un mari.

SGANARELLE.

Non, ne m'en parlez point.

LISETTE.

Un mari.

SGANARELLE.

Ne m'en parlez point.

LISETTE.

Un mari.

SGANARELLE.

Ne m'en parlez point.

LISETTE.

Un mari, un mari, un mari.

SCENE IV.

LUCINDE, LISETTE.

LISETTE.

ON dit bien vray, qu'il n'y a point de pires sourds, que ceux qui ne veulent pas entendre.

LUCINDE.

Hé bien, Lisette, j'avois tort de cacher mon déplaisir, & je n'avois qu'à parler, pour avoir tout ce que je souhaitois de mon pere. Tu le vois.

LISETTE.

Par ma foi, voilà un vilain homme; & je vous avouë que

j'aurois un plaisir extrême à lui jouer quelque tour. Mais d'où vient donc, Madame, que jusqu'ici vous m'avez caché votre mal?

LUCINDE

Hélas! De quoi m'auroit servi de te le découvrir plûtôt, & n'aurois-je pas autant gagné à le tenir caché toute ma vie? Crois-tu que je n'aye pas bien prévû tout ce que tu vois maintenant, que je ne sçûsse pas à fond tous les sentimens de mon pere, & que le refus qu'il a fait porter à celui qui m'a demandée par un ami, n'ait pas étouffé dans mon ame toute sorte d'espoir.

LISETTE.

Quoi! C'est cet inconnu qui vous a fait demander, pour qui vous...

LUCINDE.

Peut-être n'est-il pas honnête à une fille de s'expliquer si librement; mais enfin, je t'avoüe que, s'il m'étoit permis de vouloir quelque chose, ce seroit lui que je voudrois. Nous n'avons eu ensemble aucune conversation, & sa bouche ne m'a point déclaré la passion qu'il a pour moi; mais, dans tous les lieux où il m'a pû voir, ses regards & ses actions m'ont toujours parlé si tendrement, & la demande qu'il a fait faire de moi m'a paru d'un si honnête homme, que mon cœur n'a pû s'empêcher d'être sensible à ses ardeurs; &, cependant, tu vois où la dureté de mon pere réduit toute cette tendresse.

LISETTE.

Allez, laissez-moi faire. Quelque sujet que j'aye de me plaindre de vous du secret que vous m'avez fait, je ne veux pas laisser de servir votre amour, & pourvû que vous ayez assez de résolution...

LUCINDE.

Mais que veux-tu que je fasse contre l'autorité d'un pere? Et, s'il est inexorable à mes vœux...

LISETTE.

Allez, allez, il ne faut pas se laisser mener comme un oison; &, pourvû que l'honneur n'y soit pas offensé, on se peut libérer un peu de la tyrannie d'un pere. Que prétend-il que vous fassiez? N'étes-vous pas en âge d'être mariée, & croit-il que vous soyez de marbre? Allez, encore un coup, je veux servir votre passion, je prends dès-à-présent sur moi tout le soin de ses intérêts, & vous verrez que je sçais des détours... Mais je vois votre pere. Rentrons, & me laissez agir.

SCENE V.

SGANARELLE seul.

IL est bon quelquefois de ne point faire semblant d'entendre les choses qu'on n'entend que trop bien; & j'ai fait sagement, de parer la déclaration d'un désir que je ne suis pas résolu de contenter. A-t-on jamais rien vû de plus tyrannique que cette coutume où l'on veut assujettir les peres? Rien de plus impertinent, & de plus ridicule, que d'amasser du bien avec de grands travaux, & élever une fille avec beaucoup de foin & de tendreffe, pour fe dépouiller de l'un & de l'autre entre les mains d'un homme qui ne nous touche de rien? Non, non, je me moque de cet ufage; & je veux garder mon bien & ma fille pour moi.

SCENE VI.

SGANARELLE, LISETTE.

LISETTE *courant fur le théatre, & feignant de ne pas voir Sganarelle.*

AH, malheur! Ah, difgrace! Ah, pauvre feigneur Sganarelle! Où pourrai-je te rencontrer?

SGANARELLE *à part.*

Que dit-elle là?

LISETTE *courant toujours.*

Ah! Miferable pere, que feras-tu, quand tu fçauras cette nouvelle?

SGANARELLE *à part.*

Que fera-ce?

LISETTE.

Ma pauvre maîtreffe!

SGANARELLE *à part.*

Je fuis perdu.

LISETTE.

Ah!

SGANARELLE *courant après Lisette.*

Lisette.

LISETTE.

Quelle infortune !

SGANARELLE.

Lisette.

LISETTE.

Quel accident !

SGANARELLE.

Lisette.

LISETTE.

Quelle fatalité !

SGANARELLE.

Lisette.

LISETTE *s'arrêtant.*

Ah ! Monsieur.

SGANARELLE.

Qu'est-ce ?

LISETTE.

Monsieur.

SGANARELLE.

Qu'y a-t-il ?

LISETTE.

Votre fille . . .

SGANARELLE.

Ah ! Ah !

LISETTE.

LISETTE.

Monfieur, ne pleurez donc point comme cela, car vous me feriez rire.

SGANARELLE.

Di donc vîte.

LISETTE.

Votre fille, toute faifie des paroles que vous lui avez dites, & de la colére effroyable où elle vous a vû contr'elle, eft montée vîte dans fa chambre, &, pleine de défefpoir, a ouvert la fenêtre qui regarde fur la riviére.

SGANARELLE.

Hé bien?

LISETTE.

Alors, levant les yeux au Ciel, non, a-t-elle dit, il m'eft impoffible de vivre avec le courroux de mon pere ; &, puifqu'il me renonce pour fa fille, je veux mourir.

SGANARELLE.

Elle s'eft jettée ?

LISETTE.

Non, Monfieur. Elle a fermé tout doucement la fenêtre, & s'eft allée mettre fur le lit. Là, elle s'eft prife à pleurer amérement ; & tout d'un coup, fon vifage a pâli, fes yeux fe font tournés, le cœur lui a manqué, & elle eft demeurée entre mes bras.

SGANARELLE.

Ah, ma fille! Elle eft morte?

LISETTE.

Non, Monfieur. A force de la tourmenter, je l'ai fait revenir; mais cela lui reprend de moment en moment, & je crois qu'elle ne paſſera pas la journée.

SGANARELLE.

Champagne, Champagne, Champagne.

SCENE VII.

SGANARELLE, CHAMPAGNE, LISETTE.

SGANARELLE.

VIte, qu'on m'aille quérir des médecins, & en quantité. On n'en peut trop avoir dans une pareille avanture. Ah, ma fille! Ma pauvre fille!

SCENE VIII.

PREMIERE ENTRÉE.

CHampagne valet de Sganarelle, frappe, en danſant, aux portes de quatre médecins.

SCENE IX.

LEs quatre médecins danſent, & entrent avec cérémonie chez Sganarelle.

Fin du premier Acte.

ACTE SECOND.

SCENE PREMIERE.

SGANARELLE, LISETTE.

LISETTE.

Ue voulez-vous donc faire, Monfieur, de quatre médecins ? N'eft-ce pas affez d'un pour tuer une perfonne ?

SGANARELLE.

Taifez-vous. Quatre confeils valent mieux qu'un.

LISETTE.

Eft-ce que votre fille ne peut pas bien mourir fans le fecours de ces meffieurs-là ?

SGANARELLE.

Eft-ce que les médecins font mourir ?

LISETTE.

Sans doute ; & j'ai connu un homme qui prouvoit par bonnes raifons, qu'il ne faut jamais dire, une telle perfonne eft morte d'une fiévre & d'une fluxion fur la poitrine, mais elle eft morte de quatre médecins, & de deux apoticaires.

Qq ij

SGANARELLE.

Chut. N'offenſez pas ces meſſieurs là.

LISETTE.

Ma foi, Monſieur, notre chat eſt réchapé depuis peu d'un ſaut qu'il fit du haut de la maiſon dans la ruë, & il fut trois jours ſans manger, & ſans pouvoir remuer ni piéd ni patte ; mais il eſt bien heureux de ce qu'il n'y a point de chats méde- cins, car ſes affaires étoient faites, & ils n'auroient pas man- qué de le purger & de le ſaigner.

SGANARELLE.

Voulez-vous vous taire, vous dis-je ? Mais voyez quelle im- pertinence ! Les voici.

LISETTE.

Prenez garde, vous allez être bien édifié. Ils vous diront en la- tin que votre fille eſt malade.

SCENE II.

Mᵗˢ TOMES, DES FONANDRES, MACROTON, BAHYS, SGANARELLE, LISETTE.

SGANARELLE.

HE' bien Meſſieurs ?

M. TOMES.

Nous avons vû ſuffiſamment la malade, & ſans doute qu'il y a beaucoup d'impuretés en elle.

SGANARELLE.

Ma fille eſt impure ?

M· TOMES.

Je veux dire qu'il y a beaucoup d'impureté dans fon corps, quantité d'humeurs corrompuës.

SGANARELLE.

Ah! Je vous entends.

M. TOMES

Mais .... Nous allons confulter enfemble.

SGANARELLE.

Allons, faites donner des fiéges.

LISETTE *à monfieur Tomés.*

Ah! Monfieur, vous en étes?

SGANARELLE *à Lifette.*

De quoi donc connoiffez-vous monfieur?

LISETTE.

De l'avoir vû l'autre jour chez la bonne amie de madame votre niéce.

M. TOMES.

Comment fe porte fon cocher?

LISETTE.

Fort bien. Il eft mort.

M. TOMES.

Mort?

LISETTE.

Oui.

M. TOMES.

Cela ne fe peut.

LISETTE.

Je ne fçais pas fi cela fe peut; mais je fçais bien que cela eft.

M. TOMES.

Il ne peut pas être mort, vous dis-je.

LISETTE.

Et moi, je vous dis qu'il eſt mort & enterré.

M. TOMES

Vous vous trompez.

LISETTE.

Je l'ai vû.

M. TOMES.

Cela eſt impoſſible. Hippocrate dit que ces ſortes de maladies ne ſe terminent qu'au quatorze, ou au vingt-un ; & il
n'y a que ſix jours qu'il eſt tombé malade.

LISETTE.

Hippocrate dira ce qu'il lui plaira ; mais le cocher eſt mort.

SGANARELLE.

Paix, diſcoureuſe. Allons, ſortons d'ici. Meſſieurs, je vous
ſupplie de conſulter de la bonne maniére. Quoique ce ne
ſoit pas la coutume de payer auparavant, toutefois, de peur
que je ne l'oublie, &, afin que ce ſoit une affaire faite,
voici...

[*Il leur donne de l'argent, & chacun, en le recevant, fait un*
geſte différent.]

SCENE III.

MESSIEURS DES FONANDRES, TOMES, MACROTON, BAHYS.

[Ils s'asséyent & toussent.]

M. DES FONANDRES.

PAris est étrangement grand, & il faut faire de longs trajets, quand la pratique donne un peu.

M. TOMES.

Il faut avouer que j'ai une mule admirable pour cela, & qu'on a peine à croire le chemin que je lui fais faire tous les jours.

M. DES FONANDRES.

J'ai un cheval merveilleux, & c'est un animal infatigable.

M. TOMES.

Sçavez-vous le chemin que ma mule a fait aujourd'hui? J'ai été premiérement tout contre l'arsenal, de l'arsenal au bout du fauxbourg saint Germain, du fauxbourg saint Germain au fond du marais, du fond du marais à la porte saint Honoré, de la porte saint Honoré au fauxbourg saint Jacques, du fauxbourg saint Jacques à la porte de Richelieu, de la porte de Richelieu ici, d'ici je dois aller encore à la place royale.

M. DES FONANDRES.

Mon cheval a fait tout cela aujourd'hui; &, de plus, j'ai été à Ruel voir un malade.

M. TOMES.

Mais à propos, quel parti prenez-vous dans la querelle des deux médecins, Théophraste & Artémius? Car c'est une affaire qui partage tout notre corps.

M. DES FONANDRES.

Moi, je suis pour Artémius.

M. TOMES.

Et moi aussi. Ce n'est pas que son avis, comme on a vû, n'ait tué le malade, & que celui de Théophraste ne fût beaucoup meilleur assûrément; mais enfin, il a tort dans les circonstances, & il ne devoit pas être d'un autre avis que son ancien. Qu'en dites-vous?

M. DES FONANDRES.

Sans doute. Il faut toujours garder les formalités, quoiqu'il puisse arriver.

M. TOMES.

Pour moi, j'y suis sévére en diable, à moins que ce ne soit entre amis; & l'on nous assembla, un jour, trois de nous autres, avec un médecin de dehors, pour une consultation où j'arrêtai toute l'affaire, & ne voulus point endurer qu'on opinât, si les choses n'alloient dans l'ordre. Les gens de la maison faisoient ce qu'ils pouvoient, & la maladie pressoit; mais je n'en voulus point démordre, & la malade mourut bravement pendant cette contestation.

M. DES FONANDRES

C'est fort bien fait d'apprendre aux gens à vivre, & de leur montrer leur béjaune.

M. THOMES.

M. TOMES.

Un homme mort, n'eſt qu'un homme mort, & ne fait point de conſéquence; mais une formalité négligée porte un notable préjudice à tout le corps des médecins.

SCENE IV.

SGANARELLE, Mrs. TOMES, DES FONANDRES, MACROTON, BAHYS.

SGANARELLE.

MEſſieurs, l'oppreſſion de ma fille augmente, je vous prie de me dire vîte ce que vous avez réſolu.

M. TOMES à monſieur des Fonandrés.

Allons, Monſieur.

M. DES FONANDRES.

Non, Monſieur, parlez, s'il vous plaît.

M. TOMES.

Vous vous moquez.

M. DES FONANDRES.

Je ne parlerai pas le premier.

M. TOMES.

Monſieur.

M. DES FONANDRES.

Monſieur.

SGANARELLE.

Hé, de grace, Meſſieurs, laiſſez toutes ces cérémonies,

Tome III. R r

& fongez que les chofes preffent.

M. TOMES.

La maladie de votre fille....

M. DES FONANDRES.

L'avis de tous ces meffieurs tous enfemble....

M. MACROTON.

A-près a-voir bien con-ful-té....

M. BAHYS.

Pour raifonner....

[*Ils parlent tous quatre à la fois.*]

SGANARELLE.

Hé, Meffieurs, parlez l'un après l'autre, de grace.

M. TOMES.

Monfieur, nous avons raifonné fur la maladie de votre fille,
& mon avis, à moi, eft que cela procéde d'une grande
chaleur de fang ; ainfi je conclus à la faigner le plûtôt que
vous pourrez.

M. DES FONANDRES.

Et moi, je dis que fa maladie eft une pourriture d'humeurs
caufée par une trop grande réplétion ; ainfi je conclus à lui
donner de l'émétique.

M. TOMES.

Je foutiens que l'émétique la tuera.

M. DES FONANDRES.

Et moi, que la faignée la fera mourir.

M. TOMES.

C'eft bien à vous de faire l'habile homme ?

M. DES FONANDRES.

Oui, c'eſt à moi ; & je vous prêterai le collet en tout genre d'érudition.

M. TOMES.

Souvenez-vous de l'homme que vous fîtes crever ces jours paſſés.

M. DES FONANDRES.

Souvenez-vous de la dame que vous avez envoyée en l'autre monde, il y a trois jours.

M. TOMES *à Sganarelle.*

Je vous ai dit mon avis.

M. DES FONANDRES *à Sganarelle.*

Je vous ai dit ma penſée.

M. TOMES.

Si vous ne faites ſaigner tout à l'heure votre fille, c'eſt une perſonne morte. [*Il ſort.*]

M. DES FONANDRES.

Si vous la faites ſaigner, elle ne ſera pas en vie dans un quart d'heure. [*Il ſort.*]

SCENE V.

SGANARELLE, Mᵣˢ. MACROTON, BAHYS.

SGANARELLE.

A Qui croire des deux, & quelle réſolution prendre ſur des avis ſi oppoſés ? Meſſieurs, je vous conjure de déterminer mon eſprit, & de me dire, ſans paſſion, ce que

R r ij

vous croyez lé plus propre à foulager ma fille.

M. MACROTON.

Mon-fi-eur-, dans-ces-mati-é-res-là-, il-faut-pro-cé-der-a-vec-
que-cir-conf-pec-ti-on-, &-ne-ri-en-fai-re-, comme-on-dit-,
à-là-volé-e- ; d'au-tant-que-les-fau-tes-qu'on-y-peut-fai-re-
font-, fe-lon-no-tre-maî-tre-Hip-po-cra-te-, d'u-ne-dan-ge-
reu-fe-con-fé-quen-ce.

M. BAHYS *bredouillant.*

Il eft vray. Il faut bien prendre garde à ce qu'on fait ; car
ce ne font pas ici des jeux d'enfant ; &, quand on a failli,
il n'eft pas aifé de réparer le manquement, & de rétablir ce
qu'on a gâté. *Experimentum periculofum.* C'eft pourquoi, il
s'agit de raifonner auparavant comme il faut, de pefer mûrement les chofes, de regarder le tempérament des gens,
d'examiner les caufes de la maladie, & de voir les remédes
qu'on y doit apporter.

SGANARELLE *à part.*

L'un va en tortuë, & l'autre court la pofte.

M. MACROTON.

Or-, Mon-fi-eur-, pour-ve-nir-au-fait-, je-trou-ve-que-vo-tre-
fil-le-a-u-ne-ma-la-di-e-chro-ni-que-, &-qu'el-le-peut-pé-ri-
cli-ter-, fi-on-ne-lui-don-ne-du-fe-cours- ; d'au-tant-que-les-
fymp-tô-mes-qu'elle-a-font-in-di-ca-tifs-d'u-ne-va-peur-fu-
li-gi-neu-fe-&-mor-di-can-te-qui-lui-pi-co-te-les-mem-bra-
nes-du-cer-veau. Or-cet-te-va-peur-, que-nous-nom-mons-en-
grec-, *At-mos-*, eft-cau-fé-e-par-des-hu-meurs-pu-tri-des-, te-
na-ces-, con-glu-ti-neu-fes-, qui-font-con-te-nuës-dans-le-bas-
ven-tre.

M. BAHYS.

Et comme ces humeurs ont été là engendrées par une longue fucceſſion de tems, elles s'y font recuites, & ont acquis cette malignité qui fume vers la région du cerveau.

M. MACROTON.

Si-bien-donc-que-, pour-ti-rer-, dé-ta-cher, ar-ra-cher-, ex-pul-ſer-, é-va-cu-er-, leſ-di-tes-hu-meurs-, il-fau-dra-u-ne-pur-ga-ti-on-vi-gou-reu-ſe-. Mais-, au-pré-a-la-ble-, je-trou-ve à-pro-pos-, &-il-n'y-a-pas-d'in-con-vé-ni-ent-, d'u-ſer-de-pe-tits-re-mé-des-a-no-dins-, c'eſt-à-di-re-, de-pe-tits-la-ve-mens-ré-mol-li-ans-&-dé-ter-ſiſs-, de-ju-lets-&-de-ſi-rops-ra-fraî-chiſ-ſans-qu'on-mê-le-ra-dans-ſa-pti-ſa-ne.

M. BAHYS.

Après, nous en viendrons à la purgation, & à la ſaignée, que nous réïtérerons, s'il en eſt beſoin.

M. MACROTON.

Ce-n'eſt-pas-qu'a-vec-que-tout-ce-la-vo-tre-fil-le-ne-puiſ-ſe-mou-rir-; mais-, au-moins-, vous-au-rez-fait-quel-que-cho-ſe-, &-vous-au-rez-la-con-ſo-la-ti-on-qu'el-le-ſe-ra-mor-te-dans-les-for-mes.

M. BAHYS.

Il vaut mieux mourir ſelon les régles, que de réchaper contre les régles.

M. MACROTON.

Nous-vous-di-ſons-ſin-cé-re-ment-no-tre-pen-ſé-e.

M. BAHYS.

Et vous avons parlé, comme nous parlerions à notre propre frere.

SGANARELLE.

[*à m. Macroton, en allongeant ses mots.*]

Je-vous-rends-très-hum-bles-gra-ces.

[*à m. Bahys, en bredouillant.*]

Et vous suis infiniment obligé de la peine que vous avez prise.

SCENE VI.

SGANARELLE *seul.*

ME voilà justement un peu plus incertain que je n'étois auparavant. Morbleu, il me vient une fantaisie. Il faut que j'aille acheter de l'orviétan, & que je lui en fasse prendre. L'orviétan est un reméde dont beaucoup de gens se sont bien trouvés. Holà.

SCENE VII.

DEUXIÉME ENTRÉE.

SGANARELLE, UN OPERATEUR.

SGANARELLE.

MOnsieur, je vous prie de me donner une boëte de votre orviétan, que je m'en vais vous payer.

L'OPERATEUR *chante.*

L'or de tous les climats qu'entoure l'océan,

Peut-il jamais payer ce secret d'importance ?

Mon reméde guérit, par fa rare excellence,
Plus de maux qu'on n'en peut nombrer dans tout un an ;

   La gale,

   La rogne,

   La teigne,

   La fiévre,

   La pefte,

   La goutte,

   Vérole,

   Defcente,

   Rougeole.

  O grande puiffance
  De l'orviétan !

SGANARELLE.

Monfieur, je crois que tout l'or du monde n'eft pas capable de payer votre reméde ; mais, pourtant, voici une piéce de trente fols que vous prendrez, s'il vous plaît.

L'OPERATEUR *chante*.

Admirez mes bontés, & le peu qu'on vous vend
Ce tréfor merveilleux que ma main vous difpenfe.
Vous pouvez, avec lui, braver en affûrance
Tous les maux que, fur nous, l'ire du Ciel répand ;

   La gale,

   La rogne,

   La teigne,

   La fiévre,

   La pefte,

   La goutte,

Verole,
Defcente,
Rougeole.
O grande puiffance
De l'orviétan!

SCENE VIII.

Plufieurs trivelins, & plufieurs fcaramouches, valets de l'opé-
rateur, fe réjouiffent en danfant.

Fin du fecond Acte.

Blondel. Inuent.   Trullen. Sculptit.

ACTE

ACTE TROISIÉME.

SCENE PREMIERE.

MESSIEURS FILLERIN, TOMES, DES FONANDRES.

M. FILLERIN.

'Avez-vous point de honte, Messieurs, de montrer si peu de prudence pour des gens de votre âge, & de vous être querellés comme de jeunes étourdis ? Ne voyez-vous pas bien quel tort ces sortes de querelles nous font parmi le monde, & n'est-ce pas assez que les sçavans voyent les contrariétés & les dissentions qui sont entre nos auteurs, & nos anciens maîtres, sans découvrir encore au peuple, par nos débats & nos querelles, la forfanterie de notre art ? Pour moi, je ne comprends rien du tout à cette méchante politique de quelques-uns de nos gens, & il faut confesser que toutes ces contestations nous ont décriés, depuis peu, d'une étrange maniére ; & que, si nous n'y prenons garde, nous allons nous ruiner nous-mêmes. Je n'en parle pas pour mon intérêt ; car, Dieu merci, j'ai

déjà établi mes petites affaires. Qu'il vente, qu'il pleuve,
qu'il grêle, ceux qui font morts, font morts, & j'ai dequoi
me paſſer des vivans; mais enfin, toutes ces diſputes ne valent rien pour la médecine. Puiſque le Ciel nous fait la grace que, depuis tant de ſiécles on demeure infatué de nous,
ne déſabuſons point les hommes avec nos cabales extrava-
gantes, & profitons de leurs ſottiſes le plus doucement que
nous pourrons. Nous ne ſommes pas les ſeuls, comme vous
ſçavez, qui tâchons à nous prévaloir de la foibleſſe humaine. C'eſt là que va l'étude de la plûpart du monde, &
chacun s'efforce de prendre les hommes par leur foible,
pour en tirer quelque profit. Les flateurs, par exemple,
cherchent à profiter de l'amour que les hommes ont pour
les louanges, en leur donnant tout le vain encens qu'ils
ſouhaitent, & c'eſt un art où l'on fait, comme on voit, des
fortunes conſidérables. Les alchymiſtes tâchent à profiter de
la paſſion que l'on a pour les richeſſes, en promettant des
montagnes d'or à ceux qui les écoutent; & les diſeurs d'ho-
roſcopes, par leurs prédictions trompeuſes, profitent de la
vanité & de l'ambition des crédules eſprits. Mais le plus
grand foible des hommes, c'eſt l'amour qu'ils ont pour la
vie; & nous en profitons, nous autres, par notre pompeux
galimathias, & ſçavons prendre nos avantages, de cette vé-
nération que la peur de mourir leur donne pour notre métier. Conſervons-nous donc dans le dégré d'eſtime où leur
foibleſſe nous a mis, & ſoyons de concert auprès des malades, pour nous attribuer les heureux ſuccès de la maladie, & rejetter ſur la nature toutes les bévûës de notre art.

N'allons point, dis-je, détruire fottement les heureufes préventions d'une erreur qui donne du pain à tant de perfonnes, & , de l'argent de ceux que nous mettons en terre, nous fait élever de tous côtés de fi beaux héritages.

M. TOMES.

Vous avez raifon en tout ce que vous dites; mais ce font chaleurs de fang, dont par fois on n'eft pas le maître.

M. FILLERIN.

Allons donc, Meffieurs, mettez bas toute rancune, & faifons ici votre accommodement.

M. DES FONANDRES.

J'y confens. Qu'il me paffe mon émétique pour la malade dont il s'agit , & je lui pafferai tout ce qu'il voudra pour le premier malade dont il fera queftion.

M. FILLERIN.

On ne peut pas mieux dire ; & voilà fe mettre à la raifon.

M. DES FONANDRES.

Cela eft fait.

M. FILLERIN.

Touchez donc là. Adieu. Une autrefois montrez plus de prudence.

SCENE II.

M. TOMES, M. DES FONANDRES, LISETTE.

LISETTE.

QUoi, Meffieurs, vous voilà, & vous ne fongez pas à reparer le tort qu'on vient de faire à la médecine?

M. TOMES.

Comment? Qu'e-ftce?

LISETTE.

Un infolent, qui a eu l'éffronterie d'entreprendre fur votre métier; &, fans votre ordonnance, vient de tuer un homme d'un grand coup d'épée au travers du corps.

M. TOMES.

Ecoutez, vous faites la railleufe, mais vous pafferez par nos mains quelque jour.

LISETTE.

Je vous permets de me tuer, lorfque j'aurai recours à vous.

SCENE III.

CLITANDRE en habit de médecin, LISETTE.

CLITANDRE.

HE' bien, Lifette, que dis-tu de mon équipage? Crois-tu qu'avec cet habit, je puiffe dupper le bon homme? Me trouves-tu bien ainfi?

LISETTE.

Le mieux du monde, & je vous attendois avec impatience. Enfin le Ciel m'a faite d'un naturel le plus humain du monde, & je ne puis voir deux amans soupirer l'un pour l'autre, qu'il ne me prenne une tendresse charitable, & un désir ardent de soulager les maux qu'ils souffrent. Je veux, à quelque prix que ce soit, tirer Lucinde de la tyrannie où elle est, & la mettre en votre pouvoir. Vous m'avez plû d'abord; je me connois en gens; & elle ne peut pas mieux choisir. L'amour risque des choses extraordinaires, & nous avons concerté ensemble une maniére de stratagême, qui pourra peut-être nous réussir. Toutes nos mesures sont déjà prises, l'homme à qui nous avons affaire n'est pas des plus fins de ce monde; &, si cette avanture nous manque, nous trouverons mille autres voyes, pour arriver à notre but. Attendez-moi-là seulement, je reviens vous querir.

[*Clitandre se retire dans le fond du théatre.*]

SCENE IV.

SGANARELLE, LISETTE.

LISETTE.

Monsieur, allégresse! Allégresse!

SGANARELLE.

Qu'est-ce?

LISETTE.

Réjouissez-vous.

SGANARELLE.

De quoi?

LISETTE.

Réjouiffez-vous, vous dis-je.

SGANARELLE.

Di-moi donc ce que c'eft; & puis, je me réjouirai peut-être.

LISETTE.

Non. Je veux que vous vous réjouiffiez auparavant, que vous chantiez, que vous danfiez.

SGANARELLE.

Sur quoi?

LISETTE.

Sur ma parole.

SGANARELLE.

[*Il chante & danfe.*]

Allons donc. La lera la la, la lera la. Que diable!

LISETTE.

Monfieur, votre fille eft guérie.

SGANARELLE.

Ma fille eft guérie!

LISETTE.

Oui. Je vous améne un médecin; mais un médecin d'importance, qui fait des cures merveilleufes, & qui fe moque des autres médecins.

SGANARELLE.

Où eft-il?

LISETTE.

Je vais le faire entrer.

SGANARELLE *seul.*

Il faut voir fi celui-ci fera plus que les autres.

SCENE V.

CLITANDRE *en habit de médecin,* SGANARELLE, LISETTE.

LISETTE *amenant Clitandre.*

LE voici.

SGANARELLE.

Voilà un médecin qui a la barbe bien jeune.

LISETTE.

La fcience ne fe mefure pas à la barbe, & ce n'eft pas par le menton qu'il eft habile.

SGANARELLE.

Monfieur, on m'a dit que vous aviez des remédes admirables pour faire aller à la felle.

CLITANDRE.

Monfieur, mes remédes font différens de ceux des autres. Ils ont l'émétique, les faignées, les médecines, & les lavemens; mais moi, je guéris par des paroles, par des fons, par des lettres, par des talifmans, & par des anneaux conftellés.

LISETTE.

Que vous ai-je dit?

SGANARELLE.

Voilà un grand homme!

LISETTE.

Monſieur, comme votre fille eſt-là toute habillée dans une chaiſe, je vais la faire paſſer ici.

SGANARELLE.

Oui. Fais.

CLITANDRE *tâtant le poulx à Sganarelle.*

Votre fille eſt bien malade.

SGANARELLE.

Vous connoiſſez cela ici?

CLITANDRE.

Oui, par la ſympathie qu'il y a entre le pere & la fille.

SCENE IV.

SGANARELLE, LUCINDE, CLITANDRE, LISETTE.

LISETTE *à Clitandre.*

Tenez, Monſieur, voilà une chaiſe auprès d'elle.
[*à Sganarelle*]
Allons, laiſſez-les-là tous deux.

SGANARELLE.

Pourquoi? Je veux demeurer-là.

LISETTE.

Vous moquez-vous? Il faut s'éloigner. Un médecin a cent choſes à demander, qu'il n'eſt pas honnête qu'un homme entende.

[*Sganarelle & Liſette s'éloignent.*]

CLI-

CLITANDRE *bas à Lucinde.*

Ah! Madame, que le raviſſement où je me trouve eſt grand, & que je ſçais peu par où vous commencer mon diſcours! Tant que je ne vous ai parlé que des yeux, j'avois, ce me ſembloit, cent choſes à vous dire ; &, maintenant que j'ai la liberté de vous parler de la façon que je ſouhaitois, je demeure interdit, & la grande joye où je ſuis étouffe toutes mes paroles.

LUCINDE.

Je puis vous dire la même choſe ; & je ſens, comme vous, des mouvemens de joye qui m'empêchent de pouvoir parler.

CLITANDRE.

Ah! Madame, que je ſerois heureux, s'il étoit vray que vous ſentiſſiez tout ce que je ſens, & qu'il me fût permis de juger de votre ame par la mienne! Mais, Madame, puis-je au moins croire que ce ſoit à vous à qui je doive la penſée de cet heureux ſtratagême qui me fait jouir de votre préſence?

LUCINDE.

Si vous ne m'en devez pas la penſée, vous m'étes redevable au moins d'en avoir approuvé la propoſition avec beaucoup de joye.

SGANARELLE *à Liſette.*

Il me ſemble qu'il lui parle de bien près.

LISETTE *à Sganarelle.*

C'eſt qu'il obſerve ſa phyſionomie, & tous les traits de ſon viſage.

CLITANDRE *à Lucinde.*

Serez-vous conftante, Madame, dans ces bontés que vous me témoignez ?

LUCINDE.

Mais vous, ferez-vous ferme dans les réfolutions que vous avez montrées ?

CLITANDRE.

Ah! Madame, jufqu'à la mort. Je n'ay point de plus forte envie que d'être à vous, & je vais le faire paroître dans ce que vous m'allez voir faire.

SGANARELLE *à Clitandre.*

Hé bien, notre malade ? Elle me femble un peu plus gaye.

CLITANDRE.

C'eft que j'ai déjà fait agir fur elle un de ces remédes que mon art m'enfeigne. Comme l'efprit a grand empire fur le corps, & que c'eft de lui, bien fouvent, que procédent les maladies, ma coutume eft de courir à guérir les efprits, avant que de venir au corps. J'ai donc obfervé fes regards, les traits de fon vifage, & les lignes de fes deux mains; &, par la fcience que le Ciel m'a donnée, j'ai reconnu que c'étoit de l'efprit qu'elle étoit malade, & que tout fon mal ne venoit que d'une imagination déréglée, & d'un défir dé-pravé de vouloir être mariée. Pour moi, je ne vois rien de plus extravagant & de plus ridicule, que cette envie qu'on a du mariage.

SGANARELLE *à part.*

Voilà un habile homme !

CLITANDRE.

Et j'ai eu , & aurai, pour lui, toute ma vie, une averſion effroyable.

SGANARELLE *à part.*

Voilà un grand médecin !

CLITANDRE.

Mais , comme il faut flater l'imagination des malades , &
que j'ai vû en elle de l'aliénation d'eſprit , & même qu'il
y avoit du péril à ne lui pas donner un promt ſecours, je l'ai
priſe par ſon foible , & lui ai dit que j'étois venu ici pour
vous la demander en mariage. Soudain, ſon viſage a changé , ſon teint s'eſt éclairci, ſes yeux ſe ſont animés ; & , ſi
vous voulez, pour quelques jours, l'entretenir dans cette erreur, vous verrez que nous la tirerons d'où elle eſt.

SGANARELLE.

Oui-dà , je le veux bien.

CLITANDRE.

Après, nous ferons agir d'autres remédes pour la guérir entiérement de cette fantaiſie.

SGANARELLE.

Oui , cela eſt le mieux du monde. Hé bien , ma fille , voilà
monſieur qui a envie de t'épouſer , & je lui ai dit que je le
voulois bien.

LUCINDE.

Hélas ! Eſt-il poſſible ?

SGANARELLE.

Oui.

LUCINDE.

Mais, tout de bon?

SGANARELLE.

Oui, oui.

LUCINDE *à Clitandre.*

Quoi! Vous étes dans les fentimens d'être mon mari?

CLITANDRE.

Oui, Madame.

LUCINDE.

Et mon pere y confent?

SGANARELLE.

Oui, ma fille.

LUCINDE.

Ah! Que je fuis heureufe, fi cela eft véritable!

CLITANDRE.

N'en doutez point, Madame. Ce n'eft pas d'aujourd'hui que je vous aime, & que je brûle de me voir votre mari. Je ne fuis venu ici que pour cela; &, fi vous voulez que je vous dife nettement les chofes comme elles font, cet habit n'eft qu'un pur prétexte inventé, & je n'ai fait le médecin que pour m'approcher de vous, & obtenir plus facilement ce que je fouhaite.

LUCINDE.

C'eft me donner des marques d'un amour bien tendre, & j'y fuis fenfible autant que je puis.

SGANARELLE.

O la folle! O la folle! O la folle!

LUCINDE.

Vous voulez donc bien , mon pere , me donner monfieur pour époux ?

SGANARELLE.

Oui. Çà, donne moi ta main. Donnez-moi auffi un peu la vôtre, pour voir.

CLITANDRE.

Mais , Monfieur . . .

SGANARELLE.

[étouffant de rire.]

Non, non , c'eft pour . . . pour lui contenter l'efprit. Touchez-là. Voilà qui eft fait.

CLITANDRE.

Acceptez, pour gage de ma foi, cet anneau que je vous donne.

[bas à Sganarelle.]

C'eft un anneau conftellé , qui guérit les égaremens d'efprit.

LUCINDE.

Faifons donc le contrat , afin que rien n'y manque.

CLITANDRE.

[bas à Sganarelle.]

Hélas ! Je le veux bien, Madame. Je vais faire monter l'homme qui écrit mes remédes , & lui faire croire que c'eft un notaire.

SGANARELLE.

Fort bien.

CLITANDRE.

Holà. Faites monter le notaire que j'ai amené avec moi.

LUCINDE.

Quoi! Vous aviez amené un notaire?

CLITANDRE.

Oui, Madame.

LUCINDE.

J'en suis ravie.

SGANARELLE.

O la folle! O la folle!

SCENE VII.

LE NOTAIRE, CLITANDRE, SGANARELLE, LUCINDE, LISETTE.

[Clitandre parle bas au notaire.]

SGANARELLE *au notaire.*

Oui, Monsieur, il faut faire un contrat pour ces deux

[*à Lucinde.*]

personnes-là. Ecrivez. Voilà le contrat qu'on fait.

[*au notaire.*]

Je lui donne vingt mille écus en mariage. Ecrivez.

LUCINDE.

Je vous suis bien obligée, mon pere.

LE NOTAIRE.

Voilà qui est fait. Vous n'avez qu'a venir signer.

SGANARELLE.

Voilà un contrat bien-tôt bâti.

CLITANDRE *à Sganarelle.*

Mais, au moins, Monfieur...

SGANARELLE.

[*au notaire.*]

Hé, non, vous dis-je. Sçait-on pas bien... Allons, donnez-

[*à Lucinde.*]

lui la plume pour figner. Allons, figne, figne, figne. Va,
va, je fignerai tantôt moi.

LUCINDE.

Non, non, je veux avoir le contrat entre mes mains.

SGANARELLE.

[*après avoir figné.*]

Hé bien, tien. Es-tu contente ?

LUDINDE.

Plus qu'on ne peut s'imaginer.

SGANARELLE.

Voilà qui eft bien, voilà qui eft bien.

CLITANDRE.

Au refte, je n'ai pas eu feulement la précaution d'amener
un notaire, j'ai eu celle encore de faire venir des voix, des
inftrumens, & des danfeurs pour célébrer la fête, & pour
nous réjouir. Qu'on les faffe venir. Ce font des gens que je
méne avec moi, & dont je me fers tous les jours pour pacifier, avec leur harmõnie & leurs danfes, les troubles de
l'efprit.

SCENE VIII.

SGANARELLE, LUCINDE, CLITANDRE, LISETTE.

TROISIÉME ENTRÉE.

LA COMÉDIE, LE BALLET, LA MUSIQUE, JEUX, RIS, PLAISIRS.

LA COMÉDIE, LE BALLET, LA MUSIQUE
ensemble.

S Ans nous tous les hommes,
Deviendroient mal sains;
Et c'est nous qui sommes
Leurs grands médecins.

LA COMEDIE.

Veut-on qu'on rabatte,
Par des moyens doux,
Les vapeurs de rate
Qui vous minent tous?
Qu'on laisse Hippocrate,
Et qu'on vienne à nous.

Tous

TOUS TROIS ENSEMP

Sans nous tous les hommes
Deviendroient mal fains ;
Et c'eft nous qui fommes
Leurs grands médecins.

[*Pendant que les Jeux , les Ris , & les Plaifirs danfent , Clitandre emméne Lucinde.*]

SCENE DERNIERE.

SGANARELLE, LISETTE, LA COMÉDIE, LA MUSIQUE, LE BALLET, JEUX, RIS, PLAISIRS.

SGANARELLE.

VOilà une plaifante façon de guérir! Où eft donc ma fille & le médecin?

LISETTE.

Ils font allez achever le refte du mariage.

SGANARELLE.

Comment le mariage ?

LISETTE.

Ma foi, Monfieur, la bécaffe eft bridée, & vous avez crû faire un jeu, qui demeure une vérité.

SGANARELLE.

Comment diable ! [*Il veut aller après Clitandre & Lucinde,*
les danseurs le retiennent.] Laissez-moi aller, laissez-moi aller,
vous dis-je. [*les danseurs le retiennent toujours.*] Encore? [*ils*
veulent faire danser Sganarelle de force.] Peste des gens !

FIN.

Inv. et dessiné par F. Boucher.

Gravé par Lau. Care

LE MISANTROPE

LE
MISANTROPE,
COMÉDIE.

ACTEURS.

ALCESTE, amant de Céliméne.

PHILINTE, ami d'Alcefte.

ORONTE, amant de Céliméne.

CÉLIMÉNE.

ÉLIANTE, coufine de Céliméne.

ARSINOÉ, amie de Céliméne.

ACASTE,

CLITANDRE, } marquis.

BASQUE, valet de Céliméne.

UN GARDE de la maréchauffée de France.

DUBOIS, valet d'Alcefte.

La fcene eft à Paris dans la maifon de Céliméne.

LE MISANTROPE,
COMÉDIE.

ACTE PREMIER.
SCENE PREMIERE.
PHILINTE, ALCESTE.

PHILINTE.

Qu'est-ce donc ? Qu'avez-vous ?

ALCESTE *assis.*

Laissez-moi, je vous prie.

PHILINTE.

Mais encor, dites-moi quelle bizarrerie....

ALCESTE.

Laissez-moi là, vous dis-je, & courez vous cacher.

PHILINTE.

Mais on entend les gens au moins sans se fâcher.

ALCESTE.

Moi, je veux me fâcher, & ne veux point entendre.

PHILINTE.

Dans vos brusques chagrins je ne puis vous comprendre;
Et, quoiqu'amis enfin, je suis tout des premiers ...

ALCESTE *se levant brusquement.*

Moi, votre ami? Rayez cela de vos papiers.
J'ai fait jusques ici profession de l'être;
Mais, après ce qu'en vous je viens de voir paroître,
Je vous déclare net que je ne le suis plus,
Et ne veux nulle place en des cœurs corrompus.

PHILINTE.

Je suis donc bien coupable, Alceste, à votre compte?

ALCESTE.

Allez, vous devriez mourir de pure honte;
Une telle action ne sçauroit s'excuser,
Et tout homme d'honneur s'en doit scandaliser.
Je vous vois accabler un homme de caresses,
Et témoigner pour lui les derniéres tendresses;
De protestations, d'offres, & de sermens,
Vous chargez la fureur de vos embrassemens;
Et, quand je vous demande après, quel est cet homme,
A peine pouvez-vous dire comme il se nomme,
Votre chaleur pour lui tombe en vous séparant,
Et vous me le traitez, à moi, d'indifférent.
Morbleu, c'est une chose indigne, lâche, infame,
De s'abaisser ainsi, jusqu'à trahir son ame;

Et, fi, par un malheur, j'en avois fait autant,
Je m'irois, de regret, pendre tout à l'inftant.

PHILINTE.

Je ne vois pas, pour moi, que le cas foit pendable;
Et je vous fupplierai d'avoir pour agréable,
Que je me faffe un peu grace fur votre arrêt,
Et ne me pende pas pour cela, s'il vous plaît.

ALCESTE.

Que la plaifanterie eft de mauvaife grace!

PHILINTE.

Mais, férieufement, que voulez-vous qu'on faffe?

ALCESTE.

Je veux qu'on foit fincére, & qu'en homme d'honneur,
On ne lâche aucun mot qui ne parte du cœur.

PHILINTE.

Lorfqu'un homme vous vient embraffer avec joye,
Il faut bien le payer de la même monnoye,
Répondre, comme on peut, à fes empreffemens,
Et rendre offre pour offre, & fermens pour fermens.

ALCESTE.

Non, je ne puis fouffrir cette lâche méthode
Qu'affectent la plûpart de vos gens à la mode;
Et je ne hais rien tant, que les contorfions
De tous ces grands faifeurs de proteftations,
Ces affables donneurs d'embraffades frivoles,
Ces obligeans difeurs d'inutiles paroles,
Qui de civilités, avec tous, font combat,
Et traitent du même air l'honnête homme & le fat.

Quel avantage a-t-on qu'un homme vous careſſe,
Vous jure amitié, foi, zéle, eſtime, tendreſſe,
Et vous faſſe de vous un éloge éclatant,
Lorſqu'au premier faquin, il court en faire autant?
Non, non, il n'eſt point d'ame un peu bien ſituée,
Qui veuille d'une eſtime ainſi proſtituée;
Et la plus glorieuſe a des régals peu chers,
Dès qu'on voit qu'on nous mêle avec tout l'univers;
Sur quelque préférence une eſtime ſe fonde,
Et c'eſt n'eſtimer rien, qu'eſtimer tout le monde.
Puiſque vous y donnez, dans ces vices du tems,
Morbleu, vous n'étes pas pour être de mes gens;
Je refuſe d'un cœur la vaſte complaiſance
Qui ne fait de mérite aucune différence,
Je veux qu'on me diſtingue; &, pour le trancher net,
L'ami du genre humain n'eſt point du tout mon fait,

PHILINTE.

Mais, quand on eſt du monde, il faut bien que l'on rende
Quelques dehors civils que l'uſage demande.

ALCESTE.

Non, vous dis-je, on devroit châtier, ſans pitié,
Ce commerce honteux de ſemblant d'amitié.
Je veux que l'on ſoit homme, & qu'en toute rencontre,
Le fond de notre cœur dans nos diſcours ſe montre,
Que ce ſoit lui qui parle; & que nos ſentimens
Ne ſe maſquent jamais ſous de vains complimens.

PHILINTE.

PHILINTE.

Il eſt bien des endroits, où la pleine franchiſe
Deviendroit ridicule, & ſeroit peu permiſe;
Et, par fois, n'en déplaiſe à votre auſtére honneur,
Il eſt bon de cacher ce qu'on a dans le cœur.
Seroit-il à propos, & de la bienſéance,
De dire à mille gens tout ce que d'eux on penſe?
Et, quand on a quelqu'un qu'on hait, ou qui déplaît,
Lui doit-on déclarer la choſe comme elle eſt?

ALCESTE.

Oui.

PHILINTE.

Quoi! Vous iriez dire à la vieille Emilie,
Qu'à ſon âge il ſiéd mal de faire la jolie,
Et que le blanc qu'elle a, ſcandaliſe chacun?

ALCESTE.

Sans doute.

PHILINTE.

A Dorilas, qu'il eſt trop importun;
Et qu'il n'eſt, à la cour, oreille qu'il ne laſſe
A conter ſa bravoure, & l'éclat de ſa race?

ALCESTE.

Fort bien.

PHILINTE.

Vous vous moquez.

ALCESTE.

          Je ne me moque point;
Et je vais n'épargner perſonne ſur ce point.

Tome III.   X x

Mes yeux font trop bleſſés, & la cour & la ville,
Ne m'offrent rien qu'objets à m'échauffer la bile ;
J'entre en une humeur noire, en un chagrin profond,
Quand je vois vivre, entre eux, les hommes comme ils font;
Je ne trouve, par tout, que lâche flaterie,
Qu'injuſtice, intérêt, trahiſon, fourberie,
Je n'y puis plus tenir, j'enrage; & mon deſſein
Eſt de rompre en viſiére à tout le genre humain.

PHILINTE.

Ce chagrin philoſophe eſt un peu trop ſauvage.
Je ris des noirs accès où je vous enviſage;
Et crois voir, en nous deux, ſous mêmes ſoins nourris,
Ces deux freres que peint l'école des maris,
Dont...

ALCESTE.

Mon Dieu! Laiſſons-là vos comparaiſons fades.

PHILINTE.

Non, tout de bon, quittez toutes ces incartades,
Le monde par vos ſoins ne ſe changera pas ;
Et, puiſque la franchiſe a pour vous tant d'appas,
Je vous dirai, tout franc, que cette maladie,
Par tout où vous allez, donne la comédie;
Et qu'un ſi grand courroux contre les mœurs du tems,
Vous tourne en ridicule auprès de bien des gens.

ALCESTE.

Tant mieux, morbleu, tant mieux. C'eſt ce que je demande;
Ce m'eſt un fort bon ſigne, & ma joye en eſt grande.

Tous les hommes me font à tel point odieux,
Que je ferois fâché d'être fage à leurs yeux.

PHILINTE.

Vous voulez un grand mal à la nature humaine.

ALCESTE.

Oui, j'ai conçû pour elle une effroyable haine.

PHILINTE.

Tous les pauvres mortels, fans nulle exception,
Seront enveloppés dans cette averfion?
Encore, en eft-il bien dans le fiécle où nous fommes...

ALCESTE.

Non, elle eft générale, & je hais tous les hommes;
Les uns, parce qu'ils font méchans & mal faifans,
Et les autres, pour être aux méchans complaifans,
Et n'avoir pas pour eux ces haines vigoureufes,
Que doit donner le vice aux ames vertueufes.
De cette complaifance on voit l'injufte excès,
Pour le franc fcélérat avec qui j'ai procès.
Au travers de fon mafque, on voit à plein le traître,
Par tout il eft connu pour tout ce qu'il peut être;
Et fes roulemens d'yeux, & fon ton radouci,
N'impofent qu'à des gens qui ne font point d'ici.
On fçait que ce piéd plat, digne qu'on le confonde,
Par de fales emplois s'eft pouffé dans le monde,
Et que, par eux, fon fort, de fplendeur revêtu,
Fait gronder le mérite, & rougir la vertu;
Quelques titres honteux qu'en tous lieux on lui donne,
Son miférable honneur ne voit pour lui perfonne,

Nommez-le fourbe, infame, & fcélérat maudit,
Tout le monde en convient, & nul n'y contredit;
Cependant fa grimace eft par tout bien venuë,
On l'accueille, on lui rit, par tout il s'infinuë,
Et, s'il eft, par la brigue, un rang à difputer,
Sur le plus honnête homme on le voit l'emporter.
Têtebleu, ce me font de mortelles bleffures,
De voir qu'avec le vice on garde des mefures;
Et, par fois, il me prend des mouvemens foudains,
De fuir dans un défert l'approche des humains.

PHILINTE.

Mon Dieu! Des mœurs du tems, mettons-nous moins en peine,
Et faifons un peu grace à la nature humaine;
Ne l'examinons point dans la grande rigueur,
Et voyons fes défauts, avec quelque douceur.
Il faut, parmi le monde, une vertu traitable;
A force de fageffe, on peut être blâmable,
La parfaite raifon fuit toute extrêmité,
Et veut que l'on foit fage avec fobriété.
Cette grande roideur des vertus des vieux âges,
Heurte trop notre fiécle, & les communs ufages;
Elle veut aux mortels trop de perfection,
Il faut fléchir au tems, fans obftination,
Et c'eft une folie, à nulle autre feconde,
De vouloir fe mêler de corriger le monde.
J'obferve, comme vous, cent chofes tous les jours,
Qui pourroient mieux aller, prenant un autre cours;

Mais, quoiqu'à chaque pas je puisse voir paroître,
En courroux, comme vous, on ne me voit point être.
Je prends tout doucement les hommes comme ils sont,
J'accoutume mon ame à souffrir ce qu'ils font,
Et je crois qu'à la cour, de même qu'à la ville,
Mon flégme est philosophe autant que votre bile.

ALCESTE.

Mais ce flégme, Monsieur qui raisonnez si bien,
Ce flégme, pourra-t-il ne s'échauffer de rien ?
Et s'il faut, par hazard, qu'un ami vous trahisse,
Que pour avoir vos biens on dresse un artifice,
Ou qu'on tâche à semer de méchans bruits de vous,
Verrez-vous tout cela, sans vous mettre en courroux ?

PHILINTE.

Oui, je vois ces défauts, dont votre ame murmure,
Comme vices unis à l'humaine nature ;
Et mon esprit enfin n'est pas plus offensé
De voir un homme fourbe, injuste, interressé,
Que de voir des vautours affamés de carnage,
Des singes mal faisans, & des loups pleins de rage.

ALCESTE.

Je me verrai trahir, mettre en piéces, voler,
Sans que je sois... Morbleu, je ne veux point parler,
Tant ce raisonnement est plein d'impertinence.

PHILINTE.

Ma foi, vous feriez bien de garder le silence.
Contre votre partie éclatez un peu moins,
Et donnez au procès une part de vos soins.

ALCESTE.

Je n'en donnerai point, c'est une chofe dite.

PHILINTE.

Mais qui voulez-vous donc, qui pour vous follicite?

ALCESTE.

Qui je veux? La raifon, mon bon droit, l'équité.

PHILINTE.

Aucun juge par vous ne fera vifité?

ALCESTE.

Non. Eft-ce que ma caufe eft injufte, ou douteufe?

PHILINTE.

J'en demeure d'accord, mais la brigue eft fâcheufe,
Et...

ALCESTE.

Non. J'ai réfolu de n'en pas faire un pas.
J'ai tort, ou j'ai raifon.

PHILINTE.

Ne vous y fiez pas.

ALCESTE.

Je ne remuerai point.

PHILINTE.

Votre partie eft forte,
Et peut par fa cabale entraîner....

ALCESTE.

Il n'importe.

PHILINTE.

Vous vous tromperez.

ALCESTE.

Soit. J'en veux voir le fuccès.

PHILINTE.

Mais ....

ALCESTE.

J'aurai le plaifir de perdre mon procès.

PHILINTE.

Mais enfin...

ALCESTE.

Je verrai dans cette plaiderie,
Si les hommes auront affez d'effronterie,
Seront affez méchans, fcélérats & pervers,
Pour me faire injuftice aux yeux de l'univers.

PHILINTE.

Quel homme!

ALCESTE.

Je voudrois, m'en coûtât-il grand'chofe,
Pour la beauté du fait, avoir perdu ma caufe.

PHILINTE.

On fe riroit de vous, Alcefte, tout de bon,
Si l'on vous entendoit parler de la façon.

ALCESTE.

Tant pis pour qui riroit.

PHILINTE.

Mais cette rectitude
Que vous voulez en tout avec exactitude,
Cette pleine droiture, où vous vous renfermez,
La trouvez-vous ici dans ce que vous aimez?

Je m'étonne, pour moi, qu'étant, comme il le femble,
Vous, & le genre humain, fi fort brouillés enfemble,
Malgré tout ce qui peut vous le rendre odieux,
Vous ayez pris chez lui ce qui charme vos yeux;
Et, ce qui me furprend encore davantage,
C'eft cet étrange choix où votre cœur s'engage.
La fincére Eliante a du panchant pour vous,
La prude Arfinoé vous voit d'un œil fort doux;
Cependant, à leurs vœux, votre ame fe refufe,
Tandis qu'en fes liens Céliméne l'amufe,
De qui l'humeur coquette, & l'efprit médifant,
Semble fi fort donner dans les mœurs d'à préfent.
D'où vient que, leur portant une haine mortelle,
Vous pouvez bien fouffrir ce qu'en tient cette belle?
Ne font-ce plus défauts dans un objet fi doux?
Ne les voyez-vous pas, ou les excufez-vous?

ALCESTE.

Non. L'amour que je fens, pour cette jeune veuve,
Ne ferme point mes yeux aux défauts qu'on lui treuve;
Et je fuis, quelque ardeur qu'elle m'ait pû donner,
Le premier à les voir, comme à les condamner.
Mais, avec tout cela, quoique je puiffe faire,
Je confeffe mon foible, elle a l'art de me plaire.
J'ai beau voir fes défauts, & j'ai beau l'en blâmer,
En dépit qu'on en ait, elle fe fait aimer,
Sa grace eft la plus forte; &, fans doute, ma flâme
De ces vices du tems pourra purger fon ame.

PHILINTE.

PHILINTE.

Si vous faites cela, vous ne ferez pas peu.
Vous croyez être donc aimé d'elle?

ALCESTE.

Oui, parbleu.
Je ne l'aimerois pas, si je ne croyois l'être.

PHILINTE.

Mais, si son amitié pour vous se fait paroître,
D'où vient que vos rivaux vous causent de l'ennui?

ALCESTE.

C'est qu'un cœur bien atteint veut qu'on soit tout à lui;
Et je ne viens ici qu'à dessein de lui dire
Tout ce que là dessus ma passion m'inspire.

PHILINTE.

Pour moi, si je n'avois qu'à former des désirs,
Sa cousine Eliante auroit tous mes soupirs;
Son cœur, qui vous estime, est solide & sincére,
Et ce choix plus conforme étoit mieux votre affaire.

ALCESTE.

Il est vray, ma raison me le dit chaque jour;
Mais la raison n'est pas ce qui régle l'amour.

PHILINTE.

Je crains fort pour vos feux, & l'espoir où vous étes
Pourroit...

SCENE II.

ORONTE, ALCESTE, PHILINTE.

ORONTE à *Alcefte.*

J'Ai fçû là bas que, pour quelques emplettes,
Eliante eft fortie, & Céliméne auffi.
Mais, comme l'on m'a dit que vous étiez ici,
J'ai monté pour vous dire, & d'un cœur véritable,
Que j'ai conçû pour vous une eftime incroyable,
Et que, depuis long tems, cette eftime m'a mis
Dans un ardent défir d'être de vos amis.
Oui, mon cœur au mérite aime à rendre juftice,
Et je brûle qu'un nœud d'amitié nous uniffe.
Je crois qu'un ami chaud, & de ma qualité,
N'eft pas affûrément pour être rejetté.
[*Pendant le difcours d'Oronte, Alcefte eft rêveur, fans faire atten-
tion que c'eft à lui qu'on parle, & ne fort de fa rêverie que quand
Oronte lui dit.*]

[*à Alcefte.*]

C'eft à vous, s'il vous plaît, que ce difcours s'adreffe.

ALCESTE.

A moi, Monfieur?

ORONTE.

A vous. Trouvez-vous qu'il vous bleffe?

ALCESTE.

Non pas. Mais la furprife eft fort grande pour moi,
Et je n'attendois pas l'honneur que je reçoi.

ORONTE.

L'eftime où je vous tiens ne doit point vous furprendre,
Et, de tout l'univers, vous la pouvez prétendre.

ALCESTE.

Monfieur . . . .

ORONTE.

L'Etat n'a rien qui ne foit au deffous
Du mérite éclatant que l'on découvre en vous.

ALCESTE.

Monfieur . . .

ORONTE.

Oui, de ma part, je vous tiens préférable
A tout ce que j'y vois de plus confidérable.

ALCESTE.

Monfieur . . . :

ORONTE.

Sois-je du Ciel écrafé, fi je mens ;
Et, pour vous confirmer ici mes fentimens,
Souffrez qu'à cœur ouvert, Monfieur, je vous embraffe,
Et qu'en votre amitié je vous demande place.
Touchez-là, s'il vous plaît. Vous me la promettez
Votre amitié ?

ALCESTE.

Monfieur . . .

ORONTE.

Quoi! Vous y réfiftez ?

V y ij

ALCESTE.

Monſieur, c'eſt trop d'honneur que vous me voulez faire;
Mais l'amitié demande un peu plus de myſtére,
Et c'eſt, aſſûrément, en profaner le nom,
Que de vouloir le mettre à toute occaſion.
Avec lumiére & choix cette union veut naître;
Avant que nous lier, il faut nous mieux connoître,
Et nous pourrions avoir telles complexions,
Que tous deux, du marché, nous nous repentirions.

ORONTE.

Parbleu, c'eſt là-deſſus parler en homme ſage,
Et je vous en eſtime encore davantage.
Souffrons donc que le tems forme des nœuds ſi doux,
Mais, cependant, je m'offre entiérement à vous.
S'il faut faire à la cour pour vous quelque ouverture,
On ſçait qu'auprès du Roi je fais quelque figure,
Il m'écoute; &, dans tout, il en uſe, ma foi,
Le plus honnêtement du monde avecque moi.
Enfin je ſuis à vous de toutes les maniéres;
Et, comme votre eſprit a de grandes lumiéres,
Je viens, pour commencer entre nous ce beau nœud,
Vous montrer un ſonnet que j'ai fait depuis peu,
Et ſçavoir s'il eſt bon qu'au public je l'expoſe.

ALCESTE.

Monſieur, je ſuis mal propre à décider la choſe,
Veuillez m'en diſpenſer.

ORONTE.

Pourquoi?

ALCESTE.

J'ai le défaut
D'être un peu plus fincére en cela qu'il ne faut.

ORONTE.

C'eft ce que je demande, & j'aurois lieu de plainte,
Si, m'expofant à vous pour me parler fans feinte,
Vous alliez me trahir, & me déguifer rien.

ALCESTE.

Puifqu'il vous plaît ainfi, Monfieur, je le veux bien.

ORONTE.

Sonnet. C'eft un fonnet. *L'efpoir...* C'eft une dame,
Qui de quelque efperance avoit flaté ma flàme.
L'efpoir... Ce ne font point de ces grands vers pompeux,
Mais de petits vers doux, tendres, & langoureux.

ALCESTE.

Nous verrons bien.

ORONTE.

L'efpoir... Je ne fçais fi le ftile
Pourra vous en paroître affez net, & facile,
Et fi, du choix des mots, vous vous contenterez.

ALCESTE.

Nous allons voir, Monfieur.

ORONTE.

Au refte, vous fçaurez

Que je n'ai demeuré qu'un quart d'heure à le faire.

ALCESTE.

Voyons, Monsieur, le tems ne fait rien à l'affaire.

ORONTE lit.

L'*Espoir, il est vray, nous soulage,*
Et nous berce un tems notre ennui ;
Mais, Philis, le triste avantage,
Lorsque rien ne marche après lui !

PHILINTE.

Je suis déjà charmé de ce petit morceau.

ALCESTE bas à Philinte.

Quoi ! Vous avez le front de trouver cela beau ?

ORONTE.

Vous eûtes de la complaisance ;
Mais vous en deviez moins avoir,
Et ne pas vous mettre en dépense,
Pour ne me donner que l'espoir.

PHILINTE.

Ah ! Qu'en termes galans ces choses-là sont mises !

ALCESTE bas à Philinte.

Hé quoi ! Vil complaisant, vous louez des sottises ?

ORONTE.

S'il faut qu'une attente éternelle
Pousse à bout l'ardeur de mon zele,
Le trépas sera mon recours.

Vos soins ne m'en peuvent distraire ;
Belle Philis, on désespére,
Alors qu'on espére toujours.

PHILINTE.

La chûte en eſt jolie, amoureuſe, admirable.

ALCESTE *bas à part.*

La peſte de ta chûte! Empoiſonneur au diable.
En euſſes-tu fait une à te caſſer le néz!

PHILINTE.

Je n'ai jamais oüi de vers ſi bien tournés.

ALCESTE *bas à part.*

Morbleu....

ORONTE *à Philinte.*

Vous me flatez, & vous croyez peut-être...

PHILINTE.

Non, je ne flate point.

ALCESTE *bas à part.*

Hé! Que fais-tu donc, traître?

ORONTE *à Alceſte.*

Mais, pour vous, vous ſçavez quel eſt notre traité.
Parlez-moi, je vous prie, avec ſincérité.

ALCESTE.

Monſieur, cette matiére eſt toujours délicate,
Et, ſur le bel eſprit, nous aimons qu'on nous flate.
Mais, un jour, à quelqu'un dont je tairai le nom,
Je diſois, en voyant des vers de ſa façon,
Qu'il faut qu'un galant homme ait toujours grand empire
Sur les demangeaiſons qui nous prennent d'écrire;
Qu'il doit tenir la bride aux grands empreſſemens
Qu'on a de faire éclat de tels amuſemens;

Et que, par la chaleur de montrer ses ouvrages,
On s'expose à jouer de mauvais personnages.

ORONTE.

Est-ce que vous voulez me déclarer, par là,
Que j'ai tort de vouloir....

ALCESTE.

Je ne dis pas cela.

Mais je lui disois, moi, qu'un froid écrit assomme,
Qu'il ne faut que ce foible à décrier un homme ;
Et qu'eût-on, d'autre part, cent belles qualités,
On regarde les gens par leurs méchans côtés.

ORONTE.

Est-ce qu'à mon sonnet vous trouvez à redire ?

ALCESTE.

Je ne dis pas cela. Mais, pour ne point écrire,
Je lui mettois aux yeux comme, dans notre tems,
Cette soif a gâté de fort honnêtes gens.

ORONTE.

Est-ce que j'écris mal, & leur ressemblerois-je ?

ALCESTE.

Je ne dis pas cela. Mais enfin, lui disois-je,
Quel besoin si pressant avez-vous de rimer,
Et qui, diantre, vous pousse à vous faire imprimer?
Si l'on peut pardonner l'essor d'un mauvais livre,
Ce n'est qu'aux malheureux qui composent pour vivre.
Croyez-moi, résistez à vos tentations,
Dérobez au public ces occupations,

Et

Et n'allez point quitter, de quoi que l'on vous fomme,
Le nom que, dans la cour, vous avez d'honnête homme,
Pour prendre, de la main d'un avide imprimeur,
Celui de ridicule & miférable auteur.
C'eft ce que je tâchai de lui faire comprendre.

ORONTE.

Voilà qui va fort bien, & je crois vous entendre.
Mais ne puis-je fçavoir ce que dans mon fonnet....

ALCESTE.

Franchement, il eft bon à mettre au cabinet;
Vous vous étes réglé fur de méchans modéles,
Et vos expreffions ne font point naturelles.

> Qu'eft-ce que, *nous berce un tems notre ennui,*
>   Et que, *rien ne marche après lui ?*
>   Que, *ne vous pas mettre en dépenfe,*
>   *Pour ne me donner que l'efpoir ?*
>   Et que, *Philis, on défefpére,*
>   *Alors qu'on efpére toujours ?*

Ce ftile figuré, dont on fait vanité,
Sort du bon caractére, & de la vérité.
Ce n'eft que jeu de mots, qu'affectation pure,
Et ce n'eft point ainfi que parle la nature.
Le méchant goût du fiécle en cela me fait peur;
Nos peres, tout groffiers, l'avoient beaucoup meilleur,
Et je prife bien moins tout ce que l'on admire,
Qu'une vieille chanfon, que je m'en vais vous dire.

Tome III. Z z

Si le Roi m'avoit donné
　　Paris sa grand' ville ,
Et qu'il me fallût quitter
　　L'amour de ma mie ;
Je dirois au roi Henri ,
Reprenez votre Paris ,
　　J'aime mieux ma mie, oh gay!
　　J'aime mieux ma mie.

La rime n'est pas riche, & le stile en est vieux.
Mais ne voyez-vous pas que cela vaut bien mieux
Que ces colifichets, dont le bon sens murmure,
Et que la passion parle là toute pure ?

Si le Roi m'avoit donné
　　Paris sa grand' ville ,
Et qu'il me fallût quitter
　　L'amour de ma mie ;
Je dirois au roi Henri ,
Reprenez votre Paris ,
　　J'aime mieux ma mie, oh gay!
　　J'aime mieux ma mie.

Voilà ce que peut dire un cœur vrayment épris.

[*à Philinte qui rit.*]

Oui, monsieur le rieur, malgré vos beaux esprits,
J'estime plus cela que la pompe fleurie
De tous ces faux brillans , où chacun se récrie.

ORONTE.

Et moi, je vous soutiens que mes vers sont fort bons.

ALCESTE.

Pour les trouver ainsi, vous avez vos raisons.

Mais vous trouverez bon que j'en puiſſe avoir d'autres
Qui ſe diſpenſeront de ſe ſoumettre aux vôtres.

ORONTE.

Il me ſuffit de voir que d'autres en font cas.

ALCESTE.

C'eſt qu'ils ont l'art de feindre, & moi, je ne l'ai pas.

ORONTE.

Croyez-vous donc avoir tant d'eſprit en partage?

ALCESTE.

Si je louois vos vers, j'en aurois davantage.

ORONTE.

Je me paſſerai fort que vous les approuviez.

ALCESTE.

Il faut bien, s'il vous plaît, que vous vous en paſſiez.

ORONTE.

Je voudrois bien, pour voir, que, de votre maniére,
Vous en compoſaſſiez ſur la même matiére.

ALCESTE.

J'en pourrois, par malheur, faire d'auſſi méchans;
Mais je me garderois de les montrer aux gens.

ORONTE.

Vous me parlez bien ferme, & cette ſuffiſance …

ALCESTE.

Autre part que chez moi, cherchez qui vous encenſe.

ORONTE.

Mais, mon petit monſieur, prenez-le un peu moins haut.

ALCESTE.

Ma foi, mon grand monſieur, je le prends comme il faut.

PHILINTE *ſe mettant entre deux.*

Hé ! Meſſieurs, c'en eſt trop. Laiſſez cela, de grace.

ORONTE.

Ah ! J'ai tort, je l'avouë, & je quitte la place.
Je ſuis votre valet, Monſieur, de tout mon cœur.

ALCESTE.

Et moi, je ſuis, Monſieur, votre humble ſerviteur.

SCENE III.

PHILINTE, ALCESTE.

PHILINTE.

HE bien, vous le voyez. Pour être trop ſincére,
Vous voilà, ſur les bras, une fâcheuſe affaire,
Et j'ai bien vû qu'Oronte, afin d'être flaté....

ALCESTE.

Ne me parlez pas.

PHILINTE.

Mais...

ALCESTE.

Plus de ſociété.

PHILINTE.

C'eſt trop...

ALCESTE.

Laiſſez-moi là.

PHILINTE.

Si je....

ALCESTE.

Point de langage.

PHILINTE.

Mais quoi…

ALCESTE.

Je n'entends rien.

PHILINTE.

Mais…

ALCESTE.

Encore?

PHILINTE.

On outrage…

ALCESTE.

Ah! Parbleu, c'en est trop. Ne suivez point mes pas.

PHILINTE.

Vous vous moquez de moi, je ne vous quitte pas.

Fin du premier Acte.

ACTE SECOND.

SCENE PREMIERE.

ALCESTE, CELIMENE.

ALCESTE.

Madame, voulez-vous que je vous parle net ?
De vos façons d'agir je suis mal satisfait,
Contr'elles dans mon cœur trop de bile s'as-
  semble,
Et je sens qu'il faudra que nous rompions
  ensemble.
Oui, je vous tromperois de parler autrement,
Tôt ou tard, nous romprons indubitablement ;
Et je vous promettrois mille fois le contraire,
Que je ne serois pas en pouvoir de le faire.

CELIMENE.

C'est, pour me quereller, donc, à ce que je voi,
Que vous avez voulu me ramener chez moi ?

ALCESTE.

Je ne querelle point. Mais votre humeur, Madame,
Ouvre au premier venu trop d'accès dans votre ame ;

Vous avez trop d'amans qu'on voit vous obféder,
Et mon cœur, de cela, ne peut s'accommoder.

CELIMENE.

Des amans que je fais, me rendez-vous coupable ?
Puis-je empêcher les gens de me trouver aimable ?
Et, lorfque, pour me voir, ils font de doux efforts,
Dois-je prendre un bâton pour les mettre dehors ?

ALCESTE.

Non, ce n'eft pas, Madame, un bâton qu'il faut prendre ;
Mais un cœur, à leurs vœux, moins facile & moins tendre.
Je fçais que vos appas vous fuivent en tous lieux ;
Mais votre accueil retient ceux qu'attirent vos yeux,
Et fa douceur offerte à qui vous rend les armes,
Achéve fur les cœurs l'ouvrage de vos charmes.
Le trop riant efpoir que vous leur préfentez,
Attache autour de vous leurs affiduités ;
Et votre complaifance, un peu moins étenduë,
De tant de foupirans chafferoit la cohuë.
Mais, au moins, dites-moi, Madame, par quel fort,
Votre Clitandre a l'heur de vous plaire fi fort ;
Sur quel fonds de mérite & de vertu fublime,
Appuyez-vous, en lui, l'honneur de votre eftime ?
Eft-ce par l'ongle long qu'il porte au petit doigt,
Qu'il s'eft acquis chez vous l'eftime où l'on le voit ?
Vous étes-vous renduë, avec tout le beau monde,
Au mérite éclatant de fa perruque blonde ?
Sont-ce fes grands canons qui vous le font aimer ?
L'amas de fes rubans a-t'il fçû vous charmer ?

Eſt-ce par les appas de ſa vaſte reingrave,
Qu'il a gagné votre ame en faiſant votre eſclave,
Ou ſa façon de rire, & ſon ton de fauſſet,
Ont-ils de vous toucher ſçû trouver le ſecret ?

CÉLIMENE.

Qu'injuſtement, de lui, vous prenez de l'ombrage !
Ne ſçavez-vous pas bien, pourquoi je le ménage ?
Et que, dans mon procès, ainſi qu'il m'a promis,
Il peut intéreſſer tout ce qu'il a d'amis ?

ALCESTE.

Perdez votre procès, Madame, avec conſtance ;
Et ne ménagez point un rival qui m'offenſe.

CELIMENE.

Mais, de tout l'univers, vous devenez jaloux.

ALCESTE.

C'eſt que tout l'univers eſt bien reçû de vous.

CELIMENE.

C'eſt ce qui doit raſſeoir votre ame effarouchée,
Puiſque ma complaiſance eſt ſur tous épanchée ;
Et vous auriez plus lieu de vous en offenſer,
Si vous me la voyiez ſur un ſeul ramaſſer.

ALCESTE.

Mais, moi, que vous blâmez de trop de jalouſie,
Qu'ai-je de plus qu'eux tous, Madame, je vous prie ?

CELIMENE.

Le bonheur de ſçavoir que vous êtes aimé.

ALCESTE.

Et quel lieu de le croire à mon cœur enflammé ?

CELIMENE.

CELIMENE.

Je pense qu'ayant pris le soin de vous le dire,
Un aveu de la sorte a de quoi vous suffire.

ALCESTE.

Mais qui m'assûrera que, dans le même instant,
Vous n'en disiez, peut-être, aux autres tout autant.

CELIMENE.

Certes, pour un amant, la fleurette est mignonne,
Et vous me traitez-là de gentille personne.
Hé bien, pour vous ôter d'un semblable souci,
De tout ce que j'ai dit, je me dédis ici;
Et rien ne sçauroit plus vous tromper que vous-même.
Soyez content.

ALCESTE.

Morbleu! Faut-il que je vous aime!
Ah! Que, si de vos mains je ratrape mon cœur,
Je bénirai le Ciel de ce rare bonheur!
Je ne le céle pas, je fais tout mon possible
A rompre de ce cœur l'attachement terrible;
Mais mes plus grands efforts n'ont rien fait jusqu'ici,
Et c'est pour mes péchez que je vous aime ainsi.

CELIMENE.

Il est vray, votre ardeur est pour moi sans seconde.

ALCESTE.

Oui, je puis là-dessus défier tout le monde.
Mon amour ne se peut concevoir, & jamais
Personne n'a, Madame, aimé comme je fais.

CELIMENE.

En effet, la méthode en eſt toute nouvelle,
Car vous aimez les gens pour leur faire querelle ;
Ce n'eſt qu'en mots fâcheux qu'éclate votre ardeur,
Et l'on n'a vû jamais un amant ſi grondeur.

ALCESTE.

Mais il ne tient qu'à vous que ſon chagrin ne paſſe.
A tous nos démêlés coupons chemin, de grace,
Parlons à cœur ouvert, & voyons d'arrêter.....

SCENE II.

CELIMENE, ALCESTE, BASQUE.

CELIMENE

Qu'eſt-ce ?

BASQUE.

Acaſte eſt là-bas.

CELIMENE.

Hé bien, faites monter.

SCENE III.

CELIMENE, ALCESTE.

ALCESTE.

Quoi ! L'on ne peut jamais vous parler tête à tête ?
A recevoir le monde, on vous voit toujours prête ?

Et vous ne pouvez pas, un feul moment de tous,
Vous réfoudre à fouffrir de n'être pas chez vous ?

CELIMENE.

Voulez-vous qu'avec lui je me faffe une affaire ?

ALCESTE.

Vous avez des égards qui ne fçauroient me plaire.

CELIMENE.

C'eft un homme à jamais ne me le pardonner,
S'il fçavoit que fa vûë eût pû m'importuner.

ALCESTE.

Et que vous fait cela, pour vous gêner de forte....

CELIMENE.

Mon Dieu ! De fes pareils la bienveillance importe,
Et ce font de ces gens, qui, je ne fçais comment,
Ont gagné, dans la cour, de parler hautement.
Dans tous les entretiens on les voit s'introduire,
Ils ne fçauroient fervir, mais ils peuvent vous nuire;
Et jamais, quelque appui qu'on puiffe avoir d'ailleurs,
On ne doit fe brouiller avec ces grands brailleurs.

ALCESTE.

Enfin, quoiqu'il en foit, & fur quoi qu'on fe fonde,
Vous trouvez des raifons pour fouffrir tout le monde;
Et les précautions de votre jugement....

SCENE IV.

ALCESTE, CELIMENE, BASQUE.

BASQUE.

Voici Clitandre, encor, Madame.

ALCESTE.

Juftement.

CELIMENE.

Où courez-vous?

ALCESTE.

Je fors.

CELIMENE.

Demeurez.

ALCESTE.

Pourquoi faire?

CELIMENE.

Demeurez.

ALCESTE.

Je ne puis.

CELIMENE

Je le veux.

ALCESTE.

Point d'affaire.

Ces converfations ne font que m'ennuyer,
Et c'eft trop que vouloir me les faire effuyer.

CELIMENE.

Je le veux, je le veux.

ALCESTE.

Non, il m'eſt impoſſible.

CELIMENE

Hé bien, allez, ſortez, il vous eſt tout loiſible.

SCENE V.

ELIANTE, PHILINTE, ACASTE, CLITANDRE, ALCESTE, CELIMENE, BASQUE.

ELIANTE *à Céliméne.*

Voici les deux marquis, qui montent avec nous.
Vous l'eſt-on venu dire ?

CELIMENE.

Oui.

[*à Baſque.*]

Des ſiéges pour tous.

[*Baſque donne des ſiéges, & ſort.*]

[*à Alceſte.*]

Vous n'étes pas ſorti ?

ALCESTE.

Non ; mais je veux, Madame,
Ou pour eux, ou pour moi, faire expliquer votre ame.

CELIMENE.

Taiſez-vous.

ALCESTE.

Aujourd'hui, vous vous expliquerez.

CELIMENE.

Vous perdez le fens.

ALCESTE.

Point, vous vous declarerez.

CELIMENE.

Ah!

ALCESTE.

Vous prendrez parti.

CELIMENE.

Vous vous moquez, je penfe.

ALCESTE.

Non. Mais vous choifirez, c'eft trop de patience.

CLITANDRE.

Parbleu, je viens du louvre, où Cléonte, au levé,
Madame, a bien paru ridicule achevé.
N'a-t-il point quelque ami qui pût, fur fes maniéres,
D'un charitable avis lui prêter les lumiéres.

CELIMENE.

Dans le monde, à vray dire, il fe barbouille fort.
Par tout, il porte un air qui faute aux yeux d'abord;
Et, lorfqu'on le revoit après un peu d'abfence,
On le retrouve encor plus plein d'extravagance.

ACASTE.

Parbleu, s'il faut parler des gens extravagans,
Je viens d'en effuyer un des plus fatigans.

Damon, le raisonneur, qui m'a, ne vous déplaise,
Une heure, au grand soleil, tenu hors de ma chaise.

CELIMENE.

C'est un parleur étrange, & qui trouve toujours
L'art de ne vous rien dire avec de grands discours.
Dans les propos qu'il tient, on ne voit jamais goutte;
Et ce n'est que du bruit, que tout ce qu'on écoute.

ELIANTE *à Philinte.*

Ce début n'est pas mal; &, contre le prochain,
La conversation prend un assez bon train.

CLITANDRE.

Timante, encor, Madame, est un bon caractére.

CELIMENE.

C'est, de la tête aux pieds, un homme tout mystére,
Qui vous jette, en passant, un coup d'œil égaré,
Et, sans aucune affaire, est toujours affairé.
Tout ce qu'il vous débite, en grimaces abonde;
A force de façons, il assomme le monde;
Sans cesse il a, tout bas, pour rompre l'entretien,
Un secret à vous dire, & ce secret n'est rien;
De la moindre vetille il fait une merveille,
Et, jusques au bon jour, il dit tout à l'oreille.

ACASTE.

Et Géralde, Madame?

CELIMENE.

   O l'ennuyeux conteur!
Jamais on ne le voit sortir du grand seigneur.

Dans le brillant commerce il fe mêle fans ceffe,
Et ne cite jamais que duc, prince, ou princeffe.
La qualité l'entête, & tous fes entretiens
Ne font que de chevaux, d'équipage, & de chiens;
Il tutaye, en parlant, ceux du plus haut étage,
Et le nom de monfieur eft chez lui hors d'ufage.

CLITANDRE.

On dit qu'avec Bélife, il eft du dernier bien.

CELIMENE.

Le pauvre efprit de femme, & le fec entretien!
Lorfqu'elle vient me voir, je fouffre le martyre,
Il faut fuer fans ceffe à chercher que lui dire;
Et la ftérilité de fon expreffion,
Fait mourir à tous coups la converfation.
En vain, pour attaquer fon ftupide filence,
De tous les lieux communs, vous prenez l'affiftance;
Le beau tems, & la pluye, & le froid & le chaud,
Sont des fonds qu'avec elle on épuife bien-tôt.
Cependant, fa vifite, affez infupportable,
Traîne en une longueur encore épouvantable;
Et l'on demande l'heure, & l'on baille vingt fois,
Qu'elle s'émeut autant qu'une piéce de bois.

ACASTE.

Que vous femble d'Adrafte?

CELIMENE.

Ah! Quel orgueil extrême!
C'eft un homme gonflé de l'amour de foi-même,

Son

Son mérite jamais n'eft content de la cour,
Contre elle il fait métier de pefter chaque jour;
Et l'on ne donne emploi, charge, ni bénéfice,
Qu'à tout ce qu'il fe croit on ne faſſe injuſtice.

CLITANDRE.

Mais le jeune Cleon, chez qui vont aujourd'hui
Nos plus honnêtes gens, que dites-vous de lui?

CELIMENE.

Que de fon cuifinier il s'eſt fait un mérite,
Et que c'eſt à ſa table, à qui l'on rend viſite.

ELIANTE.

Il prend foin d'y fervir des mets fort délicats.

CELIMENE.

Oui; mais je voudrois bien qu'il ne s'y fervit pas.
C'eſt un fort méchant plat, que ſa fotte perſonne;
Et qui gâte, à mon goût, tous les repas qu'il donne.

PHILINTE.

On fait affez de cas de fon oncle Damis;
Qu'en dites-vous, Madame?

CELIMENE.

Il eſt de mes amis.

PHILINTE.

Je le trouve honnête homme, & d'un air affez fage.

CELIMENE.

Oui; mais il veut avoir trop d'efprit, dont j'enrage.
Il eſt guindé fans ceſſe; & dans tous fes propos
On voit qu'il fe travaille à dire de bons mots.

Tome III. &c.5 Bbb

Depuis que, dans la tête, il s'eſt mis d'être habile,

Rien ne touche ſon goût, tant il eſt difficile.

Il veut voir des défauts à tout ce qu'on écrit;

Et penſe que louer n'eſt pas d'un bel eſprit,

Que c'eſt être ſçavant que trouver à redire,

Qu'il n'appartient qu'aux ſots d'admirer, & de rire,

Et qu'en n'approuvant rien des ouvrages du tems,

Il ſe met au deſſus de tous les autres gens.

Aux converſations même, il trouve à reprendre,

Ce ſont propos trop bas pour y daigner deſcendre;

Et, les deux bras croiſés, du haut de ſon eſprit,

Il regarde en pitié tout ce que chacun dit.

ACASTE.

Dieu me damne, voilà ſon portrait véritable.

CLITANDRE à *Céliméne.*

Pour bien peindre les gens vous êtes admirable.

ALCESTE.

Allons, ferme, pouſſez, mes bons amis de cour,

Vous n'en épargnez point, & chacun a ſon tour.

Cependant aucun d'eux à vos yeux ne ſe montre,

Qu'on ne vous voye, en hâte, aller à ſa rencontre,

Lui préſenter la main, & d'un baiſer flateur

Appuyer les ſermens d'être ſon ſerviteur.

CLITANDRE.

Pourquoi s'en prendre à nous? Si ce qu'on dit vous bleſſe,

Il faut que le reproche à madame s'adreſſe.

ALCESTE.

Non, morbleu, c'est à vous ; & vos ris complaisans
Tirent de son esprit tous ces traits médisans.
Son humeur satyrique est sans cesse nourrie
Par le coupable encens de votre flaterie ;
Et son cœur à railler trouveroit moins d'appas,
S'il avoit observé qu'on ne l'applaudît pas.
C'est ainsi qu'aux flateurs on doit par tout se prendre
Des vices où l'on voit les humains se répandre.

PHILINTE.

Mais pourquoi, pour ces gens, un intérêt si grand,
Vous, qui condamneriez ce qu'en eux on reprend?

CELIMENE.

Et ne faut-il pas bien que monsieur contredise ?
A la commune voix veut-on qu'il se réduise ?
Et qu'il ne fasse pas éclater en tous lieux
L'esprit contrariant qu'il a reçû des Cieux?
Le sentiment d'autrui n'est jamais pour lui plaire,
Il prend toujours en main l'opinion contraire ;
Et penseroit paroître un homme du commun,
Si l'on voyoit qu'il fût de l'avis de quelqu'un.
L'honneur de contredire a pour lui tant de charmes,
Qu'il prend, contre lui-même, assez souvent les armes ;
Et ses vrays sentimens sont combattus par lui,
Aussi-tôt qu'il les voit dans la bouche d'autrui.

ALCESTE.

Les rieurs sont pour vous, Madame, c'est tout dire ;
Et vous pouvez pousser contre moi la satyre.

PHILINTE.

Mais il eſt véritable auſſi que votre eſprit
Se gendarme toujours contre tout ce qu'on dit;
Et que, par un chagrin que lui-même il avouë,
Il ne ſçauroit ſouffrir qu'on blâme ni qu'on louë.

ALCESTE.

C'eſt que jamais, morbleu, les hommes n'ont raiſon,
Que le chagrin contr'eux eſt toujours de ſaiſon;
Et que je vois qu'ils font, ſur toutes les affaires,
Loueurs impertinens, ou cenſeurs téméraires.

CELIMENE.

Mais....

ALCESTE.

Non, Madame, non, quand j'en devrois mourir,
Vous avez des plaiſirs que je ne puis ſouffrir;
Et l'on a tort ici de nourrir dans votre ame
Ce grand attachement aux défauts qu'on y blâme.

CLITANDRE.

Pour moi, je ne ſçais pas; mais j'avouerai tout haut,
Que j'ai crû juſqu'ici madame ſans défaut.

ACASTE.

De graces & d'attraits, je vois qu'elle eſt pourvûë;
Mais les défauts qu'elle a ne frappent point ma vûë.

ALCESTE.

Ils frappent tous la mienne; &, loin de m'en cacher,
Elle ſçait que j'ai ſoin de les lui reprocher.
Plus on aime quelqu'un, moins il faut qu'on le flate;
A ne rien pardonner le pur amour éclate;

Et je bannirois, moi, tous ces lâches amans
Que je verrois foumis à tous mes fentimens,
Et dont, à tous propos, les molles complaifances
Donneroient de l'encens à mes extravagances.

CELIMENE.

Enfin, s'il faut qu'à vous s'en rapportent les cœurs,
On doit pour bien aimer renoncer aux douceurs;
Et du parfait amour mettre l'honneur fuprême,
A bien injurier les perfonnes qu'on aime.

ELIANTE.

L'amour, pour l'ordinaire, eft peu fait à ces loix,
Et l'on voit les amans vanter toujours leur choix.
Jamais leur paffion n'y voit rien de blâmable,
Et, dans l'objet aimé, tout leur devient aimable;
Ils comptent les défauts pour des perfections,
Et fçavent y donner de favorables noms.
La pâle eft aux jafmins en blancheur comparable;
La noire à faire peur, une brune adorable;
La maigre a de la taille & de la liberté;
La graffe eft, dans fon port, pleine de majefté;
La malpropre fur foi, de peu d'attraits chargée,
Eft mife fous le nom de beauté négligée;
La géante paroît une Déeffe aux yeux;
La naine, un abregé des merveilles des Cieux;
L'orgueilleufe a le cœur digne d'une couronne;
La fourbe a de l'efprit; la fotte eft toute bonne;
La trop grande parleufe eft d'agréable humeur;
Et la muette garde une honnête pudeur.

C'eſt ainſi qu'un amant, dont l'amour eſt extrême,
Aime juſqu'aux défauts des perſonnes qu'il aime.

ALCESTE.

Et moi, je ſoutiens, moi....

CELIMENE.

Briſons-là ce diſcours,
Et dans la galerie allons faire deux tours.
Quoi! Vous vous en allez, Meſſieurs?

CLITANDRE & ACASTE.

Non pas, Madame.

ALCESTE.

La peur de leur départ occupe fort votre ame.
Sortez, quand vous voudrez, Meſſieurs; mais j'avertis
Que je ne ſors qu'après que vous ſerez ſortis.

ACASTE.

A moins de voir madame en être importunée,
Rien ne m'appelle ailleurs de toute la journée.

CLITANDRE.

Moi, pourvû que je puiſſe être au petit couché,
Je n'ai point d'autre affaire où je ſois attaché.

CELIMENE à *Alceſte.*

C'eſt pour rire, je crois.

ALCESTE.

Non, en aucune ſorte.
Nous verrons ſi c'eſt moi que vous voudrez qui ſorte.

SCENE VI.

ALCESTE, CELIMENE, ELIANTE,
ACASTE, PHILINTE, CLITANDRE,
BASQUE.

BASQUE *à Alceste.*

MOnſieur, un homme eſt là, qui voudroit vous parler
Pour affaire, dit-il, qu'on ne peut reculer.

ALCESTE.

Di-lui que je n'ai point d'affaires ſi preſſées.

BASQUE.

Il porte une jaquette à grand'baſques pliſſées,
Avec du d'or deſſus.

CELIMENE *à Alceste.*

Allez voir ce que c'eſt,
Ou bien faites-le entrer.

SCENE VII.

ALCESTE, CELIMENE, ELIANTE,
ACASTE, PHILINTE, CLITANDRE,
UN GARDE de la maréchauſſée.

ALCESTE *allant au devant du garde.*

QU'eſt-ce donc qu'il vous plaît ?
Venez, Monſieur.

LE GARDE.

Monfieur, j'ai deux mots à vous dire.

ALCESTE.

Vous pouvez parler haut, Monfieur, pour m'en inftruire.

LE GARDE.

Meffieurs les maréchaux, dont j'ai commandement,
Vous mandent de venir les trouver promtement,
Monfieur.

ALCESTE.

Qui ? Moi, Monfieur ?

LE GARDE.

Vous même.

ALCESTE.

Et pourquoi faire ?

PHILINTE *à Alcefte.*

C'eft d'Oronte & de vous la ridicule affaire.

CELIMENE *à Philinte.*

Comment ?

PHILINTE.

Oronte & lui, fe font tantôt bravés
Sur certains petits vers, qu'il n'a pas approuvés ;
Et l'on veut affoupir la chofe en fa naiffance.

ALCESTE.

Moi, je n'aurai jamais de lâche complaifance.

PHILINTE.

Mais il faut fuivre l'ordre, allons, difpofez-vous.

ALCESTE.

Quel accommodement veut-on faire entre nous ?

La

La voix de ces meſſieurs me condamnera-t-elle
A trouver bons les vers qui font notre querelle?
Je ne me dédis point de ce que j'en ai dit,
Je les trouve méchans.

PHILINTE.
Mais, d'un plus doux eſprit...

ALCESTE.
Je n'en démordrai point, les vers ſont éxécrables.

PHILINTE.
Vous devez faire voir des ſentimens traitables.
Allons, venez.

ALCESTE.
J'irai; mais rien n'aura pouvoir
De me faire dédire.

PHILINTE.
Allons vous faire voir.

ALCESTE.
Hors qu'un commandement exprès du Roi me vienne,
De trouver bons les vers dont on ſe met en peine,
Je ſoutiendrai toujours, morbleu, qu'ils ſont mauvais,
Et qu'un homme eſt pendable après les avoir faits.

[*à Clitandre & Acaſte qui rient.*]
Par la ſangbleu, Meſſieurs, je ne croyois pas être
Si plaiſant que je ſuis.

CELIMENE.
Allez vîte paroître
Où vous devez.

ALCESTE.

J'y vais, Madame ; & , fur mes pas,
Je reviens en ce lieu pour vuider nos débats.

Fin du fecond Acte.

ACTE TROISIÉME.
SCENE PREMIERE.
CLITANDRE, ACASTE.

CLITANDRE.

HER marquis, je te vois l'ame bien satisfaite,
Toute chose t'égaye, & rien ne t'inquiéte.
En bonne foi, crois-tu, sans t'éblouir les yeux,
Avoir de grands sujets de paroître joyeux?

ACASTE.

Parbleu, je ne vois pas, lorsque je m'éxamine,
Où prendre aucun sujet d'avoir l'ame chagrine.
J'ai du bien, je suis jeune; & sors d'une maison
Qui se peut dire noble avec quelque raison;
Et je crois, par le rang que me donne ma race,
Qu'il est fort peu d'emplois dont je ne sois en passe.
Pour le cœur, dont sur tout nous devons faire cas,
On sçait, sans vanité, que je n'en manque pas;
Et l'on m'a vû pousser, dans le monde, une affaire
D'une assez vigoureuse & gaillarde maniére.
Pour de l'esprit, j'en ai sans doute; & du bon goût,
A juger sans étude & raisonner de tout;

Ccc ij

A faire aux nouveautés, dont je fuis idolâtre ;
Figure de fçavant, fur les bancs du théatre ;
Y décider en chef, & faire du fracas
A tous les beaux endroits qui méritent des, Ah !
Je fuis affez adroit, j'ai bon air, bonne mine,
Les dents belles, fur tout ; & la taille fort fine.
Quant à fe mettre bien, je crois, fans me flater,
Qu'on feroit mal venu de me le difputer.
Je me vois dans l'eftime, autant qu'on y puiffe être,
Fort aimé du beau fexe, & bien auprès du maître.
Je crois qu'avec cela, mon cher marquis, je croi,
Qu'on peut, par tout pays, être content de foi.

CLITANDRE.

Oui ; mais, trouvant ailleurs des conquêtes faciles,
Pourquoi pouffer ici des foupirs inutiles ?

ACASTE.

Moi ? Parbleu, je ne fuis de taille, ni d'humeur,
A pouvoir d'une belle effuyer la froideur.
C'eft aux gens mal tournés, aux mérites vulgaires,
A brûler conftamment pour des beautés févéres ;
A languir à leurs piéds & fouffrir leurs rigueurs,
A chercher le fecours des foupirs & des pleurs,
Et tâcher, par des foins d'une très-longue fuite,
D'obtenir ce qu'on nie à leur peu de mérite.
Mais les gens de mon air, Marquis, ne font pas faits,
Pour aimer à crédit, & faire tous les frais.
Quelque rare que foit le mérite des belles,
Je penfe, Dieu merci, qu'on vaut fon prix comme elles ;

Que, pour fe faire honneur d'un cœur comme le mien,
Ce n'eft pas la raifon qu'il ne leur coûte rien;
Et qu'au moins, à tout mettre en de juftes balances,
Il faut qu'à frais communs fe faffent les avances.

CLITANDRE.

Tu penfes donc, Marquis, être fort bien ici?

ACASTE.

J'ai quelque lieu, Marquis, de le penfer ainfi.

CLITANDRE.

Croi-moi, détache-toi de cette erreur extrême;
Tu te flates, mon cher, & t'aveugles toi-même.

ACASTE.

Il eft vray, je me flate, & m'aveugle en effet.

CLITANDRE.

Mais qui te fait juger ton bonheur fi parfait?

ACASTE.

Je me flate.

CLITANDRE.

Sur quoi fonder tes conjectures?

ACASTE.

Je m'aveugle.

CLITANDRE.

En as-tu des preuves qui foient fûres?

ACASTE.

Je m'abufe, te dis-je.

CLITANDRE.

Eft-ce que, de fes vœux,
Céliméne t'a fait quelques fecrets aveux?

ACASTE.

Non, je fuis maltraité.

CLITANDRE.

Répon-moi, je te prie.

ACASTE.

Je n'ai que des rebuts.

CLITANDRE.

Laiffons la raillerie,
Et me dis quel efpoir on peut t'avoir donné.

ACASTE.

Je fuis le miférable, & toi le fortuné;
On a pour ma perfonne une averfion grande,
Et, quelqu'un de ces jours, il faut que je me pende.

CLITANDRE.

Oh çà, veux-tu, Marquis, pour ajufter nos vœux,
Que nous tombions d'accord d'une chofe tous deux?
Que, qui pourra montrer une marque certaine
D'avoir meilleure part au cœur de Céliméne,
L'autre ici fera place au vainqueur prétendu,
Et le délivrera d'un rival affidu?

ACASTE.

Ah! Parbleu, tu me plais avec un tel langage,
Et, du bon de mon cœur, à cela je m'engage.
Mais, chut.

SCENE II.

CELIMENE, ACASTE, CLITANDRE.

CELIMENE.

ENcore, ici?

CLITANDRE.

L'amour retient nos pas.

CELIMENE.

Je viens d'oüir entrer un caroffe là bas.
Sçavez-vous qui c'eft?

CLITANDRE.

Non.

SCENE III.

CELIMENE, ACASTE, CLITANDRE, BASQUE.

BASQUE.

ARfinoé, Madame,

Monte ici pour vous voir.

CELIMENE.

Que me veut cette femme?

BASQUE.

Eliante là-bas eſt à l'entretenir.

CELIMENE.

De quoi s'aviſe-t-elle , & qui la fait venir ?

ACASTE.

Pour prude conſommée en tous lieux elle paſſe;
Et l'ardeur de ſon zéle ....

CELIMENE.

Oüi, oüi, franche grimace.

Dans l'ame , elle eſt du monde ; & ſes ſoins tentent tout
Pour accrocher quelqu'un, ſans en venir à bout.
Elle ne ſçauroit voir qu'avec un œil d'envie,
Les amans déclarés, dont une autre eſt ſuivie,
Et ſon triſte mérite, abandonné de tous ,
Contre le ſiécle aveugle , eſt toujours en courroux.
Elle tâche à couvrir d'un faux voile de prude,
Ce que chez elle on voit d'affreuſe ſolitude ;
Et , pour ſauver l'honneur de ſes foibles appas,
Elle attache du crime au pouvoir qu'ils n'ont pas.
Cependant un amant plairoit fort à la dame ;
Et même, pour Alceſte, elle a tendreſſe d'ame.
Ce qu'il me rend de ſoins outrage ſes attraits,
Elle veut que ce ſoit un vol que je lui fais;
Et ſon jaloux dépit, qu'avec peine elle cache,
En tous endroits, ſous main , contre moi ſe détache.
Enfin, je n'ai rien vû de ſi ſot à mon gré,
Elle eſt impertinente au ſuprême dégré,
Et ....

SCENE.

SCENE IV.

ARSINOE, CELIMENE, CLITANDRE, ACASTE.

CELIMENE.

AH! Quel heureux fort en ce lieu vous amene?
Madame, fans mentir, j'étois de vous en peine.

ARSINOE.

Je viens pour quelque avis que j'ai crû vous devoir.

CELIMENE.

Ah, mon Dieu! Que je fuis contente de vous voir!

[*Clitandre & Acafte fortent en riant.*]

SCENE V.

ARSINOE, CELIMENE.

ARSINOE.

LEur départ ne pouvoit plus à propos fe faire.

CELIMENE.

Voulons-nous nous affeoir?

ARSINOE.

Il n'eft pas néceffaire.
Madame, l'amitié doit fur tout éclater
Aux chofes qui le plus nous peuvent importer;
Et, comme il n'en eft point de plus grande importance
Que celles de l'honneur & de la bienféance,

Tome III.   D d d

Je viens, par un avis qui touche votre honneur,
Témoigner l'amitié que pour vous a mon cœur.
Hier j'étois chez des gens de vertu singuliére,
Où, sur vous, du discours on tourna la matiére;
Et là, votre conduite, avec ses grands éclats,
Madame, eut le malheur qu'on ne la loua pas.
Cette foule de gens dont vous souffrez visite,
Votre galanterie, & les bruits qu'elle excite,
Trouvérent des censeurs plus qu'il n'auroit fallu,
Et bien plus rigoureux que je n'eusse voulu.
Vous pouvez bien penser quel parti je sçûs prendre;
Je fis ce que je pûs pour vous pouvoir défendre,
Je vous excusai fort sur votre intention,
Et voulus de votre ame être la caution.
Mais vous sçavez qu'il est des choses dans la vie
Qu'on ne peut excuser, quoiqu'on en ait envie;
Et je me vis contrainte à demeurer d'accord
Que l'air, dont vous vivez, vous faisoit un peu tort,
Qu'il prenoit dans le monde une méchante face,
Qu'il n'est conte fâcheux que par tout on n'en fasse,
Et que, si vous vouliez, tous vos déportemens
Pourroient moins donner prise aux mauvais jugemens.
Non que j'y croye au fonds l'honnêteté blessée;
Me préserve le Ciel d'en avoir la pensée!
Mais, aux ombres du crime, on prête aisément foi,
Et ce n'est pas assez de bien vivre pour soi.
Madame, je vous crois l'ame trop raisonnable,
Pour ne pas prendre bien cet avis profitable,

Et pour l'attribuer qu'aux mouvemens secrets   *à autre chose*   /
D'un zéle qui m'attache à tous vos intérêts.

CELIMENE.

Madame, j'ai beaucoup de graces à vous rendre.
Un tel avis m'oblige ; & , loin de le mal prendre,
J'en prétends reconnoître à l'instant la faveur ,
Par un avis aussi qui touche votre honneur ;
Et , comme je vous vois vous montrer mon amie,
En m'apprennant les bruits que de moi l'on publie ;
Je veux suivre, à mon tour, un exemple si doux,
En vous avertissant de ce qu'on dit de vous.
En un lieu, l'autre jour, où je faisois visite,
Je trouvai quelques gens d'un très rare mérite,
Qui, parlant des vrays soins d'une ame qui vit bien,
Firent tomber sur vous, Madame, l'entretien.
Là, votre pruderie & vos éclats de zéle
Ne furent pas cités comme un fort bon modéle ;
Cette affectation d'un grave extérieur,
Vos discours éternels de sagesse & d'honneur,
Vos mines, & vos cris aux ombres d'indécence
Que d'un mot ambigu peut avoir l'innocence,
Cette hauteur d'estime où vous étes de vous,
Et ces yeux de pitié que vous jettez sur tous,
Vos fréquentes leçons & vos aigres censures
Sur des choses qui font innocentes & pures ;
Tout cela, si je puis vous parler franchement,
Madame, fut blâmé d'un commun sentiment.

A quoi bon, difoient-ils, cette mine modefte,
Et ce fage dehors que dément tout le refte ?
Elle eft à bien prier exacte au dernier point ;
Mais elle bat fes gens, & ne les paye point.
Dans tous les lieux dévots, elle étale un grand zéle ;
Mais elle met du blanc, & veut paroître belle.
Elle fait des tableaux couvrir les nudités ;
Mais elle a de l'amour pour les réalités.
Pour moi, contre chacun je pris votre défenfe,
Et leur affûrai fort que c'étoit médifance ;
Mais tous les fentimens combattirent le mien,
Et leur conclufion fut, que vous feriez bien
De prendre moins de foin des actions des autres,
Et de vous mettre un peu plus en peine des vôtres ;
Qu'on doit fe regarder foi-même un fort long-tems,
Avant que de fonger à condamner les gens ;
Qu'il faut mettre le poids d'une vie exemplaire,
Dans les corrections qu'aux autres on veut faire ;
Et qu'encor vaut-il mieux s'en remettre, au befoin,
A ceux à qui le Ciel en a commis le foin.
Madame, je vous crois auffi trop raifonnable,
Pour ne pas prendre bien cet avis profitable,
Et pour l'attribuer qu'aux mouvemens fecrets
D'un zéle qui m'attache à tous vos intérêts.

ARSINOE.

A quoi qu'en reprenant on foit affujettie,
Je ne m'attendois pas à cette repartie,

Madame ; & je vois bien, par ce qu'elle a d'aigreur,
Que mon sincére avis vous a blessée au cœur.

CELIMENE.

Au contraire, Madame ; & , si l'on étoit sage,
Ces avis mutuels seroient mis en usage.
On détruiroit par là, traitant de bonne foi,
Ce grand aveuglement où chacun est pour soi.
Il ne tiendra qu'à vous qu'avec le même zéle
Nous ne continuions cet office fidéle,
Et ne prenions grand soin de nous dire, entre nous,
Ce que nous entendrons, vous de moi, moi de vous.

ARSINOE.

Ah ! Madame, de vous je ne puis rien entendre ;
C'est en moi que l'on peut trouver fort à reprendre.

CELIMENE.

Madame, on peut, je crois, louer & blâmer tout ;
Et chacun a raison suivant l'âge ou le goût.
Il est une saison pour la galanterie,
Il en est une aussi propre à la pruderie.
On peut, par politique, en prendre le parti,
Quand, de nos jeunes ans, l'éclat est amorti ;
Cela sert à couvrir de fâcheuses disgraces.
Je ne dis pas qu'un jour je ne suive vos traces,
L'âge aménera tout ; & ce n'est pas le tems,
Madame, comme on sçait, d'être prude à vingt ans.

ARSINOE.

Certes, vous vous targuez d'un bien foible avantage,
Et vous faites sonner terriblement votre âge.

Ce que de plus que vous on en pourroit avoir,
N'est pas d'un si grand cas pour s'en tant prévaloir;
Et je ne sçais pourquoi votre ame ainsi s'emporte,
Madame, à me pousser de cette étrange sorte.

CELIMENE.

Et moi, je ne sçais pas, Madame, aussi pourquoi,
On vous voit en tous lieux vous déchaîner sur moi.
Faut-il de vos chagrins sans cesse à moi vous prendre?
Et puis-je mais des soins qu'on ne va pas vous rendre?
Si ma personne aux gens inspire de l'amour,
Et si l'on continuë à m'offrir chaque jour
Des vœux que votre cœur peut souhaiter qu'on m'ôte,
Je n'y sçaurois que faire, & ce n'est pas ma faute;
Vous avez le champ libre, & je n'empêche pas
Que, pour les attirer, vous n'ayez des appas.

ARSINOE.

Hélas! Et croyez-vous que l'on se mette en peine
De ce nombre d'amans dont vous faites la vaine?
Et qu'il ne nous soit pas fort aisé de juger,
A quel prix, aujourd'hui, l'on peut les engager?
Pensez-vous faire croire, à voir comme tout roule,
Que votre seul mérite attire cette foule?
Qu'ils ne brûlent pour vous que d'un honnête amour,
Et que, pour vos vertus, ils vous font tous la cour?
On ne s'aveugle point par de vaines défaites,
Le monde n'est point duppe; & j'en vois qui sont faites
A pouvoir inspirer de tendres sentimens,
Qui, chez elles pourtant, ne fixent point d'amans;

Et, de là, nous pouvons tirer des conséquences,
Qu'on n'acquiert point leurs cœurs sans de grandes avances;
Qu'aucun, pour nos beaux yeux, n'est notre soupirant,
Et qu'il faut acheter tous les soins qu'on nous rend.
Ne vous enflez donc point d'une si grande gloire,
Pour les petits brillans d'une foible victoire;
Et corrigez un peu l'orgueil de vos appas,
De traiter pour cela les gens de haut en bas.
Si nos yeux envioient les conquêtes des vôtres,
Je pense qu'on pourroit faire comme les autres,
Ne se point ménager; & vous faire bien voir
Que l'on a des amans, quand on en veut avoir.

CELIMENE.

Ayez-en donc, Madame, & voyons cette affaire,
Par ce rare secret, efforcez-vous de plaire;
Et sans...

ARSINOE.

Brisons, Madame, un pareil entretien.
Il pousseroit trop loin votre esprit & le mien;
Et j'aurois pris déjà le congé qu'il faut prendre,
Si mon carosse encor ne m'obligeoit d'attendre.

CELIMENE.

Autant qu'il vous plaira, vous pouvez arrêter,
Madame; &, là-dessus, rien ne doit vous hâter.
Mais, sans vous fatiguer de ma cérémonie,
Je m'en vais vous donner meilleure compagnie;
Et monsieur, qu'à propos le hazard fait venir,
Remplira mieux ma place à vous entretenir.

SCENE VI.

ALCESTE, CELIMENE, ARSINOE.

CELIMENE.

Alceste, il faut que j'aille écrire un mot de lettre
Que, fans me faire tort, je ne fçaurois remettre.
Soyez avec madame; elle aura la bonté
D'excufer aifément mon incivilité.

SCENE VII.

ALCESTE, ARSINOE.

ARSINOE.

Vous voyez, elle veut que je vous entretienne,
Attendant un moment que mon caroffe vienne;
Et jamais tous fes foins ne pouvoient m'offrir rien,
Qui me fut plus charmant qu'un pareil entretien.
En vérité, les gens d'un mérite fublime
Entraînent de chacun & l'amour & l'eftime;
Et le vôtre, fans doute, a des charmes fecrets
Qui font entrer mon cœur dans tous vos intérêts.
Je voudrois que la cour, par un regard propice,
A ce que vous valez rendit plus de juftice,
Vous avez à vous plaindre; & je fuis en courroux,
Quand je vois, chaque jour, qu'on ne fait rien pour vous.
ALCESTE.

ALCESTE.

Moi, Madame? Et fur quoi pourrois-je en rien prétendre?
Quel fervice à l'Etat eft-ce qu'on m'a vû rendre?
Qu'ai-je fait, s'il vous plaît, de fi brillant de foi,
Pour me plaindre à la cour qu'on ne fait rien pour moi?

ARSINOE.

Tous ceux, fur qui la cour jette des yeux propices,
N'ont pas toujours rendu de ces fameux fervices.
Il faut l'occafion ainfi que le pouvoir;
Et le mérite enfin que vous nous faites voir,
Devroit...

ALCESTE.

Mon Dieu! Laiffons mon mérite, de grace.
De quoi voulez-vous là que la cour s'embarraffe?
Elle auroit fort à faire, & fes foins feroient grands
D'avoir à déterrer le mérite des gens.

ARSINOE.

Un mérite éclatant fe déterre lui-même.
Du vôtre, en bien des lieux, on fait un cas extrême;
Et vous fçaurez de moi qu'en deux fort bons endroits,
Vous fûtes hier loué par des gens d'un grand poids.

ALCESTE.

Hé! Madame, l'on loüe aujourd'hui tout le monde,
Et le fiécle par là n'a rien qu'on ne confonde.
Tout eft d'un grand mérite également doué,
Ce n'eft plus un honneur que de fe voir loué;
D'éloges on regorge, à la tête on les jette,
Et mon valet de chambre eft mis dans la gazette.

ARSINOE.

Pour moi, je voudrois bien que, pour vous montrer mieux,
Une charge à la cour vous pût frapper les yeux.
Pour peu que d'y songer vous nous fassiez les mines,
On peut, pour vous servir, remuer des machines;
Et j'ai des gens en main que j'employerai pour vous,
Qui vous feront à tout un chemin assez doux.

ALCESTE.

Et que voudriez-vous, Madame, que j'y fisse?
L'humeur dont je me sens veut que je m'en bannisse;
Le Ciel ne m'a point fait, en me donnant le jour,
Une ame compatible avec l'air de la cour.
Je ne me trouve point les vertus néceffaires
Pour y bien réussir, & faire mes affaires.
Etre franc & sincére est mon plus grand talent,
Je ne sçais point jouer les hommes en parlant;
Et qui n'a pas le don de cacher ce qu'il pense,
Doit faire en ce pays fort peu de résidence.
Hors de la cour, sans doute on n'a pas cet appui,
Et ces titres d'honneur qu'elle donne aujourd'hui;
Mais on n'a pas aussi, perdant ces avantages,
Le chagrin de jouer de fort sots personnages.
On n'a point à souffrir mille rebuts cruels,
On n'a point à louer les vers de messieurs tels,
A donner de l'encens à madame une telle,
Et de nos francs marquis effuyer la cervelle.

ARSINOE.

Laiſſons, puiſqu'il vous plaît, ce chapitre de cour.
Mais il faut que mon cœur vous plaigne en votre amour;
Et, pour vous découvrir là-deſſus mes penſées,
Je ſouhaiterois fort vos ardeurs mieux placées.
Vous méritez ſans doute un ſort beaucoup plus doux,
Et celle qui vous charme eſt indigne de vous.

ALCESTE.

Mais, en diſant cela, ſongez-vous, je vous prie,
Que cette perſonne eſt, Madame, votre amie?

ARSINOE.

Oui. Mais ma conſcience eſt bleſſée en effet,
De ſouffrir plus long-tems le tort que l'on vous fait.
L'état où je vous vois afflige trop mon ame,
Et je vous donne avis qu'on trahit votre flâme.

ALCESTE.

C'eſt me montrer, Madame, un tendre mouvement,
Et de pareils avis obligent un amant.

ARSINOE.

Oui, toute mon amie, elle eſt, & je la nomme
Indigne d'aſſervir le cœur d'un galant homme;
Et le ſien n'a pour vous que de feintes douceurs.

ALCESTE.

Cela ſe peut, Madame, on ne voit pas les cœurs;
Mais votre charité ſe feroit bien paſſée
De jetter dans le mien une telle penſée.

ARSINOE.

Si vous ne voulez pas être défabufé,
Il faut ne vous rien dire, il eft affez aifé.

ALCESTE.

Non ; mais fur ce fujet, quoique l'on nous expofe,
Les doutes font fâcheux plus que toute autre chofe ;
Et je voudrois, pour moi, qu'on ne me fît fçavoir
Que ce qu'avec clarté l'on peut me faire voir.

ARSINOE.

Hé bien, c'eft affez dit ; &, fur cette matiére,
Vous allez recevoir une pleine lumiére.
Oui, je veux que de tout vos yeux vous faffent foi.
Donnez-moi feulement la main jufques chez moi ;
Là, je vous ferai voir une preuve fidéle
De l'infidélité du cœur de votre belle ;
Et, fi pour d'autres yeux le vôtre peut brûler,
On pourra vous offrir de quoi vous confoler.

Fin du troifiéme Acte.

ACTE QUATRIÉME.

SCENE PREMIERE.

ELIANTE, PHILINTE.

PHILINTE.

On, l'on n'a point vû d'ame à manier ſi dure,
Ni d'accommodement plus pénible à con-
    clure ;
En vain, de tous côtés, on l'a voulu tourner,
Hors de ſon ſentiment on n'a pû l'entraîner ;
Et jamais différend ſi bizarre, je penſe,
N'avoit de ces meſſieurs occupé la prudence.
Non, Meſſieurs, diſoit-il, je ne me dédis point,
Et tomberai d'accord de tout, hors de ce point.
De quoi s'offenſe-t-il ? Et que veut-il me dire ?
Y va-t-il de ſa gloire à ne pas bien écrire ?
Que lui fait mon avis, qu'il a pris de travers ?
On peut être honnête homme, & faire mal des vers ;
Ce n'eſt point à l'honneur que touchent ces matiéres,
Je le tiens galant homme en toutes les maniéres,
Homme de qualité, de mérite & de cœur,
Tout ce qu'il vous plaira ; mais fort méchant auteur.

Je louerai, fi l'on veut, fon train & fa dépenfe,
Son adreſſe à cheval, aux armes, à la danſe;
Mais, pour louer ſes vers, je ſuis ſon ſerviteur,
Et, lorfque d'en mieux faire on n'a pas le bonheur,
On ne doit, de rimer, avoir aucune envie,
Qu'on n'y ſoit condamné fur peine de la vie.
Enfin, toute la grace, & l'accommodement,
Où s'eſt avec effort plié ſon ſentiment,
C'eſt de dire, croyant adoucir mieux ſon ſtile,
Monſieur, je ſuis fâché d'être ſi difficile;
Et, pour l'amour de vous, je voudrois, de bon cœur,
Avoir trouvé tantôt votre ſonnet meilleur;
Et, dans une embraſſade, on leur a, pour conclure,
Fait vîte envelopper toute la procédure.

ELIANTE.

Dans ſes façons d'agir il eſt fort ſingulier,
Mais j'en fais, je l'avouë, un cas particulier;
Et la ſincérité dont ſon ame ſe pique,
A quelque choſe en ſoi de noble & d'héroïque.
C'eſt une vertu rare au ſiécle d'aujourd'hui,
Et je la voudrois voir par tout, comme chez lui.

PHILINTE.

Pour moi, plus je le vois, plus fur tout je m'étonne
De cette paſſion où ſon cœur s'abandonne.
De l'humeur dont le Ciel a voulu le former,
Je ne ſçais pas comment il s'aviſe d'aimer;
Et je ſçais moins encor comment votre couſine
Peut être la perſonne où ſon panchant l'incline.

ELIANTE.

Cela fait affez voir que l'amour dans les cœurs
N'eft pas toujours produit par un rapport d'humeurs ;
Et toutes ces raifons de douces fympathies,
Dans cet exemple-ci, fe trouvent démenties.

PHILINTE.

Mais croyez-vous qu'on l'aime, aux chofes qu'on peut voir ?

ELIANTE.

C'eft un point qu'il n'eft pas fort aifé de fçavoir.
Comment pouvoir juger s'il eft vray qu'elle l'aime ?
Son cœur, de ce qu'il fent, n'eft pas bien fûr lui-même ;
Il aime quelquefois fans qu'il le fçache bien,
Et croit aimer auffi par fois qu'il n'en eft rien.

PHILINTE.

Je crois que notre ami, près de cette coufine,
Trouvera des chagrins plus qu'il ne s'imagine ;
Et, s'il avoit mon cœur, à dire vérité,
Il tourneroit fes vœux tout d'un autre côté ;
Et, par un choix plus jufte, on le verroit, Madame,
Profiter des bontés que lui montre votre ame.

ELIANTE.

Pour moi, je n'en fais point de façons ; & je croi
Qu'on doit fur de tels points être de bonne foi.
Je ne m'oppofe point à toute fa tendreffe,
Au contraire, mon cœur pour elle s'intereffe ;
Et, fi c'étoit qu'à moi la chofe pût tenir,
Moi-même, à ce qu'il aime, on me verroit l'unir.

Mais, fi dans un tel choix, comme tout fe peut faire,
Son amour éprouvoit quelque deftin contraire,
S'il falloit que d'une autre on couronnât les feux,
Je pourrois me réfoudre à recevoir fes vœux;
Et le refus, fouffert en pareille occurrence,
Ne m'y feroit trouver aucune répugnance.

PHILINTE.

Et moi, de mon côté, je ne m'oppofe pas
Madame, à ces bontés qu'ont pour lui vos appas;
Et lui-même, s'il veut, il peut bien vous inftruire
De ce que, là-deffus, j'ai pris foin de lui dire.
Mais, fi par un hymen, qui les joindroit eux deux,
Vous étiez hors d'état de recevoir fes vœux,
Tous les miens tenteroient la faveur éclatante
Qu'avec tant de bonté votre ame lui préfente.
Heureux, fi, quand fon cœur s'y pourra dérober,
Elle pouvoit fur moi, Madame, retomber.

ELIANTE.

Vous vous divertiffez, Philinte.

PHILINTE

Non, Madame;
Et je vous parle ici du meilleur de mon ame.
J'attends l'occafion de m'offrir hautement,
Et, de tous mes fouhaits, j'en preffe le moment.

SCENE

SCENE II.

ALCESTE, ELIANTE, PHILINTE.

ALCESTE.

AH! Faites-moi raison, Madame, d'une offense
Qui vient de triompher de toute ma constance.

ELIANTE.

Qu'est-ce donc? Qu'avez-vous qui vous puisse émouvoir?

ALCESTE.

J'ai ce que, sans mourir, je ne puis concevoir;
Et le déchaînement de toute la nature
Ne m'accableroit pas, comme cette avanture.
C'en est fait... Mon amour... Je ne sçaurois parler.

ELIANTE.

Que votre esprit, un peu, tâche à se rappeller.

ALCESTE.

O juste Ciel! Faut-il qu'on joigne à tant de graces
Les vices odieux des ames les plus basses?

ELIANTE.

Mais encor, qui vous peut....

ALCESTE.

      Ah! Tout est ruiné,
Je suis, je suis trahi, je suis assassiné.
Céliméne... Eut-on pû croire cette nouvelle?
Céliméne me trompe, & n'est qu'une infidéle.

Tome III.   F f f

ELIANTE.

Avez-vous, pour le croire, un juſte fondement?

PHILINTE.

Peut-être eſt-ce un ſoupçon conçû légérement;
Et votre eſprit jaloux prend, par fois, des chiméres....

ALCESTE.

Ah! Morbleu, mêlez-vous, Monſieur, de vos affaires.

　　[à Eliante.]

C'eſt de ſa trahiſon n'être que trop certain,
Que l'avoir, dans ma poche, écrite de ſa main.
Oui, Madame, une lettre écrite pour Oronte,
A produit à mes yeux ma diſgrace & ſa honte;
Oronte, dont j'ai crû qu'elle fuyoit les ſoins,
Et que, de mes rivaux, je redoutois le moins.

PHILINTE.

Une lettre peut bien tromper par l'apparence;
Et n'eſt pas, quelque fois, ſi coupable qu'on penſe.

ALCESTE.

Monſieur, encore un coup, laiſſez-moi, s'il vous plaît,
Et ne prenez ſouci que de votre intérêt.

ELIANTE.

Vous devez modérer vos tranſports, & l'outrage....

ALCESTE.

Madame, c'eſt à vous qu'appartient cet ouvrage;
C'eſt à vous que mon cœur a recours aujourd'hui
Pour pouvoir s'affranchir de ſon cuiſant ennui.
Vengez-moi d'une ingrate & perfide parente
Qui trahit lâchement une ardeur ſi conſtante;

Vengez-moi de ce trait qui doit vous faire horreur.

ELIANTE.

Moi, vous venger! Comment?

ALCESTE.

En recevant mon cœur.

Acceptez-le, Madame, au lieu de l'infidéle,
C'eſt par là que je puis prendre vengeance d'elle ;
Et je la veux punir par les ſincéres vœux,
Par le profond amour, les ſoins reſpectueux,
Les devoirs empreſſés, & l'aſſidu ſervice,
Dont ce cœur va vous faire un ardent ſacrifice.

ELIANTE.

Je compatis ſans doute à ce que vous ſouffrez,
Et ne mépriſe point le cœur que vous m'offrez ;
Mais, peut-être, le mal n'eſt pas ſi grand qu'on penſe,
Et vous pouvez quitter ce déſir de vengeance.
Lorſque l'injure part d'un objet plein d'appas,
On fait force deſſeins qu'on n'éxécute pas ;
On a beau voir, pour rompre, une raiſon puiſſante,
Une coupable aimée eſt bientôt innocente ;
Tout le mal qu'on lui veut ſe diſſipe aiſément,
Et l'on ſçait ce que c'eſt qu'un courroux d'un amant.

ALCESTE.

Non, non, Madame, non. L'offenſe eſt trop mortelle,
Il n'eſt point de retour, & je romps avec elle ;
Rien ne ſçauroit changer le deſſein que j'en fais,
Et je me punirois de l'eſtimer jamais.

La voici. Mon courroux redouble à cette approche.
Je vais de ſa noirceur lui faire un vif reproche,
Pleinement la confondre ; & vous porter après
Un cœur tout dégagé de ſes trompeurs attraits.

SCENE III.

CELIMENE, ALCESTE.

ALCESTE *à part.*

O Ciel ! De mes tranſports, puis-je être ici le maître ?

CELIMENE.

[*à part.*] [*à Alceſte.*]

Ouais ! Quel eſt donc le trouble où je vous vois paroître ?
Et que me veulent dire, & ces ſoupirs pouſſés,
Et ces ſombres regards que ſur moi vous lancez ?

ALCESTE.

Que toutes les horreurs, dont une ame eſt capable,
A vos déloyautés n'ont rien de comparable ;
Que le ſort, les démons, & le Ciel en courroux,
N'ont jamais rien produit de ſi méchant que vous.

CELIMENE.

Voilà, certainement, des douceurs que j'admire.

ALCESTE.

Ah ! Ne plaiſantez point, il n'eſt pas tems de rire.
Rougiſſez bien plûtôt, vous en avez raiſon ;
Et j'ai de ſûrs témoins de votre trahiſon.

Voilà ce que marquoient les troubles de mon ame,
Ce n'étoit pas en vain que s'alarmoit ma flâme ;
Par ces fréquens soupçons, qu'on trouvoit odieux,
Je cherchois le malheur qu'ont rencontré mes yeux ;
Et, malgré tous vos soins & votre adresse à feindre,
Mon astre me disoit ce que j'avois à craindre ;
Mais ne présumez pas que, sans être vengé,
Je souffre le dépit de me voir outragé.
Je sçais que, sur les vœux, on n'a point de puissance,
Que l'amour veut par tout naître sans dépendance,
Que jamais, par la force, on n'entra dans un cœur,
Et que toute ame est libre à nommer son vainqueur.
Aussi ne trouverois je aucun sujet de plainte,
Si, pour moi, votre bouche avoit parlé sans feinte ;
Et, rejettant mes vœux dès le premier abord,
Mon cœur n'auroit eu droit de s'en prendre qu'au sort.
Mais, d'un aveu trompeur, voir ma flâme applaudie,
C'est une trahison, c'est une perfidie,
Qui ne sçauroit trouver de trop grands châtimens ;
Et je puis tout permettre à mes ressentimens.
Oui, oui, redoutez tout après un tel outrage,
Je ne suis plus à moi, je suis tout à la rage.
Percé du coup mortel dont vous m'assassinez,
Mes sens par la raison ne sont plus gouvernés ;
Je céde aux mouvemens d'une juste colére,
Et je ne réponds pas de ce que je puis faire.

CELIMENE.

D'où vient donc, je vous prie, un tel emportement?
Avez-vous, dites-moi, perdu le jugement?

ALCESTE.

Oui, oui, je l'ai perdu, lorsque dans votre vûë
J'ai pris, pour mon malheur, le poison qui me tuë;
Et que j'ai crû trouver quelque sincérité
Dans les traîtres appas dont je fus enchanté.

CELIMENE.

De quelle trahison pouvez-vous donc vous plaindre?

ALCESTE.

Ah! Que ce cœur est double, & sçait bien l'art de feindre!
Mais, pour le mettre à bout, j'ai des moyens tout prêts;
Jettez ici les yeux, & connoissez vos traits;
Ce billet découvert suffit pour vous confondre,
Et, contre ce témoin, on n'a rien à répondre.

CELIMENE.

Voilà donc le sujet qui vous trouble l'esprit?

ALCESTE.

Vous ne rougissez pas, en voyant cet écrit?

CELIMENE.

Et par quelle raison faut-il que j'en rougisse?

ALCESTE.

Quoi! Vous joignez ici l'audace à l'artifice?
Le desavouerez-vous, pour n'avoir point de seing?

CELIMENE.

Pourquoi désavouer un billet de ma main?

ALCESTE.

Et vous pouvez le voir, fans demeurer confufe
Du crime dont, vers moi, fon ftile vous accufe ?

CELIMENE.

Vous étes, fans mentir, un grand extravagant.

ALCESTE.

Quoi ? Vous bravez ainfi ce témoin convainquant ?
Et ce qu'il m'a fait voir de douceurs pour Oronte,
N'a donc rien qui m'outrage, & qui vous faffe honte ?

CELIMENE.

Oronte ! Qui vous dit que la lettre eft pour lui ?

ALCESTE.

Les gens qui, dans mes mains, l'ont remife aujourd'hui.
Mais je veux confentir qu'elle foit pour un autre,
Mon cœur en a-t-il moins à fe plaindre du vôtre ?
En ferez-vous, vers moi, moins coupable en effet ?

CELIMENE.

Mais fi c'eft une femme à qui va ce billet,
En quoi vous bleffe-t-il, & qu'a-t-il de coupable ?

ALCESTE.

Ah ! Le détour eft bon, & l'excufe admirable.
Je ne m'attendois pas, je l'avouë, à ce trait ;
Et me voilà, par là, convaincu tout-à-fait.
Ofez-vous recourir à ces rufes groffiéres ?
Et croyez vous les gens fi privés de lumiéres ?
Voyons, voyons un peu par quel biais, de quel air,
Vous voulez foutenir un menfonge fi clair ;

Et comment vous pourrez tourner, pour une femme,
Tous les mots d'un billet qui montre tant de flâme.
Ajuſtez, pour couvrir un manquement de foi,
Ce que je m'en vais lire....

CELIMENE.

Il ne me plaît pas, moi.
Je vous trouve plaiſant d'uſer d'un tel empire,
Et de me dire au néz ce que vous m'oſez dire.

ALCESTE.

Non, non, ſans s'emporter, prenez un peu ſouci
De me juſtifier les termes que voici.

CELIMENE.

Non, je n'en veux rien faire ; &, dans cette occurrence,
Tout ce que vous croirez m'eſt de peu d'importance.

ALCESTE.

De grace, montrez-moi, je ſerai ſatisfait,
Qu'on peut, pour une femme, expliquer ce billet.

CELIMENE.

Non, il eſt pour Oronte ; & je veux qu'on le croye.
Je reçois tous ſes ſoins avec beaucoup de joye ;
J'admire ce qu'il dit, j'eſtime ce qu'il eſt ;
Et je tombe d'accord de tout ce qu'il vous plaît.
Faites, prenez parti, que rien ne vous arrête,
Et ne me rompez pas davantage la tête.

ALCESTE à part.

Ciel ! Rien de plus cruel peut-il être inventé ?
Et jamais cœur fut-il de la ſorte traité ?

Quoi

Quoi ! D'un juste courroux je suis ému contr'elle,
C'est moi qui me viens plaindre, & c'est moi qu'on querelle !
On pousse ma douleur & mes soupçons à bout,
On me laisse tout croire, on fait gloire de tout ;
Et cependant mon cœur est encore assez lâche,
Pour ne pouvoir briser la chaîne qui l'attache,
Et pour ne pas s'armer d'un généreux mépris
Contre l'ingrat objet dont il est trop épris !

    [*à Céliméne*]

Ah ! Que vous sçavez bien ici, contre moi-même,
Perfide, vous servir de ma foiblesse extrême ;
Et ménager pour vous l'excès prodigieux
De ce fatal amour né de vos traîtres yeux !
Défendez-vous au moins d'un crime qui m'accable,
Et cessez d'affecter d'être envers moi coupable.
Rendez-moi, s'il se peut, ce billet innocent ;
A vous prêter les mains ma tendresse consent,
Efforcez-vous ici de paroître fidéle,
Et je m'efforcerai, moi, de vous croire telle.

CELIMENE.

Allez, vous étes fou dans vos transports jaloux,
Et ne méritez pas l'amour qu'on a pour vous.
Je voudrois bien sçavoir qui pourroit me contraindre
A descendre pour vous aux bassesses de feindre ;
Et pourquoi, si mon cœur panchoit d'autre côté,
Je ne le dirois pas avec sincérité.
Quoi ! De mes sentimens l'obligeante assûrance,
Contre tous vos soupçons, ne prend pas ma défense ?

Auprès d'un tel garant, font-ils de quelque poids?
N'eft-ce pas m'outrager que d'écouter leur voix?
Et, puifque notre cœur fait un effort extrême,
Lorfqu'il peut fe réfoudre à confeffer qu'il aime,
Puifque l'honneur du fexe, ennemi de nos feux,
S'oppofe fortement à de pareils aveux,
L'amant qui voit pour lui franchir un tel obftacle,
Doit-il impunément douter de cet oracle?
Et n'eft-il pas coupable, en ne s'affûrant pas
A ce qu'on ne dit point qu'après de grands combats?
Allez, de tels foupçons méritent ma colére,
Et vous ne valez pas que l'on vous confidére.
Je fuis fotte, & veux mal à ma fimplicité,
De conferver encor pour vous quelque bonté,
Je devrois autre part attacher mon eftime,
Et vous faire un fujet de plainte légitime.

ALCESTE.

Ah! Traîtreffe, mon foible eft étrange pour vous,
Vous me trompez, fans doute, avec des mots fi doux;
Mais il n'importe, il faut fuivre ma deftinée,
A votre foi mon ame eft toute abandonnée,
Je veux voir jufqu'au bout quel fera votre cœur,
Et fi de me trahir il aura la noirceur.

CELIMENE.

Non, vous ne m'aimez point comme il faut que l'on aime.

ALCESTE.

Ah! Rien n'eft comparable à mon amour extrême;

Et, dans l'ardeur qu'il a de se montrer à tous,
Il va jusqu'à former des souhaits contre vous.
Oui, je voudrois qu'aucun ne vous trouvât aimable,
Que vous fussiez réduite en un sort misérable,
Que le Ciel, en naissant, ne vous eût donné rien,
Que vous n'eussiez ni rang, ni naissance, ni bien,
Afin que de mon cœur l'éclatant sacrifice
Vous pût d'un pareil sort réparer l'injustice ;
Et que j'eusse la joye & la gloire en ce jour
De vous voir tenir tout des mains de mon amour.

CELIMENE.

C'est me vouloir du bien d'une étrange maniére.
Me préserve le Ciel que vous ayez matiére...
Voici monsieur du Bois plaisamment figuré.

SCENE IV.

CELIMENE, ALCESTE, DU BOIS.

ALCESTE.

Que veut cet équipage & cet air effaré ?
Qu'as-tu ?

DU BOIS.

Monsieur...

ALCESTE.

Hé bien ?

G g g ij

DU BOIS.

Voici bien des myſtéres.

ALCESTE.

Qu'eſt-ce?

DU BOIS.

Nous ſommes mal, Monſieur, dans nos affaires.

ALCESTE.

Quoi?

DU BOIS.

Parlerai-je haut?

ALCESTE.

Oui, parle, & promtement.

DU BOIS.

N'eſt-il point là quelqu'un?

ALCESTE.

Ah! Que d'amuſement!

Veux-tu parler?

DU BOIS.

Monſieur, il faut faire retraite.

ALCESTE.

Comment?

DU BOIS.

Il faut d'ici déloger ſans trompette.

ALCESTE.

Et pourquoi?

DU BOIS.

Je vous dis qu'il faut quitter ce lieu.

ALCESTE.

La caufe?

DU BOIS.

Il faut partir, Monfieur, fans dire adieu.

ALCESTE.

Mais par quelle raifon me tiens-tu ce langage?

DU BOIS.

Par la raifon, Monfieur, qu'il faut plier bagage.

ALCESTE.

Ah! Je te cafferai la tête affûrément,
Si tu ne veux, maraud, t'expliquer autrement.

DU BOIS.

Monfieur, un homme noir & d'habit & de mine,
Eft venu nous laiffer, jufques dans la cuifine,
Un papier griffonné d'une telle façon,
Qu'il faudroit, pour le lire, être pis qu'un démon.
C'eft de votre procès, je n'en fais aucun doute;
Mais le diable d'enfer, je crois, n'y verroit goutte.

ALCESTE.

Hé bien! Quoi? Ce papier, qu'a-t-il à démêler,
Traître, avec le départ dont tu viens me parler?

DU BOIS.

C'eft pour vous dire ici, Monfieur, qu'une heure enfuite,
Un homme, qui fouvent vous vient rendre vifite,
Eft venu vous chercher avec empreffement;
Et, ne vous trouvant pas, m'a chargé doucement,
Sçachant que je vous fers avec beaucoup de zéle,
De vous dire... Attendez, comme eft-ce qu'il s'appelle?

ALCESTE.

Laiffe-là fon nom, traître, & di ce qu'il t'a dit.

DU BOIS.

C'eft un de vos amis enfin, cela fuffit.

Il m'a dit que d'ici votre péril vous chaffe,

Et que, d'être arrêté, le fort vous y menace.

ALCESTE.

Mais quoi ! N'a-t-il voulu te rien fpécifier?

DU BOIS.

Non. Il m'a demandé de l'encre & du papier;

Et vous a fait un mot, où vous pourrez, je penfe,

Du fond de ce myftére avoir la connoiffance.

ALCESTE.

Donne-le donc.

CELIMENE.

Que peut envelopper ceci?

ALCESTE.

Je ne fçais; mais j'afpire à m'en voir éclairci.

Auras-tu bientôt fait, impertinent au diable ?

DU BOIS *après avoir long-tems cherché le billet.*

Ma foi, je l'ai, Monfieur, laiffé fur votre table.

ALCESTE.

Je ne fçais qui me tient...

CELIMENE.

Ne vous emportez pas;

Et courez déméler un pareil embarras.

ALCESTE.

Il femble que le fort, quelque foin que je prenne,
Ait juré d'empêcher que je vous entretienne;
Mais, pour en triompher, fouffrez à mon amour,
De vous revoir, Madame, avant la fin du jour.

Fin du quatriéme Acte.

Blondel inuenit   Joullon sculpsit

ACTE CINQUIÉME.

SCENE PREMIERE.

ALCESTE, PHILINTE.

ALCESTE.

 A réfolution en eft prife, vous dis-je.

PHILINTE.

Mais, quelque foit ce coup, faut-il qu'il vous
oblige . . . .

ALCESTE.

Non, vous avez beau faire, & beau me raifonner,
Rien, de ce que je dis, ne me peut détourner;
Trop de perverfité régne au fiécle où nous fommes,
Et je veux me tirer du commerce des hommes.
Quoi! Contre ma partie, on voit, tout à la fois,
L'honneur, la probité, la pudeur & les loix,
On publie en tous lieux l'équité de ma caufe,
Sur la foi de mon droit mon ame fe repofe;
Cependant je me vois trompé par le fuccès,
J'ai pour moi la juftice, & je perds mon procès!
Un traître, dont on fçait la fcandaleufe hiftoire,
Eft forti triomphant d'une fauffeté noire!

Toute

Toute la bonne foi céde à ſa trahiſon !

Il trouve, en m'égorgeant, moyen d'avoir raiſon !

Le poids de ſa grimace, où brille l'artifice,

Renverſe le bon droit & tourne la juſtice !

Il fait par un arrêt couronner ſon forfait ;

Et, non content encor du tort que l'on me fait,

Il court parmi le monde un livre abominable,

Et de qui la lecture eſt même condamnable,

Un livre à mériter la derniére rigueur,

Dont le fourbe a le front de me faire l'auteur !

Et là-deſſus on voit Oronte qui murmure,

Et tâche méchamment d'appuyer l'impoſture !

Lui, qui d'un honnête homme à la cour tient le rang,

A qui je n'ai rien fait qu'être ſincéré & franc,

Qui me vient, malgré moi, d'une ardeur empreſſée,

Sur des vers qu'il a faits, demander ma penſée ;

Et, parce que j'en uſe avec honnêteté,

Et ne le veux trahir, lui, ni la vérité,

Il aide à m'accabler d'un crime imaginaire !

Le voilà devenu mon plus grand adverſaire !

Et jamais de ſon cœur je n'aurai de pardon,

Pour n'avoir pas trouvé que ſon ſonnet fût bon !

Et les hommes, morbleu, ſont faits de cette ſorte !

C'eſt à ces actions que la gloire les porte !

Voilà la bonne foi, le zéle vertueux,

La juſtice & l'honneur que l'on trouve chez eux !

Allons, c'eſt trop ſouffrir les chagrins qu'on nous forge,

Tirons-nous de ce bois, & de ce coupe-gorge.

Tome III. Hhh

Puifqu'entre humains ainfi vous vivez en vrays loups,
Traîtres, vous ne m'aurez de ma vie avec vous.

PHILINTE.

Je trouve un peu bien promt le deffein où vous étes,
Et tout le mal n'eft pas fi grand que vous le faites.
Ce que votre partie ofe vous imputer,
N'a point eu le crédit de vous faire arrêter ;
On voit fon faux rapport lui-même fe détruire,
Et c'eft une action qui pourroit bien lui nuire.

ALCESTE.

Lui ? De femblables tours il ne craint point l'éclat,
Il a permiffion d'être franc fcélérat ;
Et, loin qu'à fon crédit nuife cette avanture,
On l'en verra demain en meilleure pofture.

PHILINTE.

Enfin, il eft conftant qu'on n'a pas trop donné
Au bruit que, contre vous, fa malice a tourné ;
De ce côté déjà vous n'avez rien à craindre ;
Et, pour votre procès dont vous pouvez vous plaindre,
Il vous eft en juftice aifé d'y revenir,
Et, contre cet arrêt....

ALCESTE.

Non, je veux m'y tenir.
Quelque fenfible tort qu'un tel arrêt me faffe,
Je me garderai bien de vouloir qu'on le caffe ;
On y voit trop à plein le bon droit maltraité,
Et je veux qu'il demeure à la poftérité

Comme une marque infigne, un fameux témoignage
De la méchanceté des hommes de notre âge.
Ce font vingt mille francs qu'il m'en pourra coûter,
Mais, pour vingt mille francs, j'aurai droit de pefter
Contre l'iniquité de la nature humaine,
Et de nourrir pour elle une immortelle haine.

PHILINTE.

Mais enfin....

ALCESTE.

Mais enfin, vos foins font fuperflus.
Que pouvez-vous, Monfieur, me dire là-deffus?
Aurez-vous bien le front de me vouloir, en face,
Excufer les horreurs de tout ce qui fe paffe?

PHILINTE.

Non, je tombe d'accord de tout ce qu'il vous plaît,
Tout marche par cabale, & par pur intérêt;
Ce n'eft plus que la rufe aujourd'hui qui l'emporte,
Et les hommes devroient être faits d'autre forte.
Mais eft-ce une raifon que leur peu d'équité
Pour vouloir fe tirer de leur fociété?
Tous ces défauts humains nous donnent, dans la vie,
Des moyens d'exercer notre philofophie.
C'eft le plus bel emploi que trouve la vertu;
Et, fi de probité tout étoit revêtu,
Si tous les cœurs étoient francs, juftes & dociles,
La plûpart des vertus nous feroient inutiles,
Puifqu'on en met l'ufage à pouvoir, fans ennui,
Supporter dans nos droits l'injuftice d'autrui;

Et, de même qu'un cœur d'une vertu profonde....

ALCESTE.

Je fçais que vous parlez, Monfieur, le mieux du monde.
En beaux raifonnemens vous abondez toujours ;
Mais vous perdez le tems, & tous vos beaux difcours.
La raifon, pour mon bien, veut que je me retire,
Je n'ai point fur ma langue un affez grand empire,
De ce que je dirois, je ne répondrois pas ;
Et je me jetterois cent chofes fur les bras.
Laiffez-moi, fans difpute, attendre Céliméne,
Il faut qu'elle confente au deffein qui m'améne ;
Je vais voir fi fon cœur a de l'amour pour moi,
Et c'eft ce moment-ci qui doit m'en faire foi.

PHILINTE.

Montons chez Eliante, attendant fa venuë.

ALCESTE.

Non. De trop de fouci je me fens l'ame émuë.
Allez-vous-en la voir, & me laiffez enfin,
Dans ce petit coin fombre, avec mon noir chagrin,

PHILINTE.

C'eft une compagnie étrange pour attendre ;
Et je vais obliger Eliante à defcendre.

SCENE II.

CELIMENE, ORONTE, ALCESTE.

ORONTE.

OUi, c'est à vous de voir si, par des nœuds si doux,
Madame, vous voulez m'attacher tout à vous.
Il me faut de votre ame une pleine assûrance,
Un amant là-dessus n'aime point qu'on balance.
Si l'ardeur de mes feux a pû vous émouvoir,
Vous ne devez point feindre à me le faire voir;
Et la preuve, après tout, que je vous en demande,
C'est de ne plus souffrir qu'Alceste vous prétende,
De le sacrifier, Madame, à mon amour,
Et, de chez vous enfin, le bannir dès ce jour.

CELIMENE.

Mais quel sujet si grand contre lui vous irrite,
Vous à qui j'ai tant vû parler de son mérite?

ORONTE.

Madame, il ne faut point ces éclaircissemens;
Il s'agit de sçavoir quels sont vos sentimens.
Choisissez, s'il vous plaît, de garder l'un ou l'autre;
Ma résolution n'attend rien que la vôtre.

ALCESTE *sortant du coin où il étoit.*

Oui, monsieur a raison, Madame. Il faut choisir;
Et sa demande ici s'accorde à mon désir.
Pareille ardeur me presse, & même soin m'améne,
Mon amour veut du vôtre une marque certaine;

Les chofes ne font plus pour traîner en longueur,
Et voici le moment d'expliquer votre cœur.

ORONTE.

Je ne veux point, Monfieur, d'une flâme importune,
Troubler aucunement votre bonne fortune.

ALCESTE.

Je ne veux point, Monfieur, jaloux, ou non jaloux,
Partager de fon cœur rien du tout avec vous.

ORONTE.

Si votre amour au mien lui femble préférable...

ALCESTE.

Si, du moindre panchant, elle eft pour vous capable...

ORONTE.

Je jure de n'y rien prétendre déformais.

ALCESTE.

Je jure hautement de ne la voir jamais.

ORONTE.

Madame, c'eft à vous de parler fans contrainte.

ALCESTE.

Madame, vous pouvez vous expliquer fans crainte.

ORONTE.

Vous n'avez qu'à nous dire où s'attachent vos vœux.

ALCESTE.

Vous n'avez qu'à trancher, & choifir de nous deux.

ORONTE.

Quoi! Sur un pareil choix vous femblez être en peine?

ALCESTE.

Quoi! Votre ame balance & paroît incertaine?

CELIMENE.

Mon Dieu! Que cette inſtance eſt là hors de ſaiſon,
Et que vous témoignez tous deux peu de raiſon!
Je ſçais prendre parti ſur cette préférence,
Et ce n'eſt pas mon cœur maintenant qui balance;
Il n'eſt point ſuſpendu, ſans doute, entre vous deux,
Et rien n'eſt ſi-tôt fait que le choix de nos vœux.
Mais je ſouffre, à vray dire, une gêne trop forte
A prononcer en face un aveu de la ſorte.
Je trouve que ces mots, qui ſont déſobligeans,
Ne ſe doivent point dire en préſence des gens;
Qu'un cœur, de ſon panchant, donne aſſez de lumiére,
Sans qu'on nous faſſe aller juſqu'à rompre en viſiére;
Et qu'il ſuffit, enfin, que de plus doux témoins
Inſtruiſent un amant du malheur de ſes ſoins.

ORONTE.

Non, non; un franc aveu n'a rien que j'appréhende,
J'y conſens pour ma part.

ALCESTE.

    Et moi, je le demande;
C'eſt ſon éclat ſur tout qu'ici j'oſe exiger,
Et je ne prétends point vous voir rien ménager.
Conſerver tout le monde eſt votre grande étude;
Mais plus d'amuſement, & plus d'incertitude.
Il faut vous expliquer nettement là-deſſus,
Ou bien, pour un arrêt, je prends votre refus;
Je ſçaurai de ma part expliquer ce ſilence,
Et me tiendrai pour dit tout le mal que j'en penſe.

ORONTE.

Je vous fçais fort bon gré, Monfieur, de ce courroux,
Et je lui dis ici même chofe que vous.

CELIMENE.

Que vous me fatiguez avec un tel caprice!
Ce que vous demandez a-t-il de la juftice?
Et ne vous dis-je pas quel motif me retient?
J'en vais prendre pour juge Eliante qui vient.

SCENE III.

ELIANTE, PHILINTE, CELIMENE, ORONTE, ALCESTE.

CELIMENE.

JE me vois, ma coufine, ici perfécutée
Par dés gens dont l'humeur y paroît concertée.
Ils veulent, l'un & l'autre, avec même chaleur,
Que je prononce entr'eux le choix que fait mon cœur;
Et que, par un arrêt qu'en face il me faut rendre,
Je défende à l'un d'eux tous les foins qu'il peut prendre.
Dites-moi fi jamais cela fe fait ainfi?

ELIANTE.

N'allez point là-deffus me confulter ici.
Peut-être y pourriez-vous être mal adreffée;
Et je fuis pour les gens qui difent leur penfée.

ORONTE.

ORONTE.

Madame, c'est en vain que vous vous défendez.

ALCESTE.

Tous vos détours ici seront mal secondés.

ORONTE.

Il faut, il faut parler, & lâcher la balance.

ALCESTE.

Il ne faut que pourfuivre à garder le filence.

ORONTE.

Je ne veux qu'un feul mot, pour finir nos débats.

ALCESTE.

Et moi, je vous entends, fi vous ne parlez pas.

SCENE IV.

ARSINOE, CELIMENE, ELIANTE, ALCESTE, PHILINTE, ACASTE, CLITANDRE, ORONTE.

ACASTE.

MAdame, nous venons tous deux, fans vous déplaire,
Eclaircir, avec vous, une petite affaire.

CLITANDRE à Oronte & à Alcefte.

Fort à propos, Meffieurs, vous vous trouvez ici ;
Et vous étes mêlés dans cette affaire auffi.

ARSINOE à Céliméne.

Madame, vous ferez furprife de ma vûë ;
Mais ce font ces Meffieurs qui caufent ma venuë.

Tous deux ils m'ont trouvée, & fe font plaints à moi
D'un trait à qui mon cœur ne fçauroit prêter foi.
J'ai du fond de votre ame une trop haute eftime,
Pour vous croire jamais capable d'un tel crime;
Mes yeux ont démenti leurs témoins les plus forts,
Et, l'amitié paffant fur de petits difcors,
J'ai bien voulu, chez vous, leur faire compagnie,
Pour vous voir vous laver de cette calomnie.

ACASTE.

Oui, Madame, voyons, d'un efprit adouci,
Comment vous vous prendrez à foutenir ceci.
Cette lettre par vous eft écrite à Clitandre.

CLITANDRE.

Vous avez, pour Acafte, écrit ce billet tendre.

ACASTE *à Oronte & à Alcefte.*

Meffieurs, ces traits pour vous n'ont point d'obfcurité,
Et je ne doute pas que fa civilité,
A connoître fa main, n'ait trop fçû vous inftruire;
Mais ceci vaut affez la peine de le lire.

Vous étes un étrange homme, *Clitandre, de condamner mon
enjouement, & de me reprocher que je n'ai jamais tant de
joye, que lorfque je ne fuis pas avec vous. Il n'y a rien de plus injufte; &, fi vous ne venez bien vîte me demander pardon de cette
offenfe, je ne vous le pardonnerai de ma vie. Notre grand flandrin
de vicomte* . . .

Il devroit être ici.

Notre grand flandrin de vicomte, par qui vous commencez vos plaintes, eſt un homme qui ne ſçauroit me revenir ; &, depuis que je l'ai vû, trois quarts-d'heure durant, cracher dans un puits pour faire des ronds, je n'ai pû jamais prendre bonne opinion de lui. Pour le petit marquis...

C'eſt moi-même, Meſſieurs, ſans nulle vanité.

Pour le petit marquis, qui me tint hier long-tems la main, je trouve qu'il n'y a rien de ſi mince que toute ſa perſonne ; & ce ſont de ces mérites qui n'ont que la cape & l'épée. Pour l'homme aux rubans verts...

[*à Alceſte.*]

A vous le dé, Monſieur.

Pour l'homme aux rubans verts, il me divertit quelquefois avec ſes bruſqueries, & ſon chagrin bourru ; mais il eſt cent momens, où je le trouve le plus fâcheux du monde. Et pour l'homme au ſonnet...

[*à Oronte.*]

Voici votre paquet.

Et pour l'homme au ſonnet, qui s'eſt jetté dans le bel eſprit, & veut être auteur malgré tout le monde, je ne puis me donner la peine d'écouter ce qu'il dit ; & ſa proſe me fatigue autant que ſes vers. Mettez-vous donc en tête que je ne me divertis pas toujours ſi bien que vous penſez ; que je vous trouve à dire, plus que je ne voudrois, dans toutes les parties où l'on m'entraîne ; & que c'eſt un merveilleux aſſaiſonnement aux plaiſirs qu'on goûte, que la préſence des gens qu'on aime.

CLITANDRE.

Me voici maintenant, moi.

Votre Clitandre, dont vous me parlez, & qui fait tant le douce-reux, eſt le dernier des hommes pour qui j'aurois de l'amitié. Il

eſt extravagant de ſe perſuader qu'on l'aime, & vous l'étes de croire
qu'on ne vous aime pas. Changez, pour être raiſonnable, vos ſenti-
mens contre les ſiens; & voyez-moi le plus que vous pourrez, pour
m'aider à porter le chagrin d'en être obſédée.

D'un fort beau caractére on voit là le modéle,
Madame, & vous ſçavez comment cela s'appelle.
Il ſuffit. Nous allons, l'un & l'autre, en tous lieux,
Montrer de votre cœur le portrait glorieux.

ACASTE.

J'aurois de quoi vous dire, & belle eſt la matiére,
Mais je ne vous tiens pas digne de ma colére;
Et je vous ferai voir que les petits marquis
Ont, pour ſe conſoler, des cœurs de plus haut prix.

SCENE V.

CELIMENE, ELIANTE, ARSINOE, ALCESTE, ORONTE, PHILINTE.

ORONTE.

Quoi! De cette façon je vois qu'on me déchire,
Après tout ce qu'à moi je vous ai vû m'écrire?
Et votre cœur, paré de beaux ſemblans d'amour,
A tout le genre humain ſe promet tour à tour?
Allez, j'étois trop duppe, & je vais ne plus l'être;
Vous me faites un bien, me faiſant vous connoître,
J'y profite d'un cœur, qu'ainſi vous me rendez,
Et trouve ma vengeance en ce que vous perdez.

[*à Alceste.*]

Monſieur, je ne fais plus d'obſtacle à votre flâme,
Et vous pouvez conclure affaire avec madame.

SCENE VI.

CELIMENE, ELIANTE, ARSINOE, ALCESTE, PHILINTE.

ARSINOE *à Céliméne.*

CErtes, voilà le trait du monde le plus noir,
Je ne me ſçaurois taire, & me ſens émouvoir.
Voit-on des procédés qui ſoient pareils aux vôtres?
Je ne prends point de part aux intérêts des autres;
[*montrant Alceſte.*]
Mais monſieur, que chez vous fixoit votre bonheur,
Un homme, comme lui, de mérite & d'honneur,
Et qui vous chériſſoit avec idolatrie,
Devroit-il..,

ALCESTE.

Laiſſez-moi, Madame, je vous prie,
Vuider mes intérêts moi-même là-deſſus;
Et ne vous chargez point de ces ſoins ſuperflus.
Mon cœur a beau vous voir prendre ici ſa querelle,
Il n'eſt point en état de payer ce grand zéle;
Et ce n'eſt pas à vous que je pourrai ſonger,
Si, par un autre choix, je cherche à me venger.

ARSINOE.

Hé ! Croyez-vous, Monfieur, qu'on ait cette penfée,
Et que de vous avoir on foit tant empreffée ?
Je vous trouve un efprit bien plein de vanité,
Si, de cette créance, il peut s'être flaté.
Le rebut de madame eft une marchandife,
Dont on auroit grand tort d'être fi fort éprife.
Détrompez-vous de grace, & portez-le moins haut,
Ce ne font pas des gens comme moi qu'il vous faut.
Vous ferez bien encor de foupirer pour elle,
Et je brûle de voir une union fi belle.

SCENE VII.

CELIMENE, ELIANTE, ALCESTE, PHILINTE.

ALCESTE *à Céliméne.*

HE' bien, je me fuis tû, malgré ce ce que je voi,
    Et j'ai laiffé parler tout le monde avant moi.
Ai-je pris fur moi-même un affez long empire ?
Et puis-je, maintenant...

CELIMENE.

       Oui, vous pouvez tout dire ;
Vous en êtes en droit, lorfque vous vous plaindrez,
Et de me reprocher tout ce que vous voudrez.
J'ai tort, je le confeffe ; & mon ame confufe
Ne cherche à vous payer d'aucune vaine excufe.

J'ai, des autres ici, méprifé le courroux;
Mais je tombe d'accord de mon crime envers vous.
Votre reffentiment fans doute eft raifonnable,
Je fçais combien je dois vous paroître coupable,
Que toute chofe dit que j'ai pû vous trahir,
Et qu'enfin vous avez fujet de me haïr.
Faites-le, j'y confens.

ALCESTE.

Hé! Le puis-je, traîtreffe,
Puis-je ainfi triompher de toute ma tendreffe?
Et, quoiqu'avec ardeur je veuille vous haïr,
Trouvai-je un cœur en moi tout prêt à m'obéïr?

[*à Eliante & à Philinte.*]

Vous voyez ce que peut une indigne tendreffe,
Et je vous fais tous deux témoins de ma foibleffe.
Mais, à vous dire vray, ce n'eft pas encor tout,
Et vous allez me voir la pouffer jufqu'au bout,
Montrer que ceft à tort que fages on nous nomme;
Et que, dans tous les cœurs, il eft toujours de l'homme.

[*à Céliméne.*]

Oui, je veux bien, perfide, oublier vos forfaits,
J'en fçaurai dans mon ame excufer tous les traits,
Et me les couvrirai du nom d'une foibleffe,
Où le vice du tems porte votre jeuneffe;
Pourvû que votre cœur veuille donner les mains
Au deffein que j'ai fait de fuir tous les humains,
Et que, dans mon défert, où j'ai fait vœu de vivre,
Vous foyez, fans tarder, réfoluë à me fuivre.

C'eſt par là ſeulement que, dans tous les eſprits,
Vous pouvez réparer le mal de vos écrits ;
Et qu'après cet éclat , qu'un noble cœur abhorre,
Il peut m'être permis de vous aimer encore.

CELIMENE.

Moi, renoncer au monde avant que de vieillir ;
Et, dans votre déſert , aller m'enſevelir !

ALCESTE.

Et , s'il faut qu'à mes feux votre flâme réponde,
Que vous doit importer tout le reſte du monde ?
Vos déſirs avec moi ne ſont-ils pas contens ?

CELIMENE.

La ſolitude effraye une ame de vingt ans.
Je ne ſens point la mienne aſſez grande , aſſez forte,
Pour me réſoudre à prendre un deſſein de la ſorte.
Si le don de ma main peut contenter vos vœux,
Je pourrai me réſoudre à ſerrer de tels nœuds ;
Et l'hymen....

ALCESTE.

Non. Mon cœur à préſent vous déteſte ,
Et ce refus lui ſeul fait plus que tout le reſte.
Puiſque vous n'étes point, en des liens ſi doux,
Pour trouver tout en moi , comme moi tout en vous,
Allez, je vous refuſe ; & ce ſenſible outrage,
De vos indignes fers , pour jamais me dégage.

SCENE

SCENE DERNIERE.

ELIANTE, ALCESTE, PHILINTE.

ALCESTE *à Eliante.*

Madame, cent vertus ornent votre beauté,
Et je n'ai vû qu'en vous de la fincérité,
De vous, depuis long-tems, je fais un cas extrême;
Mais laiffez-moi toujours vous eftimer de même,
Et fouffrez que mon cœur, dans fes troubles divers,
Ne fe préfente point à l'honneur de vos fers.
Je m'en fens trop indigne, & commence à connoître
Que le Ciel, pour ce nœud, ne m'avoit point fait naître;
Que ce feroit pour vous un hommage trop bas,
Que le rebut d'un cœur qui ne vous valoit pas;
Et qu'enfin....

ELIANTE.

Vous pouvez fuivre votre penfée.
Ma main, de fe donner, n'eft pas embarraffée;
Et voilà votre ami, fans trop m'inquiéter,
Qui, fi je l'en priois, la pourroit accepter.

PHILINTE.

Ah! Cet honneur, Madame, eft toute mon envie,
Et j'y facrifierois & mon fang & ma vie.

ALCESTE.

Puiffiez-vous, pour goûter de vrays contentemens,
L'un pour l'autre, à jamais, garder ces fentimens!

Tome III. K k k

Trahi de toutes parts, accablé d'injustices,
Je vais sortir d'un gouffre où triomphent les vices;
Et chercher, sur la terre, un endroit écarté,
Où, d'être homme d'honneur, on ait la liberté.

PHILINTE.

Allons, Madame, allons employer toute chose,
Pour rompre le dessein que son cœur se propose.

FIN DU TOME TROISIEME.

(Voir page 279)

— La vie finit par la mort, la mort nous fait penser au ciel, le ciel est au dessus de la terre, la terre n'est point la mer; la mer est sujette aux orages, les orages tourmentent les vaisseaux, les vaisseaux ont besoin d'un bon pilote, un bon pilote a de la prudence; la prudence n'est pas dans les jeunes gens, les jeunes gens doivent l'obéissance aux vieux, les vieux aiment les richesses, les richesses font les riches, les riches ne sont pas pauvres, les pauvres ont de la nécessité; la nécessité n'a pas de loi; qui n'a pas de loi vit en bête brute, et par conséquent vous serez damné à tous les diables.

Dom Juan. Oh! le beau raisonnement!

(Voir page 180) Ballet du mariage forcé, Scène IX

Le Magicien (chante).

           Hola!
         Qu'y va-t-il?
     Dis moi vite quel soin } (bis)
     te peut amener ici?

Sganarelle Bon; celui-là vient d'abord au fait. Voilà mon homme. Je voudrais bien vous consulter sur une certaine affaire qui m'embarrasse fort l'esprit. C'est que je dois épouser ce soir une belle et jeune personne que j'aime de tout mon cœur, mais j'appréhende qu'elle ne me escuffre, ce qui me ferait enrager, et je vous prie de me dire si je ne pourrais pas éviter un si funeste accident en contractant mariage?

Le Mag.   Ce sont de grands mystères
     que ces sortes d'affaires (bis)

Sgan. Rien n'est impossible à votre art, ne me refusez pas la grâce que je vous demande. Il ne tient qu'à vous de me faire savoir quelle doit être ma destinée.

Le Mag.   Je te vais pour cela par mes charmes profonds
     par mes charmes profonds,
     faire venir quatre démons (ter).

Sgan. Gardez-vous en bien, je vous prie! Je suis le plus timide et le plus peureux de tous les humains. Les démons ont la mine trop hideux et leur seul aspect me ferait mourir de frayeur. Non, non, ne les faites pas venir, je vous en conjure, mes yeux ne sont pas accoutumés à voir ces gens-là.

Le Mag.   Non, non, non, n'ayez aucune peur
     je leur ôterai leur laideur

Sgan. Mais surtout qu'ils ne s'approchent point de moi que d'une distance raisonnable. Écoutez, chacun a ses raisons. Ah! je tremble déjà! au nom de Dieu, ne m'effrayez pas.

Le Mag.   Des puissances invincibles
     rendent depuis longtemps tous les démons muets,
     mais par signes intelligibles
     ils répondront à tes souhaits. } (bis)

Librairie Hachette, Paris 1867, le Mariage forcé, comédie-ballet, édition de M. Ludovic Celler, d'après un manuscrit de Philidor l'aîné, hautbois attaché à la chapelle de Louis XIV. (ne pas confondre avec

le compositeur de musique, célèbre comme joueur d'éthéel(?). Ce manuscrit
de 1690 appartient au Conservatoire de musique et contient,
ainsi que l'édition, la musique de Lully.